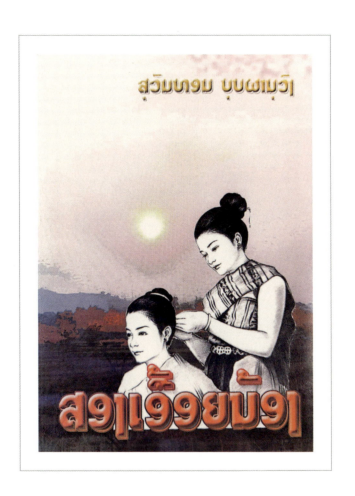

· 《两姐妹》原书封面

亚洲经典著作互译计划

两姐妹

〔老挝〕苏宛团·布帕努冯 / 著

陆蕴联 / 译

天津出版传媒集团

天津教育出版社
TIANJIN EDUCATION PRESS

图书在版编目(CIP)数据

两姐妹 /(老)苏宛团·布帕努冯著；陆蕴联译
. -- 天津：天津教育出版社，2023.3
ISBN 978-7-5309-8907-4

Ⅰ. ①两… Ⅱ. ①苏… ②陆… Ⅲ. ①长篇小说-老挝-现代 Ⅳ. ①I334.45

中国版本图书馆 CIP 数据核字(2022)第 210007 号

本书依据《中华人民共和国国家新闻出版署和老挝人民民主共和国新闻文化旅游部关于中老经典著作互译出版的备忘录》，由老挝文旅部委托老挝万象传媒独资有限公司，授权天津教育出版社在中国出版发行。
版权登记号　图字02-2022-248

两姐妹
LIANGJIEMEI

出 版 人	黄　沛
作　　者	〔老挝〕苏宛团·布帕努冯
译　　者	陆蕴联
选题策划	任　洁
责任编辑	常　浩
装帧设计	郭亚非

出版发行　天津出版传媒集团
　　　　　天津教育出版社
　　　　　天津市和平区西康路 35 号 邮政编码 300051
　　　　　http://www.tjeph.com.cn

经　　销	新华书店
印　　刷	天津新华印务有限公司
版　　次	2023 年 3 月第 1 版
印　　次	2023 年 3 月第 1 次印刷
规　　格	32 开(880 毫米×1230 毫米)
字　　数	220 千字
印　　张	9.5

定　　价　　56.80 元

ທົ່ງໄຫທິນຊ່ວງຂວາງ ສະຖານທີ່ຂອງເຫດການ ໃນເລື່ອງນີ້

川圹石缸平原——本故事发生的地方

ກາພະນາຍ ລາງວັນຊີໄຮ.

ສອງເອື້ອຍນ້ອງ

ໄດ້ຮັບລາງວັນ ວັນນະກຳສ້າງສັນ
ຍອດຍ້ຽມອາຊີ ອາຄະເນ ປີ 2000

《两姐妹》于 2000 年获东南亚文学奖

序 一

首先，向所有一直关注苏宛团·布帕努冯先生作品的广大读者表示无比的感谢。

苏宛团·布帕努冯先生，笔名为"赛色邦""索·布帕努冯"，是位德高望重的老革命作家。他声名显赫，创作了大量的优秀作品，丰富了老挝革命文学宝库。他曾担任新闻文化与旅游部出版局副局长、第一届老挝作家协会主席、老挝《文艺》杂志创刊时的总编，一直为老挝文学杂志的建设发展而努力奋斗。

因年事已高和身体原因，苏宛团·布帕努冯先生于1992年年底退休。但出于对文学的热爱，他仍然坚持创作。在生命的最后阶段，他还在创作短篇故事及关于他的生活回忆录，并定期刊登在报纸和杂志上，直到生命最后一刻。

苏宛团·布帕努冯有深厚的人生经验积淀和经历过革命

烈火锻造的丰富实践，这些成为他创作的资本，再加上他天赋异禀，故而自1973年起，他创作的作品逐渐走进老挝大众的视野。其中，小说《两姐妹》《第二营》让他声名鹊起，给他带来无数光环。直至今天，这些作品都还是老挝文学界非常有价值的革命瑰宝。

此外，他还创作了《害人害己》《党的女儿》及几十部短篇故事，刊登在各类杂志和报纸上。他的笔犹如锐利的武器，在民族解放和保卫建设国家的事业之中作出了巨大贡献。苏宛团·布帕努冯曾于2000年获得东南亚区域最具代表性的文学奖——东南亚文学奖。

苏宛团·布帕努冯是老挝第一代革命战士，在文化思想阵地奉献了自己毕生的心血和智慧。他既是一名宣传者，也是杰出的编辑和有着锋利笔触并对社会有价值的作家。他同时也是受到老挝各阶层读者推崇并得到国外读者朋友们认可的作家。

他别具一格的作品和他的威名对老挝文学界来说意义深远。广大读者一直对他的作品充满热情并心向往之，这也使他的作品总能在第一时间得以出版，而且一经上市便被抢购一空。

鉴于此，老挝新闻文化与旅游部认为有必要出版一定数量的苏宛团·布帕努冯先生的作品，以满足日见增多的读者朋友们的需求。

十分希望此次的出版能够促进老挝文学界的持续发展和进步，同时满足国内外所有读者朋友热切的期盼和心愿。

致以崇高的敬意

老挝人民革命党中央委员、老挝新闻文化与旅游部部长

博盛康·翁达腊教授、博士

2013 年 11 月于万象

序 二
索·布帕努冯与战场上有爱者人物形象

说到索·布帕努冯先生，就不得不提到他不朽的小说《两姐妹》。这部长篇小说不仅反映了老挝重要时期的历史事件，同时还处处带给读者无比的欢乐与激情。

小说《两姐妹》的人物似乎是有原型的，因为小说中行军打仗场景的描写几乎跟战争时期的真实事件一样，地理名称是结合实际并加以想象来命名的。当我们阅读历史书时，可能会感到枯燥无味，往往觉得难以记住那些复杂的事件，但索·布帕努冯的小说读起来很有趣，引人入胜。这就是它的特点！作者想要把老挝人民解放军真实的英雄战士们的形象、个性、灵魂，以及血液中流淌的思想意志记录下来，以供子孙后代了解他们，并永远记住他们的恩情。

索·布帕努冯先生选取老挝救国斗争时期敌人进攻解放区的历史事件作为《两姐妹》的创作题材，真可谓是独出心

裁。作为索·布帕努冯先生，或者说苏宛团大哥的一个后辈作家（此前，即1977年到1983年间曾与他在创办《文艺》杂志时共事，索·布帕努冯先生当时担任总编辑一职），我从他身上学到了许多宝贵的经验，尤其是他的辛勤写作精神。苏宛团先生是一位既有天赋又有追求的作家。他曾经对我们说，他一有灵感就会立刻动笔写，一边不停地写，一边发挥想象力，有时候真是废寝忘食，"妻子三番五次去请吃饭，都不起身"。他还说，当故事情节设计好了，等下笔时再添加细节，一边写一边加。他是一名很老练的真正的作家，他不断强迫自己写，尤其是构思好了，就马上写下来。他曾说，这种写作风格是他去参加写作培训班及在"老挝爱国战线广播电台"驻河内分站工作时练就的。当时，宣传工作要求作者及记者必须速写社评以便及时反驳敌对方，需要写作速度快、文风尖锐并能吸引听众。

　　关于苏宛团先生的写作，本人最为推崇的是他对语言文字的使用。他能够独创新词，这些词大都富有画面感，如："呼哧呼哧地跑出来""瘦嶙嶙的""呆呆的"等。另外，他把军事用语或者一些外来词语也运用到作品中，例如："绷带""军用水壶""刹车""千斤顶""青霉素粉"等，这也成为他作品的一大特色。这些单词对于新时代的读者来说，可能需要加以研究才能读得懂。

　　苏宛团先生在作品中使用的几乎都是真实的地名，可能是因为他本人也曾跟着部队行军，在行军过程中收集了丰富的信息。阅读小说《两姐妹》，就好像跟着情节真的去到了这村那村，从这儿到那儿多少公里，又到了什么河、什么山，令读者置身其中。实际上，作品中提到的山名大部分都是真实存在的。

苏宛团先生一个重要的、不可忽视的特点就是：他是一位极具浪漫特质的作家。他运用各种手法描绘年轻人炽热的情感，就是在战场上、在战壕里、在治伤养伤等艰苦的条件下，他笔下的战士们的爱情依然能够通过眼神、笑容和简短的话语展现出来。丰富饱满的感情描写就好像作者本人跟故事中的人物一样在谈恋爱似的。这也许是由于索·布帕努冯本人善于联想，或者说是他有作家天赋的缘故吧。

索·布帕努冯的叙事方式一般是平铺直叙的，也有以多种方式呈现的倒叙式叙事，如小说人物或叙事者的对话、回顾、回忆等，使得长篇叙事到了末尾也能保持故事的真实性、完整性，内容不重复、不冗长累赘，有让读者继续读下去，继续品味这类文学作品的强烈愿望。

总体来说，这部作品对老挝的文艺界和教育界都有着重大的实用性。它既能为读者带来阅读乐趣，又可以为文学研究者提供素材，具有趣味性、文学性和教育意义。《两姐妹》这部作品已成为读者心中名副其实的"不朽小说"。索·布帕努冯先生本人也于 2011 年获得老挝人民民主共和国政府

授予的"国家文学艺术家"称号，可谓实至名归。

让我们翻开这部作品吧，打开她的任何一页，都是在回顾与我们密切相关的历史，是值得老挝各民族骄傲的历史，因为就是在老挝这块土地上，我们取得了如此伟大的胜利，有了令我们永远欢欣鼓舞的老挝人民民主共和国国庆日。

老挝国家文学艺术家杜昂詹芭①

2013 年 11 月于万象

---

① "杜昂詹芭"是写该序的女作家达拉·甘拉雅的笔名，意为"占芭花"。

——译者注（除特别说明外，本书的脚注均为译者所加。）

目 录

CONTENTS

第 一 章

下弦月的第六天晚上，月亮刚刚升到田头竹子末梢，天空清朗，一层薄雾笼罩着山间的松树林，朦胧缥缈，似梦如幻，景色迷人。从夜幕降临时起，巨大的喷气式飞机的喷气声和响彻云霄的爆炸声不时地从农巴三岔路那边传来，直到此时才有片刻的宁静，但是解放军向前线运输物资车辆的声音一直不曾间断。他们已经连续多日这样向前线运输物资了。

一辆满载着货物的汽车正匀速地行驶在最前头，带领车队驶向康乔。到达班烈村的路口时，车子停了下来，只见几名女游击队员站在那儿招手请求搭车。开车的同志探头喊道：

"你们去哪里，几个人？"

"去腊博，五个人！"

毕昂乡姑娘应答的声音清脆悦耳。

"哦！是翁盼吗？"

"是我！是贤哥吗？最近怎么样？"

"还不错，你们呢？"

"还行吧！"

陶①贤打开车门下车，向后面的车队招手示意停下，并喊道：

"让毕昂乡的姐妹们上车，让她们坐到前面驾驶室里！我们的战士坐到车厢后面去，天气这么冷，她们坐外面会受不了的。"

说完，贤转过头来对站在路旁的姑娘们说道：

"有什么重东西需要帮忙拿的吗？"

"没有什么很重的东西。"

"翁盼，上我的车吧。其他人，一人上一辆，快点儿啊。"

紧接着，车队继续向腊博开去。贤开了一段路，转过头问翁盼：

"你们是刚从勐柏开会回来吗？"

"不是，我们是从勐庞县、勐安县回来，我们是去帮忙运输物资的。"

"啊？那还不得一个月呀！"

"我们已经去了两个多月了。"

"佩服你们这种为前线服务的精神！在那边怎么样，美

---

① 用于一般男性名字前。

国空军还在垂死挣扎吗?"

"唉，他们的反扑非常激烈! 损失最大的是川圹到石缸平原一带。头夜我们跟着中立军的车队一起过来，我都找不到腊黄在哪儿了，因为这样的大县城都已经被炸得连根房柱都没有了，全部被夷为平地了。"

"贼寇还要跟我们要很多阴谋呢，我们还是要时时提高警惕啊。"

"敌机开始轰炸了! 贤哥!"坐在车后头的陶鹏大声呼喊。贤降低车速，边仔细观察周边情况，边把手放到胸前蹭了蹭，以擦掉手心冒出的汗水，并挪了挪屁股，好让自己坐稳。每当遇到麻烦时，他就习惯这样。贤大声地对副驾驶员鹏说:"仔细侦察敌机。"

说完，贤转过脸跟翁盼说话，让她做好战斗准备，然后他便开始观察附近的地形和飞机的活动轨迹。他暗自分析: 这条路笔直平坦，两旁都是田野，如果车队一起前进，容易被敌机袭击，但如果都在这里停下，却容易被敌机发现。这时，贤的神经紧绷起来，开始绞尽脑汁思考如何带领自己的汽车连脱离险境。思前想后，他想出唯一的办法——把敌机引开。他对翁盼说道:

"你快下车去找地方躲起来吧!"

"那你们呢?"

"我们不能弃车而逃。"

"那我不走，让我做什么，您尽管说，要不让我下车站在车门口，跟鹏哥一起侦察飞机的动向吧。"

"没事，暂时还不需要，坐稳了！"

贤把头探出车窗外，向天空望去，只见密密麻麻的伞式照明弹伴随着 T-28 教练机和喷气式飞机巨大的噪声向头顶压过来。

"鹏！后面的车都停下来了吗？"

"都停下来了，现在该如何是好？我们的车都停在空旷的原野中间了。"

"好好观察敌机，我们得引飞机离开这里。"

"同意！跑一段路后就立刻打开车灯，把敌机引开。这段路还好，可以开到每小时八十公里。"

借着伞式照明弹明亮的光芒，贤的车开始慢慢加速。车身颠簸不止，尾箱放置的弹药箱尽管已经被紧紧地绑在一起，但仍然摇晃碰撞，哐哐作响。

不论车开得多快，翁盼都不会害怕，因为她已经多次在乘车时遭遇敌人扔炸弹了。行驶一段路后，车灯被打开，光芒铺满前方的道路，瞬间就听见飞机加速声，敌机向贤的车俯冲过来。

"停！"

车子立刻停下，前面有光亮闪烁，在离车子十多米的地方，火箭弹爆炸声砰砰直响，炸弹落地溅起的泥块打到车头上，啪啪作响。翁盼闭上眼睛，头部向前撞了过去。

"第二架飞机俯冲下来了！"

汽车迅速向前冲去。"砰！砰！"从车厢后面传来声音。原来是炸弹落在车子刚刚停留的地方，泥土都飞溅到车头上了。

"鹏！鹏！"

"哎！"

"你没事吧？"

"没事！哥的车开得好极了！"

"后面的车队怎么样了？"

"一辆也没看见跟上来。"

"看到火光了吗？"

"没有！所有的飞机都追着我们的车子跑。敌人又开始投弹了！"

汽车突然加大油门，差那么一点点，就撞到路旁的杨桃树了。翁盼被震得耳朵嗡嗡作响，整个身子往前倾，而后重重地撞到驾驶室座椅上，两眼直冒金星。尘土弥散，令人无法呼吸。

"鹏！"

"哎！"

"弹药箱没事吧？"

"没事！您的车开得很好，可以再快一些。"

贤开车老练，面对敌机的穷追不舍毫不畏惧。他经验老到，一会儿开车灯，一会儿又灭灯。打开车灯时，把车停住，以引起敌机注意，然后关灯迅速往前冲，引得敌机前截后堵地扔炸弹，但就是打不中。贼寇们使用 12.7 毫米机枪扫射，燃烧弹如雨点般落下，贤见状把车开得像飞梭一样快。

"停!"

轮毂擦到路基,散发出一股焦味,轮胎摩擦冒烟。正在此时,"砰!砰!砰!",三枚火箭弹落在车子前面,浓烟和尘土铺天盖地。翁盼一头撞到驾驶舱壁上,麻木了一会儿,然后呆若木鸡地坐在那里。

"走!"

车向前开了一段路,车身便向右倾斜。

"轮胎瘪了!"

"没关系!我们有气泵。鹏,你镇静,好好盯着他们。我们还很清醒,我们的心还在跳,我们的车还在跑着呢,相信我们能挺过去!你注意看路两边,哪个地方有路能拐进去就告诉我。"

"无路可绕啊,两边都是原野。飞机又开始射击了,停下!"

子弹"咻!咻!"地飞过汽车后部。"啪!啪!",其中一颗落到驾驶舱顶部后边,滚下去,碰到车轮的挡泥板后又弹了出去,"砰"地响了一声。

"走!"

车子再次启动,但是不像先前那么容易忽停忽跑了。车子这样开,时间长了,轮胎容易磨伤。再说,这样拖着瘪轮胎跑,也容易翻车。如果频繁踩刹车,汽车内的各个零件刮擦过热,也会发生危险。贤感觉左侧手臂活动有点儿不灵活,身体有点儿失衡,脊椎骨变得有点儿沉重,力气也变弱了。现在该怎么办?贤一边无目标地开着车,一边苦思冥想。过了一会儿，他喊起来：

"鹏！汽油桶在你旁边吗？"

"在，要干吗？"

"把它扔到路边，然后给几枪子，明白了吗？"

"明白了！"

眨眼间，烈火熊熊燃起。敌机以为车子被火烧毁了，盘旋一阵，便轮流俯冲下来，又扫射了两三轮，便离开了。

十五分钟后，贤的车摆脱了敌人的追踪，转进深林，停在一处溪流旁。贤下了车，鹏也跳下车，紧紧把贤抱住，并说道：

"如果没有您这个聪明的脑袋瓜，我们会很麻烦啊。"

"实际上，我当时也是吃不准该怎么做啊！"

"翁盼呢，她怎么样了？"

贤转头看汽车方向，翁盼正好打开车门，她说道：

"我没事，现在就下车。"

当她看到贤湿漉漉的肩膀时，惊叫道：

"啊！贤哥！"

"嗯？"

"您的肩膀怎么了，快让我看看！"

贤伸手去摸左肩，当摸到伤口时，顿觉疼痛难忍。

"哈！哈！没什么，出了点儿血而已。你出去侦察飞机的行踪，我和鹏在这儿换轮胎。"

说完，贤用擦脸毛巾搭在肩膀上，以掩盖住渗透到衣服外面的血迹，然后上车去拽工具箱。翁盼愣了一会儿，便悄

悄对鹏说：

"鹏哥，贤哥受伤了！"

"啊？真的？"

鹏关切地问。他们两人随即向贤走去。此时，贤正把工具箱从车上拽下来。

"嘿！赶紧把千斤顶拿下车放到车轴上！翁盼，你还不去观察敌情啊？"

"贤哥，您受伤了。"

翁盼眼含关切地说。鹏也跟着说道：

"是啊！严不严重都应该先上药再去干活啊。换轮胎的事您不用操心，我一个人换，差不多一小时就能完事了。"

贤站在那儿不动，然后带着满不在乎的口吻说道：

"好吧！我就给你们看一下我受伤的地方，但千万不能说出去！要不然我就会因这该死的伤口被拉去住院了。"

翁盼用水壶里剩的水给贤清洗伤口。他的伤口不深，但也有三指宽，至于弹片是否还残留在伤口里，翁盼无法得知。贤自己揣摩：应该没有弹片埋在伤口里，因为疼痛的感觉只是像平常被木屑刺入肌肉一样，手臂活动尚算自如。

"记得有一次跟本米这家伙在一起，我的大腿受伤，比这疼好几倍，哪里上什么药，用衣袖擦擦，缠个绷带，七天全好了。"

"别动，不然青霉素药粉就撒出来了。幸亏我随身带了药！您刚才说到本米，是哪个本米？"

"哎哟，就是当中队长那个本米啊，我以前常带他去你家吃饭的那个。"

"哦，那个本米啊！"

"说起这事，我立刻就开始想念本米这家伙了。那次他也是像你们一样搭我的车，走的也是这条路线。我们从康乔出发，当车开到巴柏村的一个山冈上时，遇到一辆满载货物的卡车。我已经给对面司机让开了很宽的路。因为路上有很多弹坑，那司机不知怎么想的，大概是他怕掉进弹坑吧，就打开车灯照了照。哎哟，我的天啊，那卡车的灯光亮得跟白昼似的。此时正在康开上空盘旋的敌机，一瞅见灯光，就像飞蛾似的扑过来扔照明弹。我开了一段路，就开车灯，跟这次一样用计谋，让敌机朝我的车奔来……呦！翁盼，好了吗？上个药怎么那么久？"

"马上就好！忍一下。那后来呢，后来怎么样了？"翁盼问。

"哎，也是走走停停，跟这次一样。我们躲过敌机的火箭弹，跑了一段路，车胎就没气了。那辆车连气泵都没有，于是就停在半路上了。好在有一辆装甲车赶到，敌机一冲下来，我们的子弹就嗖嗖地射上去，好像给他们行军礼似的。"

"你们全都从车上逃走了吗？"

"谁说的。实际上，当时我也是无计可施了。敌机可能是躲那辆装甲车，不停地又往我们这边扫射，炸弹像雨点一样砸下来。那辆车偏偏没有千斤顶，如果不快点儿把车修好，就会给装甲车带来危险。那次如果没有本米那家伙在旁边，我恐怕早就曝尸荒野了！"

"药上好了，吃点儿青霉素吧。那本米哥是怎么做的?"

"哦，他扛来一块石头支撑住车轴，用锄头刨开破损轮胎旁的土，接着我们就把车胎换好了，这有什么难的。倒是贼寇的炸弹、子弹把我们团团围住，然而我们都成功躲过，只有我大腿受伤。"

"您也像这次一样，不告诉大伙吗?"

"我自然是守口如瓶，只管开车! 我就是这样的性格!"

"等到伤情严重了才去医院，这就不好了!"

"哦，不是这样。我皮糙肉厚，这种小伤放个三四天就能自然痊愈。"

说完，贤站起来想过去帮鹏换车胎，翁盼一把将他拉住。

"您应该先休息一会儿，或者您代替我去侦察敌机，我去帮鹏哥。"

"不行，每个人有自己的任务。看，我这样用力甩手都不觉得疼!"

说完，陶贤走向陶鹏，装作什么事情都没有发生。翁盼瞅见了，摇了摇头。她为陶贤这样一心为了集体而对自己的疲惫和疼痛全然不顾的精神所感动。翁盼站到一个土丘上观察天空。此时，从勐铿县和蓬沙湾县方向不时传来炸弹的爆炸声，而通往腊博的路开始安静下来。过了一会儿，便传来运输车队越来越近的声音。翁盼赶紧跑出去拦住。

"那是翁盼吗? 贤这家伙怎么样，在哪里?"汽车连连长边问边向翁盼跑来。

"大家都很好！他们正在溪谷那边换车轮。怎么样，咱们的车都没什么事吧？"

"没什么事，因为敌机只顾着对你们穷追猛打。我们都特别佩服你。"

"嘻！我能做什么！都是贤哥他们的功劳！"

"你们在同一辆车上，啊！我先去找贤和鹏这两个家伙。"

不一会儿，溪谷便传来车辆发动声，然后车就退出到马路上。翁盼一看见贤去抓方向盘，就忘记了承诺，喊了起来：

"哥！贤哥！您还——"

陶贤挥手制止她，打断道：

"别多说话，赶紧上车，我们马上要出发了。"

车跑了一段路，贤才用温柔但带着命令的口吻对翁盼说道：

"你必须得保守秘密，如果我受伤这件事走漏了半点儿风声，那就说明你是告密者，我可饶不了你！"

"嘿！又不是只有我一个人知道，鹏哥也知道这事啊！"

"鹏那家伙吗？对他我放心！这点儿小伤算什么，顶多三四天就没事了，让我去住院，那才是要我的命啊！重要的是，如果上级知道我受伤，他们会把我调到后方工作！哎哟，那样我会受不了的，我就喜欢待在前线战斗，我要多杀敌人，因为他们杀了我的父母。我的许多战友也因他们而牺牲，我要报仇，必须让他们血债血偿，你能明白吗？每次提起这事，我父母的面容就会立刻浮现在我的脑海里，我仿佛

也看到了英勇牺牲的战友们……"

"唉！本米哥已经牺牲了吗？他在哪里牺牲的？"

如果不是夜晚，陶贤也许会见到翁盼异常焦虑和不安的表情。

"本米是在普昆战役牺牲的，但也有人说他是被敌人抓走了。如果是敌人把他抓走，敌人是不会放过他的。本米同志接到突击命令，率领他的特别突击队去阻击敌人，以保卫正被追打的中立军的一个营。本米同志和他的战友与敌人展开肉搏战，直至战斗到最后一人。他们完成了任务，中立军的这个营安全撤退。本米同志在这次战役中失踪。"

一听到这儿，翁盼就像被滚水烫过的菜一样，软绵无力。她忍住不让抽泣的声音从喉咙里传出来，皎洁的面颊满是泪水。然而陶贤并不知道翁盼心中的苦楚。

三个月前，翁盼和多名勐柏县的女游击队员接到了一项任务，要协同陶本米的连队横渡南俄河抵达普固山脚。那时，南俄河河水大涨，敌人的大炮对渡江处不断轰击，但是我们的战士一直在努力过江。翁盼和十多名同志正坐在竹筏上渡江时，一颗炮弹正好落在竹筏上，三位姐妹当场牺牲，还有几人受伤、落水。翁盼谙熟水性，但因为背着沉重的枪支和子弹，她无法轻易施展本领。她决心不把枪丢掉，于是尽力向岸边游去，但一股旋流却将她推到水底，她挣扎着冒出水面，此时，她看见本米从十来米高的河岸跃入水中，向她游过来。但她已筋疲力尽，又沉下去。当翁盼在水底挣扎时，是本米潜到水底找到她，将她托出水面，带着她游向岸边。这时的翁盼已经昏厥过去，被紧急送入急救室。三天后翁盼能坐起来了，本米带着牛奶、鸡蛋前来探望，并和她告别前往前线。本米和翁盼只聊了三十分钟就离开了。尽管后来翁盼与本米交往了一段时间，但彼此都没有向对方表明心意。在这次握手道别时，翁盼感到本米掌心的温暖已经渗透到她的掌心中，这令她有一种奇妙的感觉，而这种感觉不能告诉任何人，同时翁盼也从本米深邃的眼眸中读出了他对她的关切。翁盼承认，从那次握手之后，她常常会想起本米，每次想本米时，自己的心就会颤抖，心跳加快，变得异常急促有力，她不明白这是怎么回事，只能暗自羞涩，除了自己，她也不能去问别人。而此时她竟听到那个自己一直在牵挂的男子已经牺牲的消息！天啊！含苞欲放的花儿忽而香消玉殒，这比盛开的花儿凋零更让人惋惜啊。

"翁盼！翁盼！睡着了吗？"

陶贤叫了两三次，翁盼才应道：

"嗯？"

翁盼回过神来，不是从睡梦中惊醒，而是从哀伤的恍惚中清醒。

"到腊博了，你的朋友们正在那边等着你呢！"

"喔，谢谢贤哥、鹏哥，我先走了，有时间来看我们啊。"

第 二 章

翁姵正独自将衣服收进行李箱里，这时，外面重重的脚步声正靠近她的房间。翁姵转过头，只见身穿一身绿色制服的辛上尉①走进来，他的脸上堆满笑容。翁姵回以微笑，并用亲昵的语气问道：

"怎么样，我真的要去吗？"

末②辛通从头到脚打量着翁姵。这天，翁姵穿着一双白色的高帮布鞋、银色细腿裤和绿色的外套，头戴玫瑰色圆帽。这身打扮使得翁姵更加光彩照人。末辛通歪着脑袋说道：

---

① 其名为下文的"辛通"。

② 老挝语的 mo 原意指"这厮，那厮；这家伙，那家伙"，放在讨厌、憎恨或蔑视的人名前，可音译为"末"。mo 也常用于亲密的同龄男性朋友名字前，可以译为"这家伙，那家伙"。

"我觉得你应该跟达中尉一起去基嘎占，他人还不错。"

"那你呢，你不来送我吗?"翁飒急切地问道。

"我要先跟校官去巡察，之后直奔基嘎占。你在基嘎占等我，我会很快到达那里的。"

翁飒站在那里，想了一会儿，说道:

"我不想去啊!我听达哥说是押送犯人一起过去的!"

"只有一个犯人而已，达和你一起坐在前面，犯人坐在后面，这有什么关系呢?"

"那康迪大婶呢，她跟谁一起走?我不能离开她，她得带我回到琅勃拉邦去看望我的小姨。"

"康迪大婶也会一起去，但她会坐大车去，大车可能要比你们的车晚点儿出发。"

翁飒想了一会儿，说道:

"那好吧!就这样定了，我会去。但你一定要来基嘎占找我啊!"

"我会去的，相信我好了!"

第二天，当太阳从东边的高山上露出脸时，一辆吉普车从沙拉普昆军营驶出，直奔基嘎占。这车开得不快不慢，车上共有四个人。开车的是达中尉，他是基嘎占一带活动小组组长。他旁边是翁飒。而坐在车后面的两人，一位是头发蓬松、戴着手铐、穿着解放军制服的年轻男子。他的上衣和裤子沾满灰土，还有好多破洞。他的对面则是紧握着冲锋枪、表情严肃的士兵。

车开了一段路，末达问道:

"你请了几个月的假?"

"一个月,不过我不会整个月都待在这里,因为我要回万象去参加甘娇小姐的婚礼。"

"哪个甘娇?哦,跟你一样当军队广播电台记者的那个甘娇,对吧?"

"对。"

"那你呢?什么时候喝上你的喜酒?"

"我吗?哦,还早着呢。"

翁姵带着微笑回答。末达见状便开玩笑地问道:

"这么说,辛通上尉先生没有希望了?"

说完,末达嘿嘿一笑。翁姵轻轻地耸一耸肩,然后抿嘴一笑,说道:

"哟!辛通哥吗?我们才认识不久,还谈不上。"

"真的?"

"我从不骗人。"

"我可不信。"

"随便你。"

"真的没戏吗?辛通先生可是很在意你的。"

"我知道。"

"不给他一点儿希望吗?"

"人生大事需要考虑周全!"

"箩里拣粑,越拣越差啊!"

"看满意了再拣也不晚。"

两人愉悦地笑起来。末达把烟头一扔,转头向他的士兵说道：

"丹！你可得好好看守犯人，如果他逃走了，你可是得挨枪子儿的，知道吗？"

末丹勾了勾左边的嘴角，向同时转过脸的翁姵点点头，而被铐住双手的那个人则冷漠地坐着，就像身旁什么事也没有发生似的，他将视线投向远方的山林，丝毫不关心车上其他人的言谈举动。他并不感到悲伤，他的目光清澈，闪烁着一种坚定。翁姵悄悄地观察着这人的神态，疑惑于他的镇定自若，同时又觉得这个男青年面容可亲。

达中尉看到翁姵多次转过头去看那个犯人，便用法语说道：

"这个'战线'① 的，嘴硬得很，问他什么都不说，等到了基嘎占，我怕少校先生会下令处死他。"

翁姵愣了一下，问道：

"他叫本米，对吗？"

"对，你怎么知道的？"

末达疑惑地反问。翁姵惊讶地睁大眼睛，兴奋地说：

"噢！就是要出发时那个哥哥说的啊，你怎么这么快就忘了呢？"

---

① 指"老挝爱国战线"。老挝爱国战线前身是"寮国自由阵线"，又称"伊沙拉阵线"。此阵线 1950 年 8 月成立于桑怒省，是老挝人民抗法统一战线组织。该阵线于 1956 年更名为"老挝爱国战线"，1979 年改为"老挝建国战线"。

"哦……我忘性大。"

末达长长地"哦"了一声，并点点头，脸上毫无表情。翁姆耸耸肩，心想："将领记性这么差，带队伍能好到哪儿去。"

为了转移话题，末达看向前方，一手抓着方向盘，一手指着高山，说道：

"下次你要是还走这条路，我带你上那座山看看去，在山顶上看日出日落，多漂亮啊！"他想了一会儿，又激动地说，"噢，对了，等到老松族①人过新年，你一定得出来看看，那时你会看到老松族青年男女的穿着打扮是多么的亮丽多彩，在节日里还可以看到他们如何以歌传情、互抛绣球的情景。你还会看到公牛角斗，多有意思！"

翁姆笑了笑，然后开玩笑说道：

"唉，我害怕那些战线军，不敢离开公路走呢。"

末达掏出一支烟点上，开始吞云吐雾，过了一会儿，吹嘘地说道：

"如果我还驻守在这片区域，你可别不信，那些潜入我管辖区的战线军，我连他们晚上睡觉翻几次身都知道。"

末达对着本米噘了噘嘴，然后说道：

"老子就是一头猛虎，这个地盘我说了算，落入我手中

---

① 老挝历史上曾把民族分为三大民族，即老龙族、老听族和老松族。现在，这三大民族的叫法已不再使用。小说里出现的"老松族""老听族"是旧称。

只能是这个下场。"

末达向翁姵眨眨眼，随即开怀大笑。本米置若罔闻，他还像原来那样坐在那里一声不吭，时而放眼看远处老挝北部山林的美景。他会法语，完全听得懂末达和翁姵的对话内容，但他压根儿不感兴趣，只是静静地思考他还被关押在沙拉普昆军营时他的同志偷偷在他耳边告诉他的话："从今天早上起，解放军开始搜查从普昆到基嘎占这条道路了。"此时，他正在想办法帮助他的同志们夺取这条公路呢。

当车开到一个通往老松族村的急弯道路口时，末达拐了进去，把车停在路边，下了车，然后转身向他的联络兵点了点头，并说道：

"你跑进村去，找村长要几只阉鸡、几升烧酒！"

末丹跳下车，正要进村时，正好有一对老松族夫妻从村里走出来，要到地里去。那丈夫身穿军服，背着枪；那妻子背着东西。一瞅见末达，那丈夫就立刻向他行军礼。

"喂！巴寨，你请假回家看老婆啊？正好，你在这儿替我们看守犯人，给我们盯紧了！我们要进村去，你等我们一会儿，我们大概十到十五分钟就会出来。"

"放心吧，中尉先生，交给小的好了。"末巴寨语气坚定地回答。

于是达中尉和他的士兵便进村去了。而翁姵则从口袋里掏出镜子照了照，看到自己依然白白净净，便把镜子收起来，下车去活动筋骨。翁姵拿出相机热情地给那对夫妻拍照，还承诺说照片洗出来后寄给他们。她四下漫游一番，醉

心于附近的山林美景。时间已过去二十分钟，但仍不见达中尉他们回来，翁姵便慢慢向村子走去。这座村庄距离公路大约一千米。翁姵正走进村子时，突然听见村子里响起机关枪声，接着又传来嘈杂喧闹的声音。翁姵停下脚步，仔细听村里传来的动静，这时有三个人惊恐地从村子里跑出来，他们边跑边回头看，一看见翁姵，就赶紧四散逃入山林。"这是什么情况？"翁姵自问道。她又回去找末巴寨。这时只见一位老松族女子呼哧呼哧地跑过来，边哭边叫唤着什么，翁姵即便听不懂她的话，但看到这情景就立刻明白出事了。翁姵赶紧问道：

"出什么事了？"

巴寨脸色苍白。他转过脸看着翁姵，说道：

"这村里到处都是战线战士，中尉先生和他的士兵被抓起来了，小姐快跑吧！"

说完，他搂着妻子的手臂逃进树林。翁姵在惊愕的同时，又听到村口传来嘈杂的声音，她心一惊，迅速跳上去并启动汽车，头也不回地开车跑了。车开了一段路，翁姵才突然想起车后座还押着一名罪犯。她转过头去看，只见他还是像原来那样漠然地坐着。翁姵心想："我该不该把他杀掉？但杀死他会有什么好处呢？先往前开吧，如果路上没有碰到其他车辆，至少会碰到人吧，到那时再考虑如何结果他。真后悔没有走回头路。如果刚才选择往回开，一定会遇到晚一点儿出发的那辆大车。但是现在已经这样了，只能继续往前走了，况且看样子那个罪犯好像也不怎么凶。他还是坐在原地，如果他有异常举动，自己再下手。自己身上还别着手枪，怕什么呢?"翁姵调了调后视镜，以便更好地监视陶本米。

本米审慎地观察事态发展，他自问：此时该怎么办才好。最后他决定继续坐在车上，因为他坚信不久这辆车就会陷入同志们的包围圈，到那时这个姑娘就会软得跟烫过的青菜一样，无力反抗了。

而翁姵边开车边想着刚才发生的事，越想越疑惑重重，且焦虑不安。她怎么也没想到达中尉竟会这样毫无知觉地就被抓起来了。一想到这个，她就心惊肉跳，如果爱国战线士兵出来拦路，自己该怎么办？她越想越惊慌。她转过头，声音嘶哑地对本米说：

"你老实靠着车后面坐着，如果你敢靠近我，我就立刻开枪，你可别怪我没提醒你！"

说完，翁姵掏出手枪，想往枪膛里装子弹，以此来威胁本米，没想到手枪掉到驾驶舱地面上。那时车子正在上坡，应该换挡，翁姵一手把着方向盘，另一只手去摸索着想把枪捡起来，一时只顾着踩油门却忘了换挡，导致车子熄了火。车子突突地向后滑，如果不是被路边的一块石头卡住，无疑就落入万丈深渊了。翁姵赶紧拉起手刹重新打火，试了好几次，发动机就是不响。翁姵只得开车门跳下车，打开车前盖，却不知怎么做，只是碰碰这个，摸摸那个。她只会开车，哪里懂得修车。就在翁姵跑前跑后焦急地查看车子故障时，车子又在向后溜。翁姵一怔，赶紧抓起挎包躲到一边，

并对本米喊道：

"车快要滑下悬崖了！快下车！"

翁姗看着本米跨下车，心想：看他样子不凶，叫他下车他就下车，像是一个听话的人。与此同时，本米也在心里问自己：该怎么做才好？现在逃入森林并非难事，但这个女人呢？她可是一份活的情报啊，这正是我们最需要的。不但如此，本米也开始关注这个女人，因为她的相貌、言谈、举止都和另一名姑娘很相像，那姑娘是解放区游击队队长，这两人到底有什么关系，他要找到答案。本米从车上下来后，就开始弯腰检查车轮，因为双手被手铐铐在一起，他只能小幅度地动手操作。他搬来一块石头垫稳车轮，起身去检查发动机。他转头看向翁姗，似乎有话要对她说，但不知怎么的，又不说。翁姗见他呆站在那里不说话，便走过来问道：

"这附近有住家吗？"

本米平静地回答：

"我也不知道。"

翁姗急忙移开视线，因为她看见本米的眼睛里流露着温柔、睿智，还有点儿迷人，让人触目难忘。翁姗问自己：为何我不试着策反这个爱国战线干部呢？给他讲讲道理，开导开导他，他醒悟过来，投向我们政府这方，这样做不仅能使自己摆脱眼前的困境，没准还将受到表扬呢。想到这儿，翁姗语气热络，道：

"喂！早上出发到现在，你吃过饭了吗？"

本米摇摇头。见此，翁姗从装食物的袋子里拿出一块面包递给他。本米笑了笑，礼貌地答道：

"谢谢，我还不饿。"

"吃吧！这是我的面包，没有毒的。吃过之后我们就得走着赶路了。"

"走去哪里？"本米问道。

"沿着这条路走啊！"

"车呢？"

"扔这儿了，或许你知道怎么修？"

"只会一点儿！"

"哦？那样就好了。"

"油路还畅通吧？"

"还行。"

"那就试试看火花塞的电吧，我负责摇摇把。"

说完，本米走过去，拉出车的摇把艰难地摇起来，他摇了好几圈，但翁姵就是没有找到到底是哪个火花塞没有电。翁姵说道：

"不行，我不会看，来！让我来摇，你去看。"翁姵踮着脚，用尽全身力气摇摇把，汗如雨下。他们对视一下，又赶紧转过脸去，各自偷笑。真挚的笑容让两个人的心渐渐靠近。本米踩到保险杆上，俯下身，双手去摸电线，认真地抖抖这根，摇摇那根。过了一会儿，他对翁姵说：

"这车上有扳手吗？"

翁姵上车找扳手，好一会儿才找到装着扳手的沾满机油的袋子。翁姵站立片刻，自言自语道：他的手被手铐铐着，

可怎么修车？为了方便他修车，打开手铐会怎样？他如果是凶恶之人，与我不共戴天，就不会这样善意待我。翁姵用布擦了擦手，去摸达中尉大衣的口袋，想找出手铐的钥匙，但没找到。她坐着想了想，说道：

"你的双手被手铐锁住，怎么能修车？你先下来，把手搭在保险杆上，找好支撑点，我去拿锉刀把手铐锯开，若不这样做，就解决不了问题，因为我找不到手铐钥匙。"

本米顺从地照着翁姵的意思，一动不动地让她锯开手铐。翁姵用力锯着，大汗淋漓。见此情形，本米便道：

"你很累了吧？"

"不累，手铐快断开了，再忍耐一下。"

最后，手铐真的被锯开了，翁姵自豪地笑了，本米则朝她鞠了个躬，表示感谢，然后拿着扳手去修理车子。过了一会儿，本米让翁姵试着点火。这次，翁姵一打火，发动机就响起来了。翁姵高兴地笑了笑。本米又检查了一下发动机。这时，一个大问题浮现在翁姵的脑海里：现在，本米没有被铐起来，让他继续坐后面而自己来开车，这明显不行，因为当自己忙于驾驶时，他要是跳过来控制自己，自己怎么办呢？所以应该让他开车，自己在旁边监视他才比较安全，自己还可以趁机拉拢他呢。

本米见发动机正常工作了，就关上车前盖，把扳手放回袋子里，拎着袋子上车，坐回原来的位置。翁姵对他温柔地笑了笑，并递给他一包烟。本米摇摇头回绝道：

"谢谢，我从不吸烟。"

翁娓尽量展现和善的态度,笑着问本米:

"我们待在一起快半天了,但都还没有机会问你,你是哪里人?叫什么?为什么被抓起来?我叫翁娓……"

本米侧目看了一眼翁娓,不料两人四目相对,各自又迅速移开。本米缓缓说道:

"我是沙湾拿吉人,叫本米,至于被抓的原因,我想你应该知道我是什么身份。"

翁娓点头表示自己知道。她沉默了一会儿,说道:

"请你坐到前面来帮我开车,我以前只在城里开过车,这样的路我没开过,我怕一起掉下悬崖。"

翁娓笑着给本米让座,本米没有拒绝她的要求,他手握方向盘,换好挡位,车便继续向前开了。翁娓警觉地观察本米的神态,只见他专心开车,表情冷漠,好像对翁娓的事情不感兴趣。翁娓想了一会儿,然后用随和的语气对本米说:

"你在哪里学的开车?看着很老练。"

"在解放区。"

本米简短地回答,没有看她一眼。

"连你们那里也有驾校啊?"

翁娓强调"连……也有……",说明她并不相信本米的话。本米转过脸看了翁娓一眼,一字一句坚定地说道:

"别说驾校,各种高等技术学校到处都是。"

本米的目光和话语让翁娓感到舒服,她轻轻地耸了耸肩,暗自思忖道:

"击中要害了。接下来,得说些讽刺的话,让他生气更

好，之后再用甜言蜜语，我不相信这个战线小伙子不上钩。"

翁姵咳嗽一声，又继续问道：

"'解放区'有哪些好学校，你能说来给我听听吗？我或许哪天也去学呢。"

说完，翁姵笑了起来。本米沉默一会儿，说道：

"解放区的学校多得是，有很多外国学者来这里交流呢。"

"真的吗？还有外国专家来交流？不是骗我或说着玩的吧？我才不信呢。"

翁姵笑得更大声了，以至于不得不用手挡着自己的嘴。她瞟了一眼本米，等着看他因她的嘲笑而不满的目光，但本米面色未改，镇定自若地继续开着车，等翁姵笑够了，他才郑重地问道：

"在这个世界上还有哪个国家像我们国家一样，人口只有三百万，经济还那么落后，却敢于把旧殖民统治者驱逐出去，现在又敢与美帝国主义这个世界新殖民统治者的头领作斗争？"

本米的提问让翁姵感到震惊，她呆若木鸡。本米接着说：

"解放区的优秀学校是把人培养成为真正具有爱国心的人才、为民族的崇高利益甘愿牺牲一切的钢铁战士……"

本米差一点儿说出"它不像把人变成动物的腐朽的殖民主义制度那样"之类的话来。本米瞅了翁姵一眼，看到翁姵的脸上露出懵懵懂懂的表情。翁姵承认本米是个理性的人，同时她也看到本米一路上处处都表现出谦谦君子的样子，他不像别的男性那样，爱开她的玩笑。像这样的孤男寡女走一路，如果换成别的男人，就说右翼军士兵吧，她很难想象没有她不希望的事情发生。翁姵正在放空思绪的时候，突然转过脸来，看见本米正饶有兴趣地偷偷打量她。孤男寡女共处一处，小伙子看姑娘的眼光，多少带点儿炽热，那是很自然的事。翁姵迅速躲开本米的眼神，她感到有点儿尴尬。这时，本米慢条斯理地说：

"哦，翁姵姑娘……"

翁姵急忙向本米转过脸，准备继续听他说下去。

"你有亲戚在解放区吗？"

翁姵还没等听清，就反问道：

"在哪里？"

"在石缸平原解放区。"

听本米这么一问，翁姵的眼睛立刻闪亮起来。她关切地看着本米，然后回应道：

"你为什么这样问？"

"我认识石缸平原的一位姑娘，她长得跟你一模一样。"

"叫什么名？"

"翁盼。"

"喔！她是我妹妹。"

本米"呵"的一声笑了出来，然后微笑着说道：

"你们两姐妹长相很像啊。"

"那当然！我们是双胞胎。我娘跟我说，我们小时候吃

奶时，我娘喂过一个，要拿锅灰涂到额头上做记号，要不然喂了谁、没喂谁，就整不清楚了。"

"你们只是外表长得像，思想却有天壤之别。妹妹是爱国青年，是游击队队长，而姐姐却……"

本米话没说完，就得停下来，因为前面的路是断桥，他必须迅速把车停下来。翁姵大声惊叫：

"这桥怎么了，哈？"

"桥断了，没法走了。"

翁姵的心一下凉了半截。"这一定是战线军破坏的，我无疑要落入他们手中了。"翁姵这样想。她浑身发抖，一把抓住本米的胳膊，说道：

"我们现在怎么办，哥哥？"

这是翁姵第一次愿意称本米为"哥哥"。

"我们掉进包围圈了，能到哪儿去呢？"翁姵问。

本米带翁姵下车。突然间有说话声从路边传来："本米，你还活着啊？我们没有想到会在这儿遇到你。"

不一会儿，有三名军官从林子里走出来。翁姵把本米的胳膊搂得更紧了，颤颤巍巍地说：

"本米哥，我害怕。"

"妹妹你不用怕，他们不会伤害你的。"

"哥哥您上哪儿都不要丢下我啊。"

此时，他们之间的称呼已经改用"哥哥妹妹"这种老挝人之间正常的亲密称谓了。本米看了看翁姵，说：

"我要回到部队去了，你要跟我一起走吗？"

翁姵进一步靠近本米，低头想了一会儿，然后扬起脸对本米说：

"我这样的人能跟你们一起走吗？"

事件发生得太突然了，翁姵都不知道该怎么做才能保命。她现在只有一条路，就是不离开本米。本米去哪儿，她去哪儿，因为在这里，除了本米，她谁都不认识。另外，这也是权宜之计，先看看事态的发展，再作打算。

第 三 章

　　翁姵在都市长大，从来没有进过这么茂密的森林，但她在电影中看到过丛林的美景，看到冒险者进入深山探索大自然的奥秘，与野兽搏斗，创造了许多奇迹。翁姵很喜欢看这样的电影，而现在她走进森林，爬高山，看到松鼠在树上跳来跳去，见到叫声响亮的林八哥、鹩哥，看到这些鸟儿一边啄食果子一边在欢唱，所有这些都是翁姵在城里从未听过或见过的。在电影中看到的冒险者在森林里生活的故事情节逐渐浮现在翁姵的脑海，而翁姵正把自己当成其中的冒险家！

　　从另一个角度来看，翁姵把上山当作对身体和头脑都很有益的一项运动。说到陶本米对待翁姵的态度，他及连长委派来把翁姵送回解放区后方的四名同志，没有一个人把翁姵当俘虏看待。相反，他们很乐意帮助翁姵，主动帮她拿东西，也没有谁拿她开玩笑或者向她投来像青年男女互相调情般的目光。恰恰相反，他们像亲人般地关心她。此外，茂密的山林景色也让翁姵慢慢享受并开始新的生活。由于翁姵从小就生活在殖民主义社会这个大染缸里，她的思想难免还有些混沌。她认为，她是走投无路了，才被迫把自己交给本米，跟他走。她甚至认为，本米和他的同志之所以对她好，是因为她的脸蛋长得白净漂亮，身材好，有又粗又长的金项链，有银腰带，而且人还聪明伶俐。当她想到自己要偷偷逃跑的秘密计划时，忍不住偷笑起来。这个秘密计划是仿照一位法国姑娘从德国法西斯军队逃走的做法，是从电影里学的。她要像电影里那样，以美色勾引策反本米他们里面的某个人，然后一起逃回到万象政府控制区。然而她的梦中楼阁倒塌了，因为她越来越没有力气了，她不再像刚开始上山那样沿着大石头活蹦乱跳了。她现在汗流浃背，气喘吁吁，当水喝的啤酒喝完了，含在嘴里的棒棒糖也不能给她增强体力了。她不得不垂头丧气地坐下来休息。雪上加霜的是，这时候天黑了，突然下起雨来，干净而且还有熨斗熨过痕迹的上衣和裤子一下子全湿透了，披着雨衣也没用。山上的路滑，到处荆棘丛生。翁姵滑了一跤，摔了个大跟头，要不是本米及时把她拉住，她或许已经沿着溪谷边滚下去了。污泥沾在她的一边脸蛋上，她却不知道拿什么东西擦掉，因为她的双手满是污泥，举起衣袖来擦吧，袖子也沾着泥。翁姵呆站在那里，不知如何是好。本米看见了，对她说：

"先忍一忍，再走一会儿，等看见小溪了再洗。"

翁姵将手上的泥在树上蹭了蹭，接过本米递给她的拐杖，慢慢地走向小溪。此时，翁姵想要成为电影明星扮演的

那种冒险家的愿望不知道消失到哪里去了。她举起表来看，然后转过脸去问本米：

"天黑了，我们要去的村庄还远吗，哥哥？"

"今晚我们要在森林里过夜。"

"睡在森林里？"翁姵震惊地说。天下着大雨，到处都是山蛭，蚊子满天飞……要在这里睡觉？翁姵的心顿时沉了下来。她边走边想：一个女的，跟这些男人一起在森林里过夜，这行吗？哎呀，真是倒霉透了。原本在沙拉普昆军营过着吃香喝辣的滋润日子，却因为跟着达中尉上了车，自己才来到这里！这归根到底还是因为辛通上尉。真后悔当初陶本米问自己是想回到沙拉普昆军营还是想留下时，为什么不说回沙拉普昆军营呢？他们或许真的放自己回来呢。唉，自己真是愚蠢啊！翁姵越想越后悔，都想拿拳头捶自己的脑袋了。不过，翁姵有个优点，就是她不爱哭。若换成别的姑娘，落入和她一样的境地，早哭成泪人儿或者吓晕过去了。而翁姵还能忍着慢慢地往前走。这时他们来到一处小溪边，翁姵洗净手和脸后，就谁也不理地到小溪的另一边去，陶本米在后面喊道：

"喂，翁姵姑娘，不把衣服上的泥巴洗掉吗？"

"不洗了，还会脏的。"

"今晚我们就住在这里了啊。"

听到这话，翁姵左顾右盼，寻找一个能钻进去的地方，但连个小茅棚都没有，只有茂密的森林，睡在哪里呢？翁姵失望地瘫坐在地上。傍晚，蝉的叫声使得深山的气氛更加冷清寂寞。夜晚黑暗的森林中，昆虫和野生动物的叫声交织在一起，让翁姵觉得有个神秘的幽灵正在靠近，并压抑着她脆弱的生命。此刻，她所能依靠的只有陶本米和他的四位战友。

陶本米他们正在洗漱，收拾好自己后就分工。一人站岗，一人去拾柴火和砍竹筒焖饭，两人去摸鱼，而陶本米准备"铺床"。听到分工，翁姵就不能无动于衷地坐在那里了。她向陶本米走过来，想问怎么"铺床"。当她看到本米从背囊拉出树上帐篷时，才上前帮忙吊起来。大约三十分钟后，六个防雨棉布帐篷就吊好了。翁姵的物品挂在中央的帐篷旁边。

"谢谢你们为我准备了树帐篷，夜宿森林有这样的帐篷睡就够了！"翁姵诚恳地说。

本米微笑着回应。他拿起大刀说："睡的地方准备好了，你去洗澡更衣吧。雨停了，我去拾些柴火来烧。"

翁姵洗了衣服，晾好，才和衣下水洗澡，一边看着本米他们烧火做饭。清澈凉爽的溪水映照着她白嫩的皮肤，使她更添几分姿色。洗完澡，翁姵站到小溪边的柳树丛后面换衣服。她穿着蛋黄色翻领上衣、银色条纹筒裙，头上盘着像脱脂棉一样的白色尼龙布。她慢慢走到小溪边一个小沙墩上跟本米他们坐在一起烤火。她一坐下来，就用温柔的语气问道：

"你们竹筒里烤的是什么呀？怎么那么多个竹筒呀？"

"烤的是米和鱼。尝尝看，好吃吗？"本米边回答边对那

位正往火堆里推柴火的战友使了个眼色。

翁姵瞅见了，害羞地笑了笑。她本来想说"我也喜欢吃竹筒饭"的，却因为害羞而不敢说。

翁姵原先幼稚的想法逐渐消失，因为她看到她的生命没有受到威胁。相反，她感觉跟本米他们在一起很有意思，一路上他们很照顾她，成为她的好朋友。他们一起坐着烤火，翻转竹筒，烤着阵阵飘香的米饭，一边放着收音机，欣赏着巴特寮广播电台播放的解放区歌星的美妙歌声。自然界沉没在傍晚的黑幕中。翁姵原先觉得这黑暗就像会伤害自己孤独灵魂的神秘幽灵，现在她慢慢明白了这黑暗不仅不会伤害自己，而且是谁也不伤害的具有正义感的灵魂朋友。翁姵对自己的新发现感到高兴。她转过脸去亲切地对本米说：

"一起走一整天了，本米哥，您还没有介绍哥哥们让我认识呢！"

本米正在翻竹筒，他眯缝着眼以防火烟。他弹了弹火灰，然后随和地说道：

"我想等到吃晚饭时再介绍给你认识，你现在说起，我就真诚地介绍一下。坐在我旁边这位是陶蓬，正在破竹筒饭的那位叫陶甘，手里拿着收音机坐在石头上那位是陶宛，而坐在离你不远处的那位是陶烨。他们都是琅勃拉邦人，我们都知道你来自首都万象。"

本米他们在篝火附近的一块岩石上铺饭席。翁姵看到本米拿着肉罐头和鱼罐头打开，叫了起来：

"你们也有肉罐头、鱼罐头啊？"

"有，只够吃而已。请吧，翁姵姑娘。大家请。"

这是翁姵有生以来第一次和不熟悉的男人在森林里吃晚饭，不过，她发现他们很有礼貌。今晚的食物有当地叫做"思安"的无鳞淡水鱼、竹筒饭、酱、烤鱼、水蕨菜芽和烧竹笋等。

"你们的鱼是从哪里弄来的？怎么那么快就抓到了鱼？"

"我们是在那条小溪里摸到的。哪天你也去摸，试试看。很好玩的，不过呢，得先把指甲剪短了，才摸得到鱼。"

翁姵低头看看自己的指甲，不好意思地笑了，想把手藏起来，又不知道往哪里藏。指甲那么长，捏饭团吃饭都难，还说什么去摸鱼。翁姵不说话，专心吃竹筒饭，觉得这饭又甜又香。她夹了一块思安鱼来吃，觉得它的味道一点儿不亚于她在城里吃过的鱼汤。不一会儿，陶烨挑了一条有金灿灿鱼卵、一看就觉得好吃的烤思安鱼放在翁姵面前，并说道：

"请吧！"

翁姵点头微笑，表示感谢。她边吃边想：本米他们待自己如同亲妹妹一样，这与她在右翼军队看到的士兵截然不同。在右翼军队里，如果哪位女子不幸落入他们之手，像翁姵现在这样，那肯定连皮都不剩，必死无疑了。

翁姵和本米他们像在家围着饭席吃饭的兄弟姐妹一样，边吃边聊。不知不觉地，月亮已从天边升起，月光透过树枝斑斑驳驳地照到饭席上；凉风阵阵吹来，树枝摇曳，照射到地面的树影像漂浮的幽灵在摆动。落在枝叶上的雨滴在月光的反射下一闪一闪的，微微颤动，然后掉到地面上。

眼看着竹筒里的鱼块快吃完了，未见陶甘添竹筒饭，陶蓬就用手肘轻轻顶一下陶甘的肋骨，朝竹筒方向点头，示意说：老头子，把鱼倒出来啊，或看看里面还有没有？陶甘拿起竹筒，底部朝天举得高高的，弄得鱼块和鱼汤都漏出来了。坐在旁边的翁姵赶紧伸手阻止，并说道：

"够了！够了！够了！哥哥！别举那么高，汤会漏出来的。"

翁姵只不过是说了这几句话，却引得大家哄堂大笑。翁姵也害羞地转过脸去独自偷笑，好一会儿，她才敢把脸转向饭席。

翁姵不像有的姑娘那样放不开，她跟小伙子一起吃饭，没有顾忌，她是吃到饱才会放下碗筷的。今晚，吃过饭后，她就主动去收拾饭席，很有礼貌地倒水给本米他们喝。这是翁姵第一次这么温柔真诚地对待本米他们。

翁姵在本米旁边坐下来。此时，天气清爽，周围的一切事物都沐浴在皎洁的月光中。放眼向刚才翁姵洗澡的水潭看去，在月光的照射下，水面闪闪发光。翁姵心里想：在这样的月光下烤火，如果有人讲有趣的故事来听，一定很快活。但是很遗憾，只见本米站起来亲切地说：

"今天我们走了一天，大家都累了，现在去休息吧。我站岗，祝大家做个好梦！"

翁姵长叹一口气，目光注视着本米英俊的脸庞。她觉得本米的举止很得体，儒雅周到，无论戴着手铐还是现在自由了，都一样。她有很多问题想问本米，但不得不先放在肚子里。

那天夜晚，翁姵无法入眠，尽管身上盖的是她用了好几个月并且是用动物毛做的被子，既熟悉又舒服。她一会儿趴着，一会儿仰着躺，换不同姿势想赶紧入睡，但是一点儿困意都没有。实际上，她走了一天路，已经很疲乏了，应该很快能睡着才对。

翁姵用手揉了揉脸，捋了捋发帘，扯扯衣服，侧过去翻过来，伸伸小腿，好让自己入睡，但是对本米的兴趣，让问题不停地闪现在她的脑海里。越不问，就越想知道，结果什么问题都没有解开，她越想越疑惑，后来，她干脆不睡了，放空心思，任凭思绪飘荡。昔日的一幕幕浮现在她的脑海里。她想到自己的父母和亲戚朋友。翁姵出生于川圹省勐柏县一个中等农民家庭。她的父亲参加法国的远征军，升到兵曹长后，被调离石缸平原到首都万象市郊的基奈莫军营。翁姵的父亲参与了 1960 年 8 月 9 日政变。三方联合政府成立后，翁姵的母亲和两个妹妹、一个弟弟回到石缸平原探亲。那时翁姵只有十二岁，正在准备小学考试，没有跟随母亲回老家探亲，就留在万象继续上学，跟父亲在一起。他父亲后来在梭发那·富马首相府保卫连服役。那时候，翁姵相信并且十分热爱中立部队和爱国战线部队。每当看到中立部队和爱国战线部队士兵，她都会鞠躬表示尊敬，同时她对父亲当保卫首相的军队军官感到很光荣。她记得有一次，一位爱国战线部队的兵哥哥来拜访她的父亲时，教她唱《一群恶魔》这首歌，并把上面有爱国战线旗帜的徽章别在她的胸前。她

十分高兴，并保存了那枚徽章。她上学时，不能把徽章别在外衣上，就别在衣服里面。每当有人恶狠狠地对她时，她总会摸一下胸口，看看那枚徽章还在不在那里。她总会这样想："谁敢欺负我，等着瞧，我们的中立部队和爱国战线部队的叔叔会把你揍得头破血流的。"但是，在三方临时联合政府外交大臣贵宁·奔舍那先生在万象被暗杀之后，翁姵的父母就失去了联系。中立派分裂，一部分站到梭发那·富马亲王这边，另一部分追随爱国战线。从此之后，对爱国战线的辱骂和闲言碎语铺天盖地而来，翁姵对爱国战线部队的好感随即下降。后来到1964年，翁姵的父亲升为少尉并被调到勐攀县后，才找到翁姵的母亲和弟弟妹妹，而翁姵独自留在万象。她向世界上一切神圣的事物祈祷，让她和父亲团聚。然而，在她等候父亲的好消息的时候，噩耗传来，它如同一道闪电从她的心中劈开——庇佑她、爱护她的亲生父亲在勐攀牺牲了。从那以后，翁姵就对爱国战线产生仇恨。现如今，自己却落在他们手里，她该怎么做呢？

翁姵想到这里，不知道是什么声音，像雷劈似的响起来。翁姵蓦地坐起来，差点儿掉下帐篷。她脸上露出惊愕的表情，不知道发生了什么事情。睡在她近旁的陶蓬抬起头对翁姵喊道：

"没什么的，睡吧。那是美国空军去解放区扔炸弹后飞回来的喷气式飞机喷气的声音。"

翁姵长叹一口气，轻轻翻一下身，把发绺捋到背后，扯被子盖好，专心睡觉，但她还是没有一点儿困意。她的思绪又像放电影一样无限地飘向远方。她想到母亲和弟弟妹妹，不知道他们过得怎样。这时，翁姗听到有人从她帐篷旁走过。她撩开帐篷门帘往外看，只见树上草上到处沾满露水，月亮也慢慢在天空中消失，树上的露水一声轻一声重滴滴答答地落下来。她看见本米挎着 AK 自动步枪向火堆走去，就对他喊道：

"本米哥哥，您是生火来烤火吗？"

翁姗没听见回音，就坐起来，整理一下发髻，伸手去拿银色毛衣穿在身上，抓起一条带褶的大块布裹在身上，从帐篷上下来，向本米走去。

"不知道是什么原因，我睡不着。"翁姗低着头有点儿害羞地说。

本米正哈腰吹火，听翁姗说话，就抬起头对翁姗说：

"是不习惯睡帐篷吧？"

"不，我以前是在帐篷里睡过觉的。"

接下来他们俩都不说话。本米站起来去拾柴火，而翁姗轻轻地捅火堆里的木柴，好让火快点燃烧起来。过了一会儿，本米拾柴回来，坐在原来的地方。

"本米哥哥！"

"嗯！"

本米正低下头去吹火，听到翁姗叫他，他就抬起头来应答。

"我想问您件事。"翁姗用很温柔的声音说道，目光瞥到左边。

"请讲!"本米掸掉手上的灰,坐下来,饶有兴趣地等待翁姵来问。

"您曾经跟我说过,您认识我的妹妹,对吗?"

本米点头回答。

"现在她在哪里?"

"现在翁盼到底在哪里,我也不知道。不过,两个月前,我在腊博见过她。你知道腊博在哪里吗?"

翁姵点了点头,接着问:

"我母亲呢,您也认识吗?"

"你家里的人,我都认识。"

"那么,他们还好吗?"

"我去你家吃过好多次凉拌鸡肉末。你父亲很和蔼。我每次去你家,回来的时候经常醉得几乎走错路了!"

本米边笑边往火堆里添木柴,而翁姵却感到惊讶,她愣了一会儿,然后说道:

"我的母亲……唉!她嫁人了?"翁姵语不成句地问,脸上毫无表情。

本米若有所思地轻轻摇摇头,说道:

"这件事,我也不清楚。我也不知道他是你的亲生父亲还是继父。我只知道他叫康鹏中尉。"

"他的右边眉头有个黑记,对吗?"

"是的!他还有点儿秃头。"

"噢!天啊!我的父亲还活着!"说完,翁姵低下头,用手捂着脸,她的肩膀微微颤抖着。

这时，野鸡开始啼鸣。过了一会儿，翁姵抬起头，满脸泪痕。而本米脸上也露出难以形容的表情。他们沉默了一会儿，翁姵用颤抖的声音说：

"有人给我捎来消息说，我的父亲 1964 年就牺牲在勐攀了。我的父亲真的还活着吗？您没骗我吧？"

"如果你跟我们到石缸平原，你就会明白我们解放军战士有什么样的品德了。"

"嘿！您就爱这么说。"

翁姵拿布角擦了擦眼泪，腼腆地笑了笑，她的眼神里透出了一种光彩，整个人容光焕发。她望向远方，新的想法慢慢出现在她的脑海里。

第 四 章

步枪和重机关枪枪声在小溪的那边震响，炮弹"唰！唰！嘣！"在前后炸开；被炸断了的树枝和树叶掉落下来，盖在翁盼她们的头上。在普庚山后的一片松树林里，满脸是血的杜昂姑娘正搂着翁盼的脖子。

"姐，还有手榴弹吗？给我吧！"

翁盼手抚着杜昂的后背，将她脸上的头发拨开拢好，拿下头布，用布边轻轻地帮杜昂擦去血迹，然后说：

"你先好好休息吧，不久在普庚山的兄弟姐妹就会赶来帮我们。"

"大家怎么样了，姐？"

"每个人都做好了作战准备。"

"我们的大米呢？"

"我们拿过来一些了，但是我们让马驮着的那些……赶紧趴下！"

"嗖！嗖！嘣！"迫击炮炮弹在距离翁盼她们五米的地方落下，溅起的泥土遮满天。

"你没事吧?"

"没事，姐要去哪儿?"

"你就待在这儿，子弹还有呢！嗯，就这样，千万不能下去。如果必须撤退，我会回来找你，然后一起走。"

说完，翁盼时而匍匐前进，时而快跑，她要下山去找隐蔽在山脚的同伴。游击队队员一共也就一个班，一部分人受伤了，但是拒绝撤退，反而请求继续加入战斗。他们隐蔽在溪流边的高耸处，等敌人靠近，再一举歼灭。

"翁盼姐，敌人又上来了！这次比上次多，您看哪！"

"姐妹们做好准备，先让贼寇靠近。"

翁盼拿出手榴弹堆放在跟前，用手在头上抹了一下，把手心的汗擦掉，双眼紧紧地盯着前方。敌人慢慢靠近，三十米、二十米、十五米。

"射击!"

枪声和手榴弹爆炸声响起，敌人大约五人仰面倒地，还有好几个奄奄一息。交战仅进行十五分钟，敌人便无处可退。翁盼从隐蔽处站起，她一跃而下，去捡那些倒在地上死去的敌人的枪、子弹和手榴弹。就在此时，敌人都将枪口对准她扫射，"咻！咻！"怎么办？翁盼当机立断，慢慢匍匐前行，从这片灌木丛钻进那片矮树丛。她一手抓着手榴弹，一手拨灌木丛，坚定地匍匐向前。她的眼睛像钻石一样晶莹透彻，她怒视前方，仿佛要警告敌人：来试试看谁更勇敢，你

们敢靠近看看，我立马让你们尝尝我的手榴弹的味道。跟在她后面的战友们为了转移敌人的注意力，也集中火力射向敌人。与此同时，有两名敌人志愿兵来收他们同伴的尸体。这两人皮肤黑不溜秋，长得人高马大，长发及肩。他们分别向死去的同伴匍匐过去，那眼神像要射出火花一般。他们左顾右盼，一会儿俯身一会儿抬头，急速地将死去的同伴拖出来。他们手脚并用，到达一处灌木丛就停一会儿，然后继续扑向下一个灌木丛。他们的眼睛盯住同伴的尸体，拖这个拉那个，一会儿完事，万元酬金就妥妥地落入口袋，接下来，酒、炖鸡、泡妞等花天酒地的快活日子就享受不尽了。而翁盼镇静且坚定地匍匐向前。她的靛蓝色上衣和条纹筒裙与林中的草绿色很相配；她有白皙的面容，两侧脸颊像成熟的番茄那样红。她浑圆的胳膊和滑嫩的手指、两条白净的小腿和她那完美的乌龟壳形的脚背使得她娇小的身躯更添俏丽。此时，她好像在一块有各种花朵纷繁交错的绿布上爬行。过了一会儿，她那像花朵一样美丽的白嫩面容变得严肃起来。她的双眼一眨不眨地盯着前方，她看到那个高大黑皮肤士兵在靠近，她立即举起手榴弹扔了过去，爆炸声响起，那人仰面倒地挣扎几下便死了。就在那时刻，她发现另一个士兵迅速躲开，隐蔽在一棵大树后。哦，原来是两个鬼子，或许还有更多。她心跳加速，神经紧绷。"我一定会战胜你们的！"她的脑海里浮现出这个口号。她举起第二枚手榴弹，本想扔到那棵大树后面的，但是那个鬼子先向她扑了过来，他像抓赤鹿一样扑向她。翁盼蜷起身体避开，迅速从肩膀上拔下枪。

这时，有一颗步枪子弹从山坡那边射向鬼子的头，把他的帽子射飞。那鬼子赶紧卧倒躲闪。当他抬头起来时，翁盼正向他开枪射击，只见那鬼子立刻用手捂住胸部，头向后一仰，倒在了翁盼的脚边。为了以防万一，翁盼紧紧地抓着手榴弹的手柄朝着那鬼子的脑壳又猛打几次，看到他毫无动静了，翁盼才继续向前匍匐，去捡已死敌人的枪、子弹和手榴弹，然后安全地返回去找同伴。

"姐，祝贺您!"

"别大声说话，拿手榴弹去分，谁的子弹用完了，就用这把枪射击。子弹还有很多，就是有点儿沉。对了! 刚才是谁开了那一枪，如果没有那一枪，我恐怕无法脱险。"

"好像是从山坡那边射过来的。"

翁盼向山坡那边望去，看到杜昂正站在那里对她笑，同时挥手表示祝贺。

"哦! 原来是杜昂帮了我。"

翁盼笑了，举起装有手榴弹的袋子给杜昂看，杜昂挥手更来劲了，同时指着右边山冈，所有人转过头看向那边，看见一群战士正向他们跑过来。

"在普庚山的战士来帮我们了。"

大家都很高兴，热情地迎接战士们。但是，当得知前来帮忙的部队只有一个班时，姐妹们没有说话，她们内心无法平静，因为敌方的力量超过她们好几倍。翁盼和班长陶腊走到一个树墩边商量对策。

"为什么来的人这么少?"

翁盼不解地问。

"那边也受到了敌人的攻击，连长命令我们来接应你们，一起撤退到普庚山，但是要尽快撤啊。我担心敌人会断我们后路，无法撤退。"

"嗯！哥哥您带着一部分姐妹先走，我和剩下的姐妹掩护你们。"

"不行！你们刚才作战已经很累了，必须先撤退，我们在后面掩护你们。"

"嗯！这样也行，但是敌人不是已经开始又一次进攻了吗？"

"是啊，敌人已经开始集合迫击炮来打我们了，敌人来就来，你们赶紧走，我们会消灭他们的。看样子，对方好像是泰国兵。"

"是的，听出他们的口音了。"

翁盼跑过去，本想叫姐妹们集合，扛起米袋，一起撤退，但是敌人打得很近了，她们必须先击败敌人，才能撤退。激烈的战斗开始了。敌人在喊话：

"要抓活的！"

"冲啊！"

"那个穿蓝色上衣的留给老子！"

翁盼冷笑一下："让你们朝我来，我用子弹回敬你们。"敌人这次准备了精良的武器来进攻，并没将游击队放在眼里，但是，当他们与游击队的轻机枪和 AK 自动步枪交锋时，多次进攻都以失败告终。他们被吓得赶紧撤退，四处逃窜。翁盼她们背起大米，开始撤退。杜昂拒绝让战友背自己，坚持拄着拐杖和大家一起走。可她们刚脱身没一会儿，敌人的四架 T-28 飞机就来了，贼寇轮番对翁盼所在区域进行猛烈射击，为敌方军队的进攻扫清道路。

这次，敌人从多翼进攻。偏偏此时，杜昂的伤势加重了，翁盼不得不背起杜昂来阻止敌人，但是寡不敌众，先撤退的那些战士和游击队员的退路被切断了，他们也无法退回去找翁盼她们，只能选择突围，想着先向普固山方向冲出去，再抄近路来接应翁盼她们，所以他们的总兵力被分成了两股，但是翁盼她们却不知道这事儿，反而以为跟在她们后面的是刚才来接应她们的那班兄弟。当她意识到是敌人在靠近，就赶紧把杜昂放下，命令姐妹们快速撤离。她自己则掏出手榴弹堆放在面前，将子弹排放在手边，准备战斗。杜昂睁开眼睛，看到这些，问：

"翁盼姐，您要干什么？"

"准备战斗，敌人跟着我们过来了。"

"在哪儿？"

杜昂忘记了所有的伤痛，眼睛变得明亮起来，她匍匐到翁盼身边，用肩膀支撑着枪，镇静地等待敌人靠近。

"姐，您剩的子弹多吗？给我十几颗吧！"

"你射完后再拿，一颗子弹杀一个敌人！记住了吗？"

"记住了。"

翁盼想起陶贤告诉她，本米在普昆战役中英勇地牺牲了，今天她也准备为救国事业献出自己年轻的生命。如果自

己的身躯能够成为炸弹，她准备好跳进敌人的队伍，与敌人同归于尽，不让这些强盗和卖国贼留下半点儿痕迹。"砰！砰！咻！咻！唰！唰！"四处弥漫着硝烟，灰土漫天飞。

"先让他们靠近！"

"啊！姐姐手榴弹扔得真准！"

"妹妹你射击啊！看，又死一个！"

"接着扔手榴弹。姐，那边，左侧！"

"杜昂！收拾那个肩上有闪光徽章正往外爬的家伙！对了！这样就对了！"

翁盼和杜昂拼尽全力地战斗，直到用尽最后一颗子弹，她们毫无畏惧，多次打退敌人，但是手掌如何能够拦住大水呢？这两个姑娘被敌人包围了。包围圈越缩越小，翁盼向背着粮食撤退的同志们望去，明白他们已经脱身了，她高兴地笑了起来。她抱着晕倒在地的杜昂，指着自己的胸脯，对敌人说：

"朝这里开枪！"

当战火和硝烟消散时，躺在翁盼臂弯里虚弱的杜昂也苏醒过来，她努力抬起头，双眼直愣愣地盯着远方，用手指着敌人的方向，好像是最后一次跟自己的同志说道："那些……都是国家的敌人！"听着杜昂的话，翁盼仇恨的怒火跃到脸上。她冷笑一声，好像没有什么事发生一样。她的笑寓意深刻，那是她至死不渝的坚定信念和对敌人刻骨铭心的恨。她们俩傲然挺立迎向敌人的枪口，但是面对如此美丽的形象，这帮嗜血分子的手无法扣动扳机，他们把翁盼和杜昂抓起来，用直升机运送到陇铮①去，交给他们的长官。

*

下午两点，一架从万象出发的白色双桨直升机降落在陇铮。从飞机上下来的那批人当中，有一个是辛通上尉。他身穿便服，戴着皮质帽子，上衣是奶白色外套，提着跟乌鸦蛋一样颜色的皮袋子，那样子更像个大学生或者游客，不像军人。他不跟任何人说话，径直从人群中穿过。当他走过去后，有一名身穿像老芭蕉叶一样颜色军装的年轻中尉过来迎接他，并接过了他手里的皮袋子。

"怎么样，柏，最近还好吗？"

"谢谢，小的很好，长官您近来如何？"

"老样子。"

互相问候和握手之后，他们一起坐上了吉普车，向陇铮南边的村庄开去。不久，车子开到一幢屋顶是用镀锌铁皮盖的木头房子前。这房子周围用铁丝网围着，两边是龙头竹。车开到这幢房前的路口时，就直接绕到房子的后面。一个穿着蓝色细腿裤、玫瑰色束胸上衣的女子跑出来开篱笆门。她披散着卷曲的烫发，使得本来就像猫一样的脸显得更圆了。

①陇铮，有的译为"龙镇"，是美国中央情报局在老挝领土发动秘密战争时的指挥中心。2013年老挝政府建置赛松本省时，把陇铮划为赛松本的一个县，即陇铮县。

还有一个脸长得像木瓜一样的姑娘，拉开窗帘窥视外面的动静，然后迅速隐没在房子里。

"他们来了！赶紧收拾一下。"

另一个像烘烤过的小青蛙那样瘦巴巴的姑娘赶紧布置好碗碟，那个穿玫瑰色束胸上衣的姑娘关好篱笆门后，迅速跟着车跑进来，想着帮忙从车上拿箱子和行李进屋去。

"裴蒂，没有什么东西要拿的，你给长官备好洗脸水了吗？"

"是的，已经备好了！中尉先生不必担心。"

"去吩咐其他人准备好饭菜，长官休息一会儿就要用晚饭了。"

裴蒂缩到帘子后面，三个姑娘头凑在一起，裴蒂递了个眼色，然后悄悄说：

"英俊潇洒！"

"真的吗？"

"还没有老婆吧？"

那个瘦姑娘边问边响亮地啧啧咂嘴，而那个脸长得像木瓜一样的姑娘耸了耸肩，吹了一声长长的口哨，屁股一扭一扭地向前厅走去。看这些姑娘的样子，听她们的口音，就知道她们一定是无法在泰国东北部生活了，才跑到万象来当酒吧女，为美国士兵服务，直到脸无血色了，又被送到美国中央情报局办事处这里来做全方位服务。

晚饭过后，末辛通上尉和末柏中尉一起坐到会客厅，舒舒服服抽烟，吞云吐雾。过了一会儿，辛通上尉说：

"近来有什么新消息吗?"

"没什么重要的事情,因为我们的战事已经扩大到了石缸平原一带。挽回荣誉之战①正在拉开序幕。"

"有人说,我们抓到了一部分战线干部,审问出什么结果吗?"

"小的们正在审问,但还没有问出些什么。哦,上尉先生,达中尉和翁姵姑娘到底是怎么回事?"

"达中尉被战线军抓住了,估计是活不了了。他们不但抓到了人,还拿到了情报。达中尉押送的罪犯也被放虎归山了。"

辛通上尉慢吞吞地说,脸上露出忧虑的神情。

"那翁姵小姐呢,长官?"

"翁姵小姐也消失得无影无踪了。"

"啊!小的觉得太好奇了,今天早上石缸平原战场那边送来了两个女俘虏给我们,其中一个受了重伤,送到的时候就已经断气了。至于另一个,看她的容貌简直就是另一个翁姵小姐,问她什么都不回答。如果长官您想看看,小的这就叫人把她押来,人就关在我们房子旁边。"

辛通上尉抬手看了看表,说:

"带过来我看看!七点我要去找上校先生。"

柏中尉站起身,走到电话间,不一会儿又回来了。

"请长官到审讯室坐着等待,一会儿他们就把人带过来。"

①指老挝历史经常提到的"挽回荣誉战役"。

*

　　此时，翁盼抱膝而坐，紧靠在墙角。昏暗和阴凉的关押室对于她来说，有种沉重的压迫感，这使得本已感到忧郁的她更加焦虑不安。接下来，她的命运将如何？有谁能来救自己呢？她该怎么做才能救自己？身边没有朋友，上级领导又离得那么远，她能逃脱吗？对于自己提出的问题，她失望地摇摇头，现在她就像站在饿虎面前的小赤麂，无论怎么跳跃挣扎，也逃不出饿虎的爪牙。哎呀，我的天啊！我该怎么办啊？泪水流过脸颊，她也不擦，任凭它往下流。她想起敬爱的父母、战友和领导。她思绪飘忽游移，然后停在杜昂和本米牺牲的事情上。杜昂和本米都是她志同道合的同志，他们光荣地离开了这个世界，为了祖国的解放事业献出自己年轻的生命。而她呢，面对牺牲她会退缩吗？想到这里，爱国精神的火焰在她的内心燃起。她用手拭去泪水，回顾自己过去都做了哪些工作，有没有做有损于革命战士荣誉的事情？她和敌人作战直到用尽最后一颗子弹，她保护战友们安全撤离，以便给前线战士送米；她拼尽全力杀死敌人。现在她要保持这份光荣直到流尽最后一滴血。

　　关押室的门开了，一道明亮的光照进了昏暗的室内，翁盼看到一个士兵兴奋地朝她走来，就像小孩见到了奶水。欲念之火使他变得疯狂起来，他抓着翁盼的肩膀摇晃，他要非礼翁盼，对她做下流的事情。

　　"松开手！别靠近我！"

翁盼把他推了出去。

"哎呀！我的好妹妹！哥哥现在就带你逃出去。"

他边说边伸出双手要抱她，企图亲她的脸。翁盼用尽全力挣脱，把他推开，他向后一个趔趄。

"哎呀！求你啦！这不会天崩地裂的，哥哥会给你钱的。"他又向她伸手，翁盼使出全力给了他一巴掌，同时叫起来：

"别靠近我！"

他没有后退，而是用手捂着脸，继续纠缠她，这次他用凶狠的声音说：

"你想死吗？如果你不顺从老子，老子就把你杀了！"

翁盼毫不惧怕，她拼命推开他的手，抬起右脚，用脚尖猛地踢向他的小腹，使得他仰面向后倒退了两三步，瘫坐在地上。翁盼上去又扇了他两耳光，打得他晕头转向。她捡起从他裤子口袋里掉出来的一把小折刀，把它插到筒裙里。"现在你敢靠近，我的刀可不答应。"她心里念道。她还想再给他一脚，这时有人进来了。

"嘿！这狗东西进来干吗！"

刚进来的这个人朝刚才企图非礼翁盼的士兵的臀部使劲踢了一脚。那士兵灰溜溜地走了出去，翁盼镇静地站在那里，观察刚进来这人的一举一动，她悄悄用右手去摸筒裙里的刀。

"嘿！刚出去的那个，你对他做了什么，搞得他像中了见血封喉毒液的猴子，马上要咽气一样。"翁盼没有回答，生气地翻着白眼。她本想数落几句，但后来一想说了有什么

用呢，还是沉默吧。对方可能自己想到了原因，就笑了起来。

"哈哈！他活该！走！跟我出去，去见柏中尉。"

*

辛通上尉解开大衣纽扣，双手插在裤子口袋里，在审讯室里走来走去。他态度冷漠，但是心里对翁姵却是无比的思念。他很自责，因为就是他，才使他爱的人失踪的。此时，外面有人敲门。

"进来。"

一个兵曹长走了进来，敬了个礼，然后说：

"长官，那名犯人已带到。"

"带她进来。"

没多久，翁盼就走进这间有电灯的房间。在灯光下，身穿的靛蓝色棉布上衣和那条半旧不新的条纹筒裙使她那白皙柔美的皮肤更突出，使她更加美丽动人。她的头发乌黑发亮，她像城市女孩那样把头发盘起，没有精心梳理，只是拿手指拢了拢。她站在辛通上尉面前，就像海鸥一样，不管遇到什么样的暴风骤雨，也无所畏惧。

柏中尉转过头来对那个兵曹长点了点头，说：

"行了，你出去吧。"

那个兵曹长敬了个礼，向后退两步，然后向后转，走出了房间。辛通上尉转过来看翁盼，从脚到头，再从头到脚地来回打量了两三遍，才慢慢说道：

"请坐，你是翁盼小姐吗？"

翁盼冷漠地坐着，没有应答，就好像没有什么事情发生一样。但是她心里感到奇怪，为什么这个人知道自己的名字，自从被捕，她还未向任何人透露自己的名字。

"你是翁婳的妹妹，对吗？"

当听到"翁婳"这个名字，她心跳加速了，因为翁婳是自己的亲姐姐，两姐妹感情至深，但是美国的入侵使得两姐妹被迫分离。翁盼瞟了一眼辛通上尉，就立刻转过脸去。"我该怎么回答他呢？"翁盼疑惑地问自己。她傲气的面容产生了点儿变化，变得双眉紧蹙。这种异常现象让心理学专家出身的特务辛通上尉猜到她内心的不安。他站了起来，对柏中尉点了点头，然后走出了房间。

"你有什么话就说给长官听吧，他是翁婳的丈夫，也就是你的亲姐夫，他来这里也是为了帮你。"

翁盼仍旧沉默不语地坐着。

"你到底是翁婳的妹妹，还是姐姐？我也认识翁婳。当长官看到你的时候，他就知道你是谁了，虽然他之前从未见过你，但是他的妻子常和他提起你……"

末辛通回到审讯室，并将一张照片递到翁盼面前。

"你看，照片中的这个人是谁？"

"是我姐姐，"翁盼用清晰的声音答道，接着她反问，"我姐姐现在在哪里？"

"妹妹你想见她吗？"

翁盼点点头。

"想见她干吗?"

"想知道她还记得自己的父母和弟弟妹妹吗。"

"哎呀!她记得每个人,想念着每个人。"

"还想念?"

"是呀!看到哪个同乡,她都会去问问。"

"美国把炸弹扔到她父母和兄弟姐妹的房子周围了,她也知道吗?"

末辛通不做声,他不知如何回答,他想换个对他们有利的新话题。

"她知道,而且她很担心!"

"担心?那她还去为美国人干事,让他们来杀自己的父母。"

末辛通笑了笑,微微耸了耸肩,倚靠在椅子里,跷起二郎腿,优哉游哉地抽香烟,吞云吐雾,他有点儿喜欢翁盼了。既然得不到姐姐,要妹妹也行,但是得想办法先撬开她的嘴才行。

"好啦,在这里我们不谈政治,妹妹你可要当心你的脑袋呀。"

翁盼正想要好好回应他,这时电话铃却响了,柏中尉拿起电话,转过头来看着末辛通,并用法语说道:

"勒上校先生找您。"

末辛通接过电话。

"是的,上校先生,您近来可好?……嗯,小的很好!嗯!小的现在就去您那儿,顺便去庆贺一下。"

末辛通挂了电话，站起来，轻轻地拍拍柏的肩膀，用法语说道：

"我要去见上校先生，你可要替我看管好这个姑娘，别让任何人带去审问。"

"但她犯了重罪啊，小的看了她的资料，她杀了一名泰国中尉和好几个军士长，她是老挝爱国战线的优秀游击队干部，小的担心那顾问要亲自提她去审问。"

"嗯，如果他来要人，就告诉他这名女子是我妹妹，要送去伺候王宝①将军的，现在我先走了，回来再说。"末辛通转过头看翁盼："妹妹你就待在这里，要听话，人家跟你说什么，你就做什么，不要嘴硬。你要知道你犯的罪行很重，很难解决，但是哥哥我会帮你的，我九点就回来。我先走了。"

当末辛通的车开向陇铮机场的左侧山冈时，一辆吉普车与他的车逆向而行，车上坐的是一名泰国少校、一名美国军官及西苏上尉，没人知道那辆车要开往何处，但是它朝着陇铮南边山冈的村庄开去。

*

末西苏上尉头发乱蓬蓬的，醉眼惺忪，衣服扣错了扣

---

① 王宝为美国中央情报局训练和扶植的主要军事组织——"特种部队"的领导人。

子。他抓起自己的酒杯，"噔！"一下子吞下，然后龇牙咧嘴，长嘘一下，一股浓浓的酒味冲过来，让那个头发像玉米须一样红、正吞云吐雾的美国军官一怔，香烟都从手上滑落下来了。

"接下来，你们要怎么做，嗯？"

那美国鬼子转过头去，用他的母语问末西苏，末西苏不大明白他问什么，只是鞠躬应承，表现出"长官让小的怎么做，小的就怎么做"的样子。那个叫吉迪的泰国少校坐在左侧的桌子旁边的凳子末端，长长地打了一个哈欠，就趴在桌面上悄无声息地进入了梦乡。

"你们审问这名女囚犯，问出了什么？说来给我听听。"

这美国佬问了又问。末西苏身上长牛皮癣，发痒难忍，此时他正伸手进裤子里闭目挠痒呢，一听到美国佬发问，就赶紧站起来用手摇晃吉迪那家伙的肩膀，用夹杂着他曲口音的泰语说：

"喂！您睡着了吗？完了！顾问先生想要……想要……嘿！嘿！"

"说什么，不知道。"

吉迪这家伙抬起头，昏昏沉沉嘟囔一句，接着又趴在桌子上梦游去了。

这美国佬面对这群贪杯无能的奴才，不免显出焦躁情绪。

事实上，从傍晚到现在，末西苏和末吉迪为了审问翁盼，也是使出了浑身解数，但都不管用。翁盼不仅什么都没供述，还以顽强的精神维护了革命战士的尊严。她被他们捆着手吊起来，衣服被撕破，并且多处被血浸透，她那像玫瑰花一样美丽的脸上挂满汗珠，头部左侧的血淌下来。她虚弱不堪，头歪向左侧，眼睛闭着。她的整个身体还能伸直，是因为吊她的绳子是连着天花板的。她白皙美丽的手臂和像凝脂一样的手指被绳子捆得肿胀，还有鞭子抽过的淤青。

末西苏靠近她，拿牛皮鞭木柄捅了捅她的肩膀，她睁开眼，充满仇恨的目光直对末西苏的眼珠。

"你还要对我做什么？哼！卖国贼！"

翁盼用强有力的嗓子吼，这声音把正在打盹的末吉迪也惊醒了，他说道：

"呦！你说话了！"

从傍晚到现在，翁盼对他们没有说一句话，任由他们怎么拷打，她都咬牙忍着。现在她终于开口说话了。这让他们兴奋起来。那美国佬也来了精神，打手势让末西苏把绳子解开，用英语说道：

"把她的绳子解开吧，她好像对我们服软了，拿些东西给她吃，好让她有力气报告。"

末西苏解开翁盼手上的绳子，拿椅子给她坐，将零食和柠檬酒摆在她面前，然后说道：

"吃吧，吃了才有力气！"

"吃吧！"那泰国军官也跟着附和。

那美国佬站起来，努力用老挝语说：

"好！吃！很好！"

翁盼思考片刻：我必须吃，这样才有力气战斗。她举起柠檬酒来喝，拿起饼干来吃。看着翁盼闷头吃饭，那些鬼子及走狗相视而笑，露出了得意的笑容。他们不但送来食物，还打来温水让翁盼洗脸！"让你们伺候我好了，你们是收买不了我的。"翁盼边吃边想。

他们开始用温柔的语气说话，拐弯抹角地问，想知道爱国战线兵力有多少、石缸平原各个地区的核心干部是谁、粮仓油库和各种物资藏在哪里。但是，无论他们怎么问，翁盼就是回答"我不知道、我没看见、我没听见"这几句话。

那美国佬像一条无精打采的狗那样坐在那里，边听着翁盼的答话边抽着烟，烟雾不断地从他又大又瘪的鼻子飘出来。他眯缝着眼睛，过了一会儿，他掏出跟香水瓶一样扁的四方形瓶子，打开盖子，仰起脖子，一口把它喝下。他说美国人这样喝酒才痛快，不用杯子。他自个儿一口把酒灌下之后，就弓下腰，好让酒精渗透进肚子里，然后才站起来。他身材高大，把手放在背后，向末西苏走过去，俯身对着翁盼，让末西苏翻译说：

"美国非常好，是老挝伟大的朋友，帮助老挝变得更好！"

翁盼仰起头看他得意的样子，真想往他的脸上吐唾沫，但她忍住了。她呵呵冷笑两声，愤恨地说：

"哼！美国是老挝伟大的朋友，却拿数百万吨的炸弹来毁灭老挝人民的家园。"

"她说什么？"

那美国佬转过脸来问末西苏，末西苏翻译给他听，他听后"喔"了一声，接着说：

"扔炸弹不是炸老挝人的，是炸共产党①士兵的，美国是在与共产党作战。"

"美国在和共产党作战，是这样吗？"

翁盼反问道。美国佬点点头表示认同，他接着说道：

"共产党不好，美国帮助老挝消灭共产党，哪里有共产党，统统要消灭掉。"

他先是面无表情地对着翁盼微笑，然后哈哈大笑，好像特别开心似的。翁盼镇静地反问他：

"想要消灭共产党，为什么不去莫斯科？那里共产党多得很，在老挝只有爱国者而已！"

那美国佬听了末西苏的翻译后，满脸通红，一双深陷的眼睛迸出火一般凌厉的目光，脖子上暴起一道道青筋。那个趴在桌上睡觉的泰国军官不知怎么的，突然站起来对翁盼用泰语说了一句莫名其妙的话：

"不知道长官到了没有。"

翁盼听得有点儿糊涂，但还是立刻回应道：

"你以为这里是你的家吗？哼！不知羞耻，我觉得恶心！你来入侵人家，却说人家主动来找你。"

末西苏猛地拍了一下桌子，那美国佬背着手走开了，末吉迪又埋头到桌子上面去了。翁盼用手去摸她藏在裙头里面

---

① 原文是"communist"——老挝语的音译。

并用腰带系得牢牢的小刀。"这次谁敢来碰我,我就直接捅了他,管他后果是什么!"翁盼想。她决不让对方轻易地把她绑起来毒打了。从傍晚开始,她就做好跟他们殊死搏斗的准备。她想到越南民族英雄阮文追,她要像追大哥那样以革命战士的热血来战斗,但要她继续在这饿虎笼子里战斗是不行的,一定要找机会从这里逃出去。她转头看向窗户,有了主意。晚上天黑时,从窗户跳出去,以黑暗作掩护,一定会成功。先逃出去,至于逃出去后的事情,再慢慢想办法解决。

末西苏神色严厉地靠近她。

"敬酒不吃吃罚酒,想再被吊起来,是吗?"

"哼!你为虎作伥、引狼入室,我不怕痛不怕死,别来吓唬我!"

此时,天开始下雨了。那美国佬走去关内室的门和窗户。而末吉迪还沉浸在自己的梦乡里,只有末西苏正猛扑过来准备动手打翁盼的嘴。翁盼抓起玻璃杯用力砸向他的脸,他赶紧躲闪,趴到桌子下面。机会来了,她像猫一样快速跃上桌子,踩过那泰国军官的头,朝着窗户跳出去,消失在黑暗中。她听见身后有三声枪响,她毫无目的地用尽吃奶的劲拼命跑。跑向哪里?她不知道该往哪个方向走,只知道要跑得快、跑得远。突然,她的脚被绊了一下,一头栽进了稻草堆里。这稻草是敌人运来喂马的。她钻进稻草堆躺下埋伏起来。

敌人展开大规模搜捕,口哨响彻四方,吵闹的喊叫声乱成一团。

"她往这条路走了。"

"看见了吗?"

"没看见!"

"堵住那条路!"

"她到哪儿去了? 怎么这么快就不见踪影了?"

有三个士兵用手电筒挨个稻草堆这儿照照、那儿照照,过了一会儿,手电筒的光和士兵们的喊声越来越远了。

此时,末辛通上尉回到了那栋房子,末柏慌慌张张地跑出去迎接,末辛通没注意到末柏的神态,径直走进房子,当他走到会客厅后,才转过头对末柏说:

"我们要返回万象了,因为那边还有一些事情没有解决。哦,翁盼在哪儿? 去叫她来找我,我还要问她一些事情。"

"哎呀! 上尉呀,小的错了……"

"发生什么事了?"

末辛通转过头不解地问道。

"哎呀! 事情是这样的,长官。您离开之后,小的告诉翁盼坐在这里等着,然后就出去吩咐用人烧水给她洗澡,小的去找裴蒂要衣服,但是瞧着哪一件都不合适,小的便去商店想找一两条有花纹的筒裙和几件上衣来给她换洗。小的出去的时间不长,回来的时候,水都还没开呢,就看见小红女①咚咚咚跑过来向小的报告说西苏上尉、吉迪少校和一个美国军官没有预先知会小的就把翁盼押走了! 小的派人到处

---

① 指上文提到的那个穿玫瑰色束胸上衣的女人。

找您，但是都没找到，小的也才刚刚回来。"

听到这些，末辛通脸色立刻变得煞白。

"你没有打电话给西苏那家伙吗？"

"小的打电话去问过他们很多次了，他们回复说正在审问人犯，审问完了就会把人送回来。"末辛通拿起水杯，喝了口水，坐着沉思了一会儿。

"这么晚了，还没见把人送来，不会是他们已经把她蹂躏得不成人样了吧？走！我们现在就去找末西苏！"

正准备出门，电话铃响起，末柏接过电话：

"哈啰！是的！啊！怎么了……糟了！"

末柏放下电话，转向末辛通，颤颤巍巍地说：

"翁盼跑了！"

"谁打来的？"

"是西苏上尉，长官！"

"完了，他们把翁盼杀了！"

末辛通绝望地倒在椅子上，木瓜脸女子正端着放有牛奶的托盘出来，吃惊地大喊一声"啊"，托盘从她手中滑落，装着牛奶的杯子落在地上，地板上到处都是玻璃碎片。

第 五 章

翁姵穿着棕色条纹筒裙和天蓝色七分袖上衣，像大城市姑娘那样挽着发髻，此时的她正坐在溪边一棵大榕树树荫下的一块大石头上剔除鱼肠。凉风阵阵吹来，榕树上的鸟儿边啄食果实边发出悦耳的叫声。翁姵边剔除鱼肠，边看清澈水面上自己的倒影。她对自己笑了笑，现在她的穿着与从前不同了。现在她不戴绿色的无边圆帽了，不穿喇叭裤、细腿裤了，不穿那种在后背系扣子、紧得令人喘不过来气的衣服了，再也不穿袒胸露背的上衣了，因为她觉得那样的穿着有点儿难看，她再也不觉得那样的打扮是美的了。她现在喜欢老挝传统衣饰了，她觉得这样的打扮端庄大方、柔美可爱。在解放区生活的两个星期时间里，她原本想鼓动本米他们一起逃去万象右派临时控制区的念头被打消了，因为她发现自己没有能力那样做，相反，她发现老挝爱国战线干部不仅具备值得赞扬的品格，而且能力也相当出色。

以前，有人对她说，加入老挝爱国战线的许多人是野蛮愚蠢的，大字不识一个，但是现在她很清楚，那是最卑鄙的诬蔑毁谤之言，因为她自己亲眼所见、亲身感受到老挝爱国战线的干部是智勇双全的救国战士和英勇无畏的人。刚开始和陶本米他们同行时，她从心里觉得他们的知识水平不如自己，但是共处三四天后，她就认识到陶本米他们的聪明才智远胜过自己。谈到政治，她需要向本米好好学习，才能搞清楚谁是老挝人民的朋友，谁是敌人。她承认，以前她竟不知道导致自己的祖国地位卑微低下、沦为他国奴隶、为他国做牛做马的原因。谈到自由和民主，她也只是知道些皮毛，当进行更深入的探讨时，她就什么都不懂了。她在首都万象看到遍地的妓院、烟馆、赌坊，以前她只当是平常事物，却不知道那些都是殖民统治的产物，是美帝国主义者和它的走狗拿来毒害她的同胞的最可恶的毒品，是为殖民统治者为所欲为地入侵和压迫剥削她的国家服务的工具。

此外，陶本米还让她明白了什么是善恶功过，明白了穷人和富人是怎么来的，揭露了资本家如何压迫剥削雇工。本米的讲解让她听得目瞪口呆，眼睛眨都不眨一下。在过去的两三天里，还有一位女医生来和她做伴。那医生表面上好像只知道开治头痛肚子痛的处方，或是开点儿奎宁来预防疟疾，但是有一次，当她跟随那位医生去为一位孕妇接生时，她的看法完全变了。那次，她们来到一个老听族同胞的村子，有一孕妇难产，她肚子里的孩子先伸出一只胳膊。这种难产的情况，如果不是在重点医院，在没有什么手术工具的情况下，要挽救母亲和孩子的生命是一件非常困难的事，而这位医生却成功地接生，让母子平安。这件事情促使翁姵的思想发生了转变，从不相信变得相信老挝爱国战线的力量，但是她还是喜欢打扮，想要独自享乐。今天陶本米钓鱼回来，她就挑了两三条想自己烤着吃。她把鱼拾掇干净，往鱼身上抹盐，拿到火上去烤，然后就跑到大石块上仰面躺着乘凉，用双手垫着头，逍遥自在地唱歌，也不管鱼烤得怎么样，因为她觉得陶本米和杜昂蒂坐在那里，他们会帮她看着烤鱼的。

今天，他们在溪畔休息吃饭，然后继续赶路。他们走得有点儿慢，因为他们要躲避出来扫荡的敌人。现在只剩下陶本米和杜昂蒂跟翁姵做伴，其他人都已经回到各自的队伍中去了。陶本米帮翁姵翻了一下鱼，悄悄地对杜昂蒂说：

"今天晚上我们就到达台乡，你将翁姵送到勐铿县战斗指挥部，我要回到驻扎在康开县的部队去。"

杜昂蒂抱膝而坐，她眯缝着眼睛以避开火烟，慢慢回答道：

"我觉得，您应该先送她，再回部队，因为她跟您比较熟悉，而且您还要多开导她。看她的态度也很上进，我每次看她的脸，我就会立刻想到翁盼，也不知道翁盼是死是活。"

"哎呀！你们已经举行好几次追悼仪式了。至于我，你们也鞠躬悼念了，眼泪也掉不少了，可我不还是好端端地坐在这里吗？"杜昂蒂沉默了一会儿，便叫起来："哎哟！本米哥，您到底是怎么回事，才变成这样？"

陶本米尝了尝鱼汤，又撒了点儿盐，然后津津有味地说：

"我也没料到，自己还能活到今天，在和敌人作战的时候，我就下定决心要战斗到流尽最后一滴血，时刻准备着为国家的事业献出自己年轻的生命。我只记得当敌人用多于咱们好几百的兵力向我们攻进并说要活捉我们的时候，我们的子弹刚好用完了，我们就用枪杆打，用匕首扎，用脚踢，和敌人摔跤，抢他们的枪，在双方肉搏战中，我被三个敌人抓住甩下悬崖，又被他们的队伍发现，他们就把我抓起来关在沙拉普昆军营。"

说到这里，陶本米不得不停下来，因为翁姵在喊："烤熟了吗?"杜昂蒂应答道：

"还没熟，再等一会儿。"

说完，杜昂蒂转过头来对陶本米说：

"哥哥，您的作战经历和翁盼很像，但是翁盼可能无法像您这么幸运。"

"为什么这么说?"

陶本米不解地问，杜昂蒂沉默了许久，才慢慢地说道：

"哥，你们是男子，被敌人抓住了，顶多就带去处死，而我们女子呢? 如果被敌人抓到，除了严刑拷打逼我们说实情外，他们还会把我们当做泄欲的工具，这样，我们女子哪里还有什么价值。"

"杜昂蒂妹妹啊，你理解错了，如果是那样，那位战士的价值就更高了。"

话虽然是这么说，但杜昂蒂的一番肺腑之言却让向来喜怒不形于色的陶本米眉头微微皱起。事实上，陶本米内心爱着翁盼很久了，而他心中这份感情的表达，就只有每次他看着翁盼的眼神而已。现在翁盼，这个愿意与他共度一生的人，却失踪了。在这个世界上，将与他厮守到老的还能有谁呢？

为了安慰陶本米，杜昂蒂开起了玩笑：

"哥哥啊，这个世界真像一出戏啊！很多事情都巧得让人难以相信，您说对吗？"

"妹妹你说什么，我没明白。"陶本米笑着反问。

"嘻！丢了妹妹，却见到了姐姐，哥，您不觉得这事太巧了吗？"

说完，杜昂蒂忍不住扑哧一下笑出声来，怕笑得太大声，连忙用手捂着嘴，同时瞟了一眼正躺着唱歌的翁姵。事实上，本米的战友们，几乎每个同行的人，都怀疑翁姵爱本米，因为她做什么都只叫本米，像小孩一样央求他。而本米也很高兴为她跑前跑后。乍一看，本米为翁姵忙前忙后，好像是为了走进爱情的殿堂而架桥，但是事实不是这样的。在这个世界上，本米只爱一名女子，她就是翁盼。不管敌人对她做出怎样的恶行，他只希望翁盼能活着，这朵花就算失去了芳香，只剩下花梗也没关系，他还是会珍重地将她放在高脚铜盘里，当做自己的终身伴侣，直到生命的尽头。他不回应杜昂蒂的玩笑话，只是笑笑，然后看向远处，看那山川森林，但是他的内心却想要放声大喊，让这声音响彻世界，传

到翁盼的耳朵里，让她听到：翁盼啊！你现在在哪里？回答我，让我知道你是否还活着。如果你已离世，我会战斗到流尽最后一滴血，然后我们在另一个世界相见。

看本米不说话，杜昂蒂就接着说：

"怎么样，满意啦？"

"满意什么？"

本米笑着反问。杜昂蒂笑着，用开玩笑的神态向翁姵那边努努嘴。

"妹妹你理解错了，爱情不是拿来玩的，它来自真心。"

"嗯！我等着看，花斑鸠哪会吃腻米粒而去吃沙砾呢。"

"你就等着看吧，时间会证明给你看，老挝爱国小伙子说的话是怎样的。"过了一会儿，翁姵朝他们走过来，说道：

"本米哥，我的烤鱼熟了吗？哎呀！我饿得不得了了呀！"

翁姵挨着本米坐，凑近去看正在烤的鱼，伸手掰了一块思安鱼头，并呼呼呼地吹了两三下。"思安鱼头烤着吃是很好吃的啊。"说完，一口塞进嘴里。

杜昂蒂用手轻轻拍她，然后说：

"饭篓里有黑糯米，你怎么不拿来就着吃呢？"

"谢谢，先吃这个。哦，对了，杜昂蒂姐，您的头发为什么这么长这么密，分些给我嘛！姐姐这样的发质，盘成传统样式肯定美极了！"话还没说完，翁姵惊跳了一下，因为火星落在了她的脚上，她赶紧用手拍掉，并说道：

"Mon Dieu."

杜昂蒂和本米互相看了一眼，杜昂蒂笑着问：

"Mon Dieu 是什么话，翁姵妹妹？"

"是法语，姐姐！"

"哦！是什么意思？"

"相当于老挝语的'我的天啊'，应该用老挝语讲，对吗，姐姐？"

翁姵一本正经地问，三个人忍不住都笑了。

凉风习习，鸟儿在他们的头顶上飞来飞去，叽叽喳喳地叫着，去啄食果子，一派怡人的景象。

"哥哥，那是什么鸟，这么好看？"

翁姵回过头问本米，杜昂蒂笑容满面地替本米回答：

"火烈鸟，好可爱，真想带一只回去养啊！"

"对呀！好想要，怎么抓得到呢，本米哥？"翁姵认真地问。

"如果想得到，现在就要想办法，现在大家先吃饭吧，鱼汤也好啦。"

本米亲切地说，同时取下汤锅，把汤舀进竹筒里，掏出辣椒酱包来打开，拿出两个水煮鸭蛋放在翁姵和杜昂蒂的饭篓上。

"哥，您的呢？"

翁姵关心地问。

"什么？"

本米回过头来问。

"您的那份鸭蛋呢？没看见您拿出来吃！"

"我留着，你们爬山饿的时候吃。好了，大家来吃饭吧。"

本米的一番真诚的话语，让翁姵感到很激动。她边吃边想：一路同行以来，本米比她以前共同生活的亲戚更加关爱自己。从同行第一天直到今日，她对本米一直很感兴趣，这兴趣已经发展到她自己也无法解释的地步——当她的目光和本米的目光相碰时，她的心会颤抖，会激动。她不能把这种感觉坦露给别人。现在她对本米怜爱有加，掰开自己的鸭蛋递给本米，说：

"拿着，请吃我的吧！"

本米拿过鸭蛋，没有塞进自己的嘴里，而是捏碎放进辣椒酱里，让大家一起蘸着吃。哪块鱼好吃，本米和杜昂蒂都会夹给翁姵吃，而他们两个自己吃什么都行。

"哥哥和姐姐把鱼块都夹给我了，那你们呢？"

翁姵真诚地说，这是她第一次这么说话，以前谁夹肉块给她，她都只顾个儿吃，只求自己吃饱就行，不管别人。杜昂蒂笑了，她用亲切的口吻说：

"我们吃什么都行，饿肚子一整天也照样与敌人作战，我们已经习惯了。而你刚离开大都市，还没经历过我们那样的抗战生活。一下子要求你像我们这样吃，是不行的。你要吃得饱啊，待会儿我们就要上山了。"

陶本米他们吃过饭休息了一下，就上路了。他们一路行走好几天，身上只有干粮和辣椒酱了。此前，这些东西翁姵都要本米帮忙背，现在她要自己拿了。

"行了，我的东西不多，我帮你拿吧。这山很高的啊。喏，这是你的拐杖。"本米说道。

"哥哥，你们能爬的高山，我也能爬。"

翁姵拿起干粮袋挎在肩上，把装着辣椒酱的竹筒挂在自己的背包后面。本米和杜昂蒂看到翁姵正慢慢朝着革命道路前进，他们互相递了个眼色，面露喜色。他们三个人行走在遮天盖日的茂密森林里。一路上，他们没有多聊，都静静地走着，偶尔，他们才互相问一下路上看见的树或鸟什么的。

而翁姵，今天话比以往任何时候都少。她一路上边走边想：马上要见到自己的亲生父母和血脉相连的弟弟妹妹了。她的弟弟妹妹们在父母身边，在爱的怀抱里生活，一定很幸福。她会看到自己的家乡，看到一望无际的石缸平原，看到漫山绿油油的松树，看到燕子在天空飞翔，听到花斑鸠叫、噪鹃鸣，真是太令人陶醉了！她多么希望自己像鸟儿一样有翅膀，立即飞到爹娘身边。但是接下来呢，她应该如何生活？新的问题涌上来了，不过答案很简单，那就是她将自愿加入爱国战线，什么样的工作她都做，芒普安儿女做什么都行。当然了，参加新工作，她必须要接受长时间的训练，才能保证圆满完成每一项任务。她坚信：别人能做好的事，她也一定能做好。那接下来呢？她对自己笑了，她害怕别人看穿她内心深处的秘密，所以只是转过脸去偷偷看本米。她已经悄悄爱上陶本米了。

陶本米是难得的好人，他是身体强壮、精神坚定的好青年。他包容豁达，就像大海一样，就算有无数的河流汇入，

也不会溢出海岸；就算太阳炽热地燃烧，也无法将其蒸发殆尽。猛一看，觉得他是农民，但是再一看，又觉得他像是前途无量的研究者。他的目光深邃，隐含着一股神秘的力量，她无法预测在未来这股力量将会迸发多远，但是她相信那一定是很远很远的地方。这样的好人叫她怎么能不爱呢？她努力用眼睛来解读他的内心。她从未躲闪过任何人的目光，但是她不得不对自己承认：陶本米的目光让她夜不能寐。出现这种情况，是不是因为在她的心灵深处有着跟陶本米一样的正负极，能产生爱的火花？这个问题她无法解答，也无法拿出来去问别人。

正当翁姵想入非非时，杜昂蒂惊叫起来：

"啊！快看！那边就是普固山啦！"

翁姵顺着杜昂蒂手指的方向望去，看到一座高山的山顶上裸露着红色的土壤，一棵树都没有。为了看清楚些，翁姵踩上了一根靠近本米的木头，不料她的肩膀轻轻碰到了本米的肩膀，不知道她怎么想的，原本她那白皙的脸，因为天热就已经红了，这下更红了，她的呼吸也更加急促了。

"我们先在这儿休息一下吧！"

杜昂蒂放下背包，脱掉长袖上衣，翁姵也照做。

"哦！姐姐，这里有水，咱们去洗洗脸吧，天气太热了！"

翁姵把衣服扔到背包上，然后向清澈的溪流走去。这里的水是从山顶上流下来的。杜昂蒂跟在她后面。本米观望了一会儿普固山，才放下自己的背包。他突然发现路边掉了一本蓝色封底的笔记本，他知道这是翁姵的，他捡起来，然后拿过去，原封不动地装进翁姵的衣服口袋。当他抬起头，正准备回到原地坐下的时候，刚好碰见在他背后站着不动的翁姵，两个人都不知道怎么办才好，只好害羞地相视而笑。此时，杜昂蒂看到了，喃喃自语地说：

"这世界就像一出戏！"

第 六 章

辛通上尉迈着沉重的步伐，走进末西苏的审讯室。那美国顾问正跷着二郎腿享受尼古丁带来的快感，而末吉迪则早已溜去睡觉了。末西苏站起来，殷勤地朝末辛通伸出手。

"晚上好！亲爱的朋友。"

末西苏用结结巴巴的法语打招呼，因威士忌酒精作用，导致他舌根太硬。末辛通勉强地握了握手，用严厉的目光看着他，问道：

"你就是这样办事的吗？人到了我们处，别人要带去哪里，不得先征得我们同意吗？"

末西苏不知道如何作答，支吾半天。末辛通又逼问道：

"你问都没问过我的意见就把人杀了，你就这样越俎代庖，对吗？"

末辛通猛地揪住末西苏胸口的衣服，用力一扯，使得末西苏本来就瘦得跟烤熟的绿色小青蛙那样的脸，这下更干瘪了。他颤巍巍地抓住自己的衣领，因为他害怕末辛通会扭他的脖子，把他掐死。他转过头用法语向那顾问喊道：

"救救我啊！顾问先生！"

那顾问站起来，制止他正在互咬互斗的走狗，以冰冷的语气用法语说："辛通！同一个牛栏里的公水牛从来不角斗！你们闹什么？"

虽然这顾问是美国人，但是他的走狗只会说法语，因此，他们之间用法语交流。末辛通愤恨地说：

"他没征求过我的意见，就把我妻子的妹妹抓来杀了！"

末西苏站在那顾问的左边，看见自己脱险了，就说道：

"是谁说把她杀了！我只不过是按吉迪上校①的命令带她来审问罢了，她逃走后，我们也只是对着天空射击，为了吓唬吓唬她，让她停住，但是她不停，她还继续跑！"

"在那样的房间里，她能往哪儿跑？"

末辛通打断末西苏的话。末西苏愣了一下，接着说：

"看这里！"末西苏抄起他那本审讯录，指着纸上翁盼的脚印说："当时这个本子就这样摊开着的，她跃上来踩到这儿，跳到那张桌子，踩到顾问先生的帽子。"说着，末西苏取下挂在房间墙上的绿色军帽，递给末辛通，"看啊！她把帽子上的鹰徽章都踩弯了，这还不够，她还纵身跃过吉迪上校的头，从那扇窗户跳出去，隐没在黑暗中。"

---

① 小说在开始介绍这名泰国军官时写的是"少校"。在这里以及后面写的是"上校"，译文按照原文直译为"上校"。

那顾问把自己的帽子拿过来，低头吹吹，拿手掸去上面的灰尘，将弯了一半的鹰徽章掰直，然后说道：

"她是你的亲戚啊，辛通？"

"是的！"

"嗯，那敢情好！"

他点了两三次头，他认为，和爱国战线的人讲话，用鞭子木槌往往不奏效，不如用糖衣炮弹。他转过脸去问末西苏：

"找到翁盼了吗？"

"还没有人来报信。"

"叫他们先回来吧，不找也行。翁盼长得漂亮，怕你的士兵见色起意再生事端！搜寻翁盼这件事情，让辛通去办更好，辛通你觉得呢？"

末辛通从上衣口袋里掏出批示条，然后说：

"指挥部那边也同意将翁盼交给我了，您看！批示在此。"

"如此甚好，西苏，命令你的手下赶紧回来，停止搜捕翁盼！"

末西苏赶紧走出房间，那顾问亲密地拍拍末辛通的后背，耸了耸肩，并使了个眼色，那意思便是：翁盼归你了，要抓、要捏随便你了。末辛通喉咙里发出"呵"一声笑，然后他们两个人就互相告别了。末辛通上车返回他的办事处，丝毫不关心搜捕翁盼的事，因为他认为，他们的营地警戒森严，围有铁丝网，就算是一只小老鼠也逃不出去，而且有巡逻兵们彻夜巡逻。他换好衣服后，就喊裴蒂进来，他觉得裴蒂算是众人里较出色的，在关灯睡觉之前，让裴蒂帮他按摩筋骨。

*

翁盼躲在稻草堆里，不知不觉就睡着了，公鸡第一次啼鸣声惊醒了她，她感觉浑身酸痛，但是她咬牙忍着。她轻轻地从稻草堆里钻出来，观察四周，看见一切都还沉浸在寂静之中，山脉那边有四五个地方有火光若隐若现。她问自己该怎么办。她很清楚自己不能再待在这里，必须离开，但是要走哪条路，去哪里呢？碰巧这时有一辆吉普车从营地驶出，车灯朝她躲藏的那个稻草堆闪过来，她赶紧躲到稻草堆后面。借着灯光，她才知道稻草堆的左侧是马厩，她不能走那条路，马看到人会叫，那样她就会被发现。稻草堆的右边是猪圈，挨着的是菜园，她应该从这边走。当车灯消失了，她就摸索着向猪圈的方向走去，一边摸寻铁丝网，一边用脚探路，视线直盯着前方，寻找能帮她逃离这里的道路。她的耳朵紧绷，听着周围的动静。一有异常声音，她就赶紧蹲伏，环顾四周。她发挥鼻子的功能，努力分辨和分析是什么样的香味或臭味。突然，她又迅速蹲伏下来，一个黑影朝她的方向走过来，差一点儿就踩到她了。幸好那个黑影没有手电筒，要不然她肯定会遇到大麻烦。她一点儿也不害怕，跟上那个黑影，发现原来是个人，此人正去解大便。

翁盼来到一处溪谷，此时，太阳已从东边露出脸来，逐渐升高冲破天际。"接着往哪儿走呢？"这是翁盼难以回答的问题。"去找谁呢？"这问题她问过自己很多次了。现在出现在她面前的是森林和村庄。她从未见过这个村的村长，也不认识任何人。她想起自己曾经听过的一句古老的谚语："躲大象就要抓住象牙，害怕君王就要讨好他。"翁盼摇摇头表示不认同这句谚语，并自个儿咕哝道：这么做是屈服，决不可以！但是现在要往哪里去呢？天快亮了，继续待在这儿能行吗？要是被敌人发现，自己怎么能斗得过他们？翁盼一筹莫展，长长地叹了一口气。她仰头看天，想大喊："领导啊！"但是她不能喊，只能回忆一张张敬爱的领导人的脸庞。她想起解放区那革命旗帜迎风飘扬的美丽景象，她想起那些为解放国家出生入死的战友。她任由自己的思绪飘向远方，她想起了满脸是血的杜昂在奄奄一息的时候对她说的话：

"别放下武器！最后的胜利一定是属于我们的！"

这番话在她耳畔响起。她咕哝道："别放下武器！别放下武器！革命者的最佳武器就是革命立场。"说到这儿，她变得神采奕奕，她的眼睛里闪烁着坚定的光芒。她对自己笑了，她想起自己和战友一起学习过的理论说：革命战士和人民就像鱼和水，无产阶级是领导阶级，忠诚于革命。现在逃进森林是不行的，除了会饿死，还要孤身一人，毫无疑问会被美帝的走狗们抓住。她必须去找劳动人民，他们会帮助她的。

翁盼下到溪边，用手掌汲水来洗脸，把脚洗干净，整理一下发髻和衣服，下决心朝着陇铮机场南边的村庄走去。她来到溪边的一片甘蔗地时，听到甘蔗地旁边的茅草屋里有一位大婶在诉苦，她好奇地静静听着。

"哎呀！为什么我的命这么苦啊！真想就这样死了算了！"

听口音是芬族人，翁盼轻轻地打开篱笆门，向那栋小茅草屋走去。当她走近茅草屋时，那位大婶可能是听到了她的脚步声，就冲她喊：

"是伊①菈吗？快去给娘挑水来，娘自己已经生好火了！想洗个脸，连水都没有。"

翁盼瞅见茅草屋墙角立有四五个水桶，她挑起水桶，朝小溪走去。她正弯腰将水桶的口按下去装水时，听见身后有脚步声，她抬头一看，原来是一个小姑娘。那女孩长得白白嫩嫩。她上身穿着又宽又大的男式衣服，下身穿着有条纹的筒裙，筒裙上到处是补丁。她正卷起筒裙脚，朝她涉水而来。那小姑娘的眼睛盯着翁盼手中的水桶，翁盼立刻想到，这女孩一定就是刚才大婶喊的那个叫菈的姑娘！翁盼亲切地对这位小姑娘笑起来，说道：

"妹妹，你是菈吗？"

"是的，姐姐！"

菈正想问姐姐您是谁，却看到翁盼手臂上的鞭痕，她立刻惊得目瞪口呆，因为菈自己也曾经挨过这样的鞭打。菈靠

---

① "伊"一般放在少女名字前或作为长辈对晚辈女性的称呼，表示亲昵。

近一步，帮翁盼打水，然后问道：

"姐姐，您是在阶憨食品店干活吗？天啊！是他们把您打成这样的吗？"

菈是一位心灵纯真的姑娘，她备受压迫和剥削。她说完这番话，就走过去抱住翁盼，她们两个泪流满面地互诉衷肠。翁盼告诉菈说自己叫康登，希望在菈家躲一段时间，请求菈帮忙保守秘密。菈答应了翁盼的请求，并把翁盼带回家。菈跟她娘说明了事情的经过，希望她娘能留翁盼住宿，菈娘没有意见。菈自己回米粉店打工之前，在翁盼的耳边小声说道：

"姐姐，您就待在这里哈，把门关好，不会有人来的。我干完活，晚上我会找机会回来看我娘和您的。"

翁盼蒸了饭，然后炒芝麻，做香蕉花汤给菈娘吃。菈娘是寡言少语的人，聊天的时候才张口说话。她告诉翁盼说她是勐安县人，在菈八个月大的时候，她的丈夫就被土匪杀害了，虽然当时她已经是一个孩子的妈妈了，但依然保持着芒普安女性的白皙柔美。见她风韵犹存，那该死的一级军曹巴勒骗她说，他会好好爱护和照顾她们娘儿俩。菈娘认为巴勒也是信佛之人，一定心存慈善仁爱，便轻信了他，把自己托付给他。殊不知，菈娘不但没有得到巴勒一丁点儿的恩惠，反而被他压榨得只剩下皮包骨了。不仅如此，他还把性病传染给菈娘。菈娘对生活彻底失去信心，靠菈养着，过着有上顿没下顿的日子，只能等死。菈娘向翁盼诉说自己生命中所遭受的痛苦折磨，她表情冷漠，好像对痛苦已经麻木了。她没有流泪，说话的声音也没有丝毫的颤抖，偶尔还会呵呵冷笑两声。老天爷啊！实际上，仇恨的火焰正在她的心中燃烧，她的心在流泪。这是芒普安成年人的性格，在陌生人面前，他们是不轻易掉眼泪的，不管心中有多大的仇恨，脸上依然保持平静，就好像风平浪静的湖面一样。翁盼敬佩菈娘这种冷静的态度，但是她不同意菈娘说的"只能等死"这样的话。她想把自己的人生观说给菈娘听，又觉得还不是时候，所以她只说："生活就是斗争，如果没有斗争，生活就失去了意义。"翁盼虽然感到又困又乏，但还是坚持和菈娘促膝长聊。她努力转移话题，以便了解关于陇铮县的情况。她知道土匪们在陇铮机场的西边设立了一个区，他们把这个区称为"发展村"。敌人把从石缸平原驱赶过来的老百姓都集中在这里。翁盼知道这件事时，顿觉轻松了许多。她坚信，从解放区过来的百姓或多或少都接受过一心爱国、同仇敌忾的思想教育，因此，这些民众就像深邃的水潭，能让革命的鱼儿有所依靠和生存下去。

吃过午饭之后，翁盼和菈娘都睡觉休息去了。这间位于甘蔗地中间的茅草屋周围仍然是一片宁静，人们自顾自地来来往往。

*

那天下午，翁盼把茅草屋打扫干净，把东西收拾整齐，破竹篾扎成排搭墙，用竹箨把缝隙封上。傍晚时分，她一边

蒸糯米饭,一边帮菈娘缝补衣服,然后再缝自己的衣服。她
为了不让菈娘看见自己身体上的鞭痕,把筒裙往上拎到胸
部,拿洗脸毛巾来遮挡。翁盼在等着菈。直到夜幕降临,菈
才提着装有残羹剩饭的篮子走进茅草屋。吃过晚饭后,菈娘
和她们聊了一会儿,就去睡觉了,只剩下翁盼和菈边烤火边
聊天。

"康登姐姐!今天有好多宪兵从军营出来,把守着每个
岔路口。"

"他们是要搜捕抓人吗?"

翁盼以一种事不关己的神态说话。

"但是他们不检查男的,只检查女的。"

"他们没有抓谁吗?"

"这个我不知道。"

"现在那些宪兵还在四处搜查吗?"

"还在检查呢,姐姐。"

"妹妹你打工的那个餐馆老板阶憋老头子没来找我吗?"

翁盼编了这个谎话想要转移新话题,菈想了一会
儿,说:

"我听到阶憋老头来找阶霜老头说话!但是不知道来问
什么。"

沉默了一会儿,菈又说道:

"康登姐姐,您打算怎么办?要不然,您也来阶霜这里
干活吧,我们姐妹在一起,有什么事也可以相互照应。"

"我也是这么想的。今天晚上你有空吗?"

"有的。但是半夜十一点以后，我需要回去生火，准备热水烫猪。姐姐，您想让我怎么帮您？"

"想让你给我做个伴。"

"您打算去哪里？回家吗？机场那边吗？"

翁盼点点头。她们俩谁也没有说话。过了一会儿，菈伸手拿布来裹头，说：

"去就去！那里有个人想找帮工，因为有很多甘贤人和贤诺人去了那里。"

"我们走哪条路才不会被人看见？"

"这事姐姐不必担心，这一带我不知走了多少遍了，熟悉得很。"

"我害怕那些宪兵啊！"

"相信我，我知道小路。"

她们俩一起沿着溪流朝一个沙墩走去，经过一处菠萝地，沿着菠萝地篱笆往前走，然后往下走向河边的香蕉地，跨过机场边的水渠，爬上油库后面的一座小山丘。翁盼瞅见南边山冈上有好多亮着光的火堆，就问菈：

"瞧，那边为什么有这么多篝火？"

"不生火取暖就要冻死啦！咱们快去和他们一起烤火，那些人都是难民。"

"妹妹你先去吧。"

"姐姐您要做什么，我们快要到啦！"

"我有点儿事，妹妹你先去吧。"

翁盼一闪身就躲进了机场边的草丛里，借着黑暗，观察

正坐在一起烤火的人，从这堆篝火走到那堆篝火，一个也不认识。这时，她听到菈喊她。

"康登姐姐！康登姐姐！"

她不回答，只是回头看向菈，看到菈和一个妇女在一起，她们站在一座下面有马厩的高脚屋旁。高脚屋旁边是一家舂米粉店。屋里面有两三张桌子和排成行的酒，还有两三只挂起来的炖鸡。翁盼慢慢走过去，突然愣住了：完了！和菈站在一起的是柏老太婆。她眼睛长得小小的，脸肥嘟嘟的，还有个瘢痕。她是腊黄县人。见此情景，翁盼赶紧躲进机场边的草丛里仔细观察。

"康登姐姐去做什么了？怎么去了那么久？"菈跟柏老太婆说了几句话，就去找翁盼。翁盼等菈离开灯光照到的地方，才偷偷走到她跟前，并轻声跟她说：

"菈妹妹！菈！"

"啊？康登姐姐吗？"

"是啊！别这么大声叫啊！"

菈向翁盼走来，然后开心地说：

"我给您找到工作的地方了，腊黄柏婶需要找帮工。走吧！我把您介绍给她认识，她就站在那边的高脚屋下面等着呢。我介绍你们认识后，就要赶快回去了，因为老板让我去买味精。"

面对菈的好意，翁盼激动得说不出话来，她紧紧地拥抱着菈。但是翁盼哪会按照菈这单纯的想法去做呢，翁盼轻轻地说：

"谢谢你,妹妹!不过,我以前常常听到阶憨说到柏婶,他们兴许还是亲戚呢。如果阶憨知道我逃到这里来,我更要挨打了。妹妹你先回去吧!我先考虑一下,我还在石缸平原的时候就认识柏婶,我自己去见她,怎么样?到时候我会去找你的。"

"这样也好,那我就先回去了。"

"嗯!告诉你娘我在这里很好,我以后会去看她的。"

翁盼看着菈的背影消失在黑暗中,她激动地落下了眼泪,自言自语道:"菈啊!你帮了姐姐,姐姐却没帮到你什么,我们俩还能再见面吗?"翁盼呆站了一会儿,然后举起衣袖擦去泪水,决心向刚才看见的篝火走去,去找能够令她放心的人。她走进了一个院子,来到了一个谷仓下面,她好像听到一个熟悉的声音在说话,她走近一看,在离火堆稍微远一点儿的黑暗的地方,有一个姑娘正坐着和两三个人聊天。从背后看那姑娘的身影,翁盼立刻想起来那是杜昂蒂,她们两人曾一起同甘共苦,经历过华桑山、普固山麓和普散山多次战役。翁盼小声对杜昂蒂喊道:

"杜昂蒂啊!杜昂蒂!"

"是谁在叫我?"

杜昂蒂好奇地循声找人。

"是我呀!"

"是谁?"

杜昂蒂站起来,打手势让她的同伴们坐着稍等,然后走到离篝火有五米远的黑暗中去看是谁。杜昂蒂定睛一看,当

认出是翁盼时，就高兴地跑过去，一把抱住翁盼，拍拍她的后背，随即，她愣住了，因为她摸到翁盼后背密密麻麻的鞭痕，杜昂蒂惊叫道：

"翁盼！"

"怎么啦？"

"你挨打了吧？"

翁盼从未让别人看见自己掉泪，但是这次她忍不住了，她紧紧地抱住杜昂蒂，眼泪扑簌簌地往下掉，她抽泣着，把自己内心的伤痛发泄出来。杜昂蒂也哭了。两个姑娘的哭声没有引起旁边人的关注，因为人们被迫离开解放区又在这个所谓的发展区重逢时，哭声从未停止过，已习以为常。过了一会儿，两个姑娘心情平静下来了。杜昂蒂说：

"我以为你死了呢！"

"我也没想到会在这里遇见你！"

"嗯！翁盼，本米也还活着哦！"

"先不谈本米的事。杜昂蒂，我是从监狱里逃出来的啊，你想想看我们要怎么做才能保证安全。"

"你吃饭了吗？"

"吃过啦。"

"吃饱了吗？我们这儿还有吃的。"

"吃饱了。"

"真的？"

"不骗你。"

"翁盼啊！有饭吃的时候，一定要吃得饱饱的，这样才有力气战斗。"

实际上，在菈的家里能吃到什么，只有苦菜汤和快要发霉的大米粥而已。于是翁盼对自己的战友实话实说自己吃过了，但是没怎么吃饱。听翁盼这么说，杜昂蒂赶紧去拿糯米饭和蘸酱，还有两三块烤肉干给翁盼，说道：

"你先吃着，在这儿等我一会儿啊，我先去个地方，再来这里找你。"

"嗯！别太久啊！"

"嗯！我走啦！"

大约三十分钟后，杜昂蒂回来找翁盼，说：

"这里不安全，你应该去找老松族同胞。对了，翁盼，你的老松族方言讲得还像以前一样好吗？"

"还行吧！"

翁盼简短地回答，杜昂蒂用手轻轻地拍了拍翁盼的脸颊，说：

"这样就好啦！和我们一起被赶过来的普柯老松族同胞中有一名同志，名叫芭莉雅。我已经和芭莉雅同志说过啦，我拿来了这些老松族妇女的衣服。你吃饱饭，然后换上衣服，我带你去见芭莉雅同志。"

第 七 章

"咦，那不是翁盼吗？哎呀，真的是她！"贤驱车拐了个弯，停在了路边，跳下车朝翁姵跑去。翁姵扛着一捆柴，正跟着她的两个伙伴一块儿蹚水过河。

"翁盼，停一下。"

贤亲切地喊道，三位姑娘听到后都转过脸，颇有兴致地看向贤，在她们之中可没有一个叫做翁盼的。翁姵绕到同伴身后，转过身子朝向贤，笑着说：

"我不是翁盼！我是翁姵。"

"你啥时候改名字啦？"

"我没有改名字啊！"

"呦！别逗我了。"

带着翁姵去捡柴火的姑娘叫娇，她跟贤是老相识。听到贤那样说，她忍不住打趣道：

"哎哟，贤哥不害臊，乱叫人！"

"我真的认错人了吗？"贤尴尬地问道。

娇嘿嘿一声笑起来："您要是想弄清楚，就到那河边的荫凉处坐着问吧。"

说完，他们一块儿蹚水到那处于荫凉处的河滩上，贤说：

"我真的以为是翁盼呢！你们长得可真像呀。哎，世界上真的会有人长得这么相像吗？等你们都结了婚，我怕你们的丈夫都认不出自己的老婆来了。"

翁姵面带羞涩，低头笑着。现在的翁姵差不多快要成为一名真正的女战士了。她彬彬有礼，上身穿靛蓝色棉质上衣，下身穿着传统棉布筒裙。她常跟伙伴们一块儿劳动，或去锄地种菜，或去捡柴火。她的皮肤健康有活力，曾经用粉扑涂得白白的脸，现在像熟透了的番茄那般红润。翁姵用手绢擦了擦脸上的汗，说：

"翁盼是我的妹妹，我们俩是双胞胎。"

"噢！怪不得你们长得一模一样。你有翁盼的消息了吗？哎呀！我还以为翁盼从敌人手里逃了出来，可把我高兴坏了。"

"两三天前我才知道我妹妹被敌人抓了，不知现在是死是活。"

"我也就只知道这么多。我们俩交情挺好的，唉，真同情她啊。"

说到这里，所有人都满脸愁容。静默一阵，娇问贤道：

"你知道杜昂蒂姐姐的消息吗？听说她也被敌人掳走了，

不知道是不是真的?"

"是真的!我也差一点儿被抓走了。要是在腊森再被拖住两个小时,我可能也被敌人包围了。"

听到这里,翁姗问道:"那本米哥呢,也被掳走了吗?"

贤转头看向娇,好奇地问道:

"哪个本米?"

"就是跟您和杜昂蒂姐姐一同出发的那个本米哥呀!"

"噢!他呀!他没有跟我们去岗森,他跟我们同路到康开时,区指挥部就派他去桑怒学习了。现在说不定他正在纳盖仰躺着,一手盖着额头,一手举着香烟呢!"

翁姗低头思索,用脚趾轻轻地抠着泥沙,片刻,才抬头问道:

"为何杜昂蒂姐姐会被抓走?"

贤掏出一根烟,点上后吸了两三口才慢慢地说道:

"事情经过是这样的,杜昂蒂是跟我一块儿走的,她负责给位于岗森村的高射炮部队送药。送完药后,她便顺道去了趟腊凯村看望丹迪姑娘。我也跟着杜昂蒂去了,但是走到半路,营里派人叫我回去,说要送子弹给位于普华桑村西边的军队。我们刚走没多久,就收到消息说匪徒跳伞占领了浓岱村,并在岗森和森诺之间的小山脉排布了兵力。"

娇听贤说完后,说道:

"岗森游击队响当当的呀。天啊,双方莫不是进行了一场激战?"

"岗森游击队确实很厉害,但是他们几乎都驻守到普华桑去了，敌人从后方进攻，村里只剩下老人、妇女和儿童。即使是在这样的情况下，部分百姓还是能及时地逃出来。"

"这么说，杜昂蒂同志没有跟百姓一块儿出来吗？"

娇关切地问道。所有人都转头看向贤。贤立刻答道：

"据逃出来的群众说，是杜昂蒂把他们护送出来的，但把他们送出来后，杜昂蒂又返回岗森村了。她几番折返去帮助村民逃出来，然而不幸的是，还有一部分岗森村民被赶着上了前往陇铮的飞机，杜昂蒂也在其中。"

娇长叹一口气。翁姵不说话，她不再拿脚趾抠地上的泥沙玩了。她对于杜昂蒂这样忧心群众甚至不顾自己的安危，感到十分的震撼。这时，F－105 战斗机的声音划破天空，飞机正飞向康开。娇站了起来，说：

"请原谅，贤哥，先聊到这儿吧，我们要走了，您有空就来看望我们吧。"

"好的。明天，要是不去别的地方，我就去看望你们，我会带着木瓜去的。"

告别的时候，贤亲切地与大家一一握手。但若有眼尖的人在场，就会发现贤与翁姵握手时，要比别人用力和长久，而且他炯炯有神的双目直直地看着翁姵透着羞涩的眼眸。他的用意，翁姵是否领会，没有人知道。翁姵扛起柴火去追同伴前，又关切地瞅了一眼正蹚水过河的陶贤。

在翁姵陈述自己的情况并说明今后的愿望之后，她就被战时指挥部临时安排在这个营部，她在这里已经待了一个多星期了。

那天午夜时分，美国空军向勐铿县扔带伞照明弹，翁姗被惊醒了。半梦半醒中的她跟着伙伴一块儿跑进了防空洞。过了一会儿，飞机就飞到别处扔照明弹去了。女同胞们的说话声也随即响了起来，传出了防空洞。翁姗不说话，只是笑着听同伴们说话。这时的翁姗不怎么爱说话，不像以前那样爱聊天。她喜欢安安静静地待着，或者听同伴们说笑。她现在做什么事，都喜欢先观察同伴们是怎么做，再跟着做。当看到陌生的事物或遇到以前没经历过的问题时，她喜欢问自己：为何会这样？当无法自行解决的时候，她不会把疑惑藏在心里，她会去向从事革命工作时间更长的哥哥姐姐或妹妹们请教。

来到营部的第一天，翁姗看到大家都像一家人那般相处，她感到很新奇。这与她在王国政府军时的情况完全不同。在王国政府军，若是司令说一，属下绝不敢说二。然而，爱国战线的司令却是起早贪黑地锄地种菜，跟下属同吃一锅饭。遇到棘手的工作，最常见到的就是司令带领着解决。这与她在万象王国政府见到的官员也不同，万象王国政府的官员们只会使唤人，最后却使劲揽功。

翁姗跟同伴们正在睡梦中，信号弹又响了起来，翁姗和同伴们不得不抱起背包再次跑进防空洞。这次，美国空军对营部一公里外的双爱村发起了猛烈攻击，犯下了滔天罪行。伞式照明弹的强光照射与震耳欲聋的炸弹爆炸声及飞机喷气声交织在一起，使这个地区笼罩在可怕的氛围里。洞里吊着的灯在摇晃，翁姗害怕得脸色苍白。每次喷气式飞机咆哮而来，随即就是响彻云霄的炸弹爆炸声。防空洞被震得直晃，泥土不断掉落到头上。震耳欲聋的喷气式飞机飞来时，翁姵扯出布角堵住耳朵，用手捂住脸，闭着眼睛屏住气。这日子什么时候才是个头呀？老天爷！请保佑我们快快度过这一难。翁姵如是想道，她以为美国空军正往营部投掷炸弹，因为一些炸弹掉到了她所在的防空洞附近。

过了一会儿，她听到了嘈杂的说话声和人们跑来跑去换衣服的声音。翁姵把手从脸上拿开，她睁开眼睛，看到同伴们正齐齐地站成一排，洞里飘着浓烟。翁姵惊讶地站了起来。危险已经来临吗？这下死定了。翁姵这样想，但不敢说出来。娇看到了翁姵的表情，便让翁姵坐回原地，说：

"翁姵妹妹和博红妹妹在洞里看东西吧！"说完，娇和大约七位同伴手持步枪跑出了防空洞。翁姵挪到博红身边坐下。博红是她们中年纪最小的。翁姵问博红：

"娇姐姐她们去哪里？"

"不知道。指挥部下了令，可能是去救乡亲们了。"

"不怕炸弹吗？"

翁姵用发抖的声音问道。博红还没来得及回答，就快速地用手捂住了耳朵，因为她听到了正俯冲下来的喷气式飞机雷霆万钧的喷气声。翁姵也迅速地用手捂住脸，把头埋进膝盖里。轰——！天崩地裂的炸弹爆炸声响起，灯灭了，防空洞里伸手不见五指。翁姵伸手去摸索着寻找博红，问道：

"我们该怎么办？"

"没事的，姐姐！姐姐有火柴盒吗？"

"没有，我没有。"

她们俩紧紧地靠在一起坐着，蜷缩在那里，谁也不说话。翁姵把视线投向洞口，洞口处像闪电似的，一会儿亮一会儿暗。重机枪枪声、高射炮噼里啪啦的声音和炸弹轰轰的爆炸声响彻天际，就像是翁姵在万象看过的电影里的战争场景一样。之前看电影的时候，她也觉得这些声响震耳欲聋，会用手捂着脸，从手指缝里看。但是现在，她是真的紧紧地闭上双眼，呼吸也乱了节奏，她的心脏扑通扑通地跳着。她觉得自己的生命今天就要结束在这里了。她趁着洞里黑暗，双手合十举到额前拜了拜，然后往头上放了两三块土①。

"您在干什么，翁姵姐姐？"

翁姵没有回答博红的问题，反而问道：

"娇姐姐她们是朝飞机扔炸弹的地方去了，是吗？"

"好像是的！"

"糟了！"

翁姵惊慌地叫起来，她的心脏几乎停止了跳动。她喊道："为什么要跑去那里啊？那不是去送死吗？"但她马上回过神来，她不说话，而是心里在想：人的肉体怎能抵挡得住成吨的炸弹碎片呢。她想不通，是什么原因能使娇她们勇敢地奔向敌人扔炸弹的地方！恐惧让翁姵感到刺骨般的寒冷，她的嘴巴也在不停地颤抖着。

"翁姵姐姐，您很冷吗？"

---

① 老挝人的信仰，祈保平安。

"我很冷，好像要发烧似的。"

"披上我的棉袄吧！"

"那你呢？"

"我不冷，我还觉得闷热呢。唉，待在这样的洞里可真难受。要不是有纪律，我早就坐到洞外面去了！"

"你不怕吗？"

"怕什么？"

"飞机呀！"

"那些正在射击飞机的战士们呢，他们也跟我们一样是有血有肉的人呀！"

翁姵想了想，也是！她说得对，有什么好怕的！开飞机的人也跟我们一样是人罢了！翁姵这样想着，呼吸也变得顺畅了许多。过了一会儿，有光线照入洞口，博红见状，立马大声喊道：

"谁在那里照电筒，找死吗？"

笑声和询问声随即响了起来：

"哈哈！博红吗？呦，'小纪律员'，快出来吧！飞机都不知道走了多久了！"

"啊？飞机飞走了？那怎么还听得到'砰砰'的声响！飞机还没走吧？"

"炸弹声有延时，而且还有房子在烧的声音。出来吧，看来你们是真的怕极了，火都不点。"

"它自己灭的，我们没有火柴！怎么样，没有打下几架飞机来吗？"

　　博红边问边走向洞口，而翁姵则还缩在防空洞的角落里。

　　"当场打下一架，还有两架飞机机尾着火了，估计也飞不回去了！"

　　"那该死的飞行员抓住了吗？"

　　"听说死在机舱里了。明天才能知道确切的消息，全勐铿县的游击队员都收到命令去捉拿那飞行员。"

　　翁姵蜷缩在洞里，听到他们这么一说，也起了好奇心，慢慢地走出防空洞，想跟同伴了解情况。正好这时娇她们说说笑笑回来了，没有谁怎么样。娇告诉翁姵，陶乔受伤了，但不严重，已经被送到卫生队去了。接着，她讲述了营部的战士营救百姓和其他部队兄弟姐妹的事迹，此外还描绘了高射炮队战斗的英姿，讲到自己看到飞机着火了，还有飞机被击中坠落。翁姵不语，只是眨眨眼，边听边注视着娇的嘴巴。

　　那天晚上，熄灯上床后，娇她们一会儿就进入梦乡，好像没发生过什么事一样。而翁姵翻来覆去，就是合不上眼。月光洒进来，恰好落在了翁姵的脸上。翁姵望着明月，青春美好的想法浮现在她的脑海里。此时，她内心的焦躁紧张慢慢散去。她想起了一句诗词："若妹妹思念哥哥，便抬头看那繁星皓月，我们将会在天上相会。"翁姵对自己的此种想法感到害羞，她把脸埋进了枕头，过了一会儿，她才翻过身，把头扭到一边，避开月光，让月光落在了她右边的枕头上。

　　翁姵先想起杜昂蒂，后想起本米。若她能像池鹭一般拥有翅膀，像鹦鹉一样拥有尾巴，她就立刻飞到桑怒，跟本米说几句狠话，让他心痛，再飞回来跟伙伴们一同入睡。她要去质问本米，当初说好了无论在哪里、去哪里都要告诉对方，而如今，本米去了桑怒，连个信儿都没有。唉，真令人伤心！看吧，男人的心思都是这样的，不如星星那般明亮，不如棉花那样白净。啊，真让人生气啊！翁姵假咳了两三下。其实，她并不是真的想咳嗽，她咳嗽只是为了消解内心的闷气罢了。

　　想着想着，翁姵又想起了陶贤。说实在的，这真是件挺可笑的事儿。他啥都不知道，就一本正经地对人家喊"停一下，停一下"，好像人家是他的妹妹似的，结果发现不是。翁姵对自己的思绪感到脸红。她掀开被子，伸长脖子看了看伙伴们，仿佛害怕伙伴们知道自己正在想什么。

　　翁姵又想起娇讲述的关于陶贤跳进正着火的民房救婴儿的事迹。那母亲太害怕了，竟然忘了去抱在屋内摇篮里睡觉的婴儿，就自己逃走了。为了救出那婴儿，陶贤跳进了那间民房。那时，美国空军扔下的集束炸弹正在村子的各个角落炸开，房子被熊熊烈火包围着。这种情况下，陶贤也一点儿不慌乱。他抱着小孩跳下房屋，然后跳进了村中央的壕沟，猫着腰，像兔子那般迅速地沿着壕沟奔跑，不一会儿，就看到他从烟雾中蹿了出来。他把孩子交到那孩子的母亲手里后，不顾疲惫，又跑进村子里营救老百姓，仿佛一点儿也不害怕飞机和炸弹似的。翁姵不理解贤为什么要那样做。真不

知该如何评价贤和正躺在她旁边的娇和娇的战友们！在翁姗
躲进了防空洞角落里仍害怕得不停地颤抖的时候，他们却向
炸弹正轰隆隆掉下来的地方跑去，为的是救老百姓。他们跟
自己一样也是有血有肉的人呀，而他们为何这般勇敢？他们
还敢跑出防空洞，甘愿在枪林弹雨中帮群众搬运东西！想到
这里，翁姗的毛孔都竖了起来，她像穿山甲那样蜷缩着。她
很想大吼道：服了，服了！但是她不敢出声，只是在心里这
般想着。

　　第二天是周日，翁姗获准去腊博探望父母，娇将跟她一
块儿去。翁姗吃完早餐后，想立即出发，但当她拿起背包就
要往肩上背时，就听到伙伴们说要去卫生队看望伤员。她立
即想起了陶贤，尽管只见过一次面，她特别同情他。翁姗打
开背包找自己随身携带的消炎药，托朋友带给陶贤。但是不
知这药什么时候丢了，怎么找都找不到。"该给贤哥送点儿
什么礼物呢？"她自问道。翁姗看到了一块白色的褶皱毛巾，
上面有她亲手绣上去的工工整整的自己的名字。她把手帕叠
好，随后从记事本里撕了一张纸写道：

　　贤哥：
　　　　我让人带了这块毛巾给您擦脸用。祝您早日康复！
　　　　　　　　　　　　　　　　　　您的妹妹
　　　　　　　　　　　　　　　　　　翁姗

　　写完后，她把字条塞在毛巾里，拿了一张旧报纸把毛巾包了起来，在报纸后面写着：烦交给普固战地卫生队的陶贤。翁姵把东西交给朋友后，就背起背包出门去了。

"你托人送了什么？"

她们走到营部旁的番石榴树林里的时候，娇问道。

"我让人帮忙送了块毛巾。"

"送给谁？"

"给贤哥。哎呀！我忘了告诉贤哥，我要回去看望父母了！"

翁姵眼眸低垂，温柔地说道。

*

辛通上尉戴着墨镜，身穿绿色制服，头戴深黄色军帽，扎着黑色武装带，武装带上别着枪，一脸威严地从直升机里走下来，傲视前方。比他官阶低的来来往往的军官看见了，纷纷跑过来对他行礼，然而他视而不见，根本不回礼，仿佛世界上只有他一个人存在似的，只有看到自己听话的下属末柏屁颠屁颠跑过来敬礼时，他才懒洋洋地回了个礼，然后问道：

"这是哪里？"

"是腊凯，长官。"

"噢，那边是森诺，对吗？"

"是的，长官。"

"我们攻下普登和腊黄了吗？"

"攻下了，长官。"

他们两个凑近了，末辛通才问道：

"如何？"

"那件事吗？办妥了！"

"真的？"

"千真万确，长官。"

"在哪里动手的？"

"在班端村旁。"

"嗯？"

末辛通用不大相信的眼神看着末柏。末柏左顾右盼，没看到有别人，就凑到末辛通跟前，说道：

"他昨天就见鬼去了，您还不知道吗？"

"不知道。"末辛通摇了摇头，然后又问道，"确定是糟蹋翁盼后又杀人灭口那家伙吗？"

"就是他，长官！"

末辛通仍不信，又凑近末柏，对着末柏耳语道：

"我指的是吉迪上校那家伙呀！"

"还能有谁！就是他！长官。"

末柏又左顾右盼，然后说道：

"在您认为不可能在陇铮找到翁盼，怀疑吉迪上校那家伙折磨翁盼至死后，您给小的下了什么命令，您还记得吧！到了岗森村后，小的就立马秘密执行您的命令。坦诚地讲，自从那家伙在万荣当着女人的面踢小的屁股玩时，小的就对他恨之入骨了！昨天我们攻下腊黄后，小的就乘坐 F-105 飞机前去进攻普登，而占领班端村的泰国军则向腊黄进发。在枪战声、炸弹爆炸声和天上喷气式飞机的喷气声交织着发出震耳欲聋声响的时候，小的看到吉迪那家伙正坐在吉普车里过溪水。他离小的大概只有二百米远。机会来了！我把您送给小的那把 M16 步枪架到树上，瞄准一射，一击即中！只见那家伙脑袋歪到一边，小的就跑回伙伴身边。听说那家伙的遗体昨天下午直接被送回泰国乌隆机场去了！"

听到这儿，末辛通用手轻轻地拍了拍末柏的后背，亲切地说道：

"这次我将重重赏你！"

这时候，末柏看到两个泰国军官走过来，他对末辛通点了点头，然后两人肩并肩地朝着位于腊凯南边的一幢荒废的木板房走去。走了一会儿，末柏问道：

"您找到翁盼的尸骨了吗？"

"没有，他们可能把她装进麻袋扔河里了。"

"今年您的运势很旺呀！丢了姐姐遇到了妹妹，丢了妹妹又碰上了姐姐！"

"你说什么，我不明白。"

末辛通很感兴趣地问道。柏一边笑一边用手指头互相搓，做出数钱的样子。末辛通轻轻地弹了一下末柏的脸颊，说：

"钱的事，没问题！"

"您至少得带小的去鹦鹉舞厅两次。"

"几次都成。"

"您可得让瘦高白妞来陪小的!"

"瘦高白妞可比不上矮胖黄妞哦。"

"得是最漂亮的那个! 嘿嘿! 可否让小的问个问题?"

"请!"

"您忘了翁姵了吗?"

"谁说的?"

"不久,翁姵就会回到您的怀抱。"

"真的吗?"

一说到翁姵,辛通的眼睛立马有了神采,好像汽油遇到火星一样,喷出熊熊烈火,呼吸也加快了。他像很饥渴的人似的用舌尖舔了舔嘴唇。末柏咳了两三下,清清嗓子,然后慢慢地说道:

"两三天前,小的派三三小分队潜入康玛诺周围地区进行侦察。早上,他们报告说见到了翁姵小姐正跟着一名女子前往腊博。"

"为何不把她抢回来?"

"这可不像剥香蕉皮那么容易!"

"若不尽快动手,他们就会带着翁姵退回到勐康县,到那时,就完蛋了。"

"您尽管放心。看样子,他们正带着翁姵到山那边苗族村庄炖阉鸡吃呢!"

"柏,你干得不赖! 我很快为你争取肩上多添一颗星。"

"话说回来,小的觉得挺同情翁盼的!"

听末柏这么一说,辛通上尉怔怔地站在那里,然后说道：

"要是翁姵知道自己的妹妹被抓到我们陇铮军部里，而我们却没能把她妹妹救出来，她可能会很伤心的。"

"没事的，小的会帮着告诉她实情的，她会理解的。不是我们没有努力，我们可是还拿到了司令部的文书来证明她的妹妹无罪。我们也像《信赛》① 故事里的西霍找信赛那样努力地寻找翁盼。在《信赛》故事里，六个王子把信赛推下山崖后，西霍找信赛，是多么的尽力啊。我们也已尽己所能，然而最后也还是没有找到，这能怨我们吗？这都是吉迪上校做的好事！小的认为，他们可能是把翁盼糟蹋得不成人样，知道您向司令部请求带走翁盼后，他们就害怕了，于是便把翁盼杀了毁尸灭迹。如有必要，您就把小的谋杀吉迪报仇的事告诉翁姵，我敢保证，她绝不会泄密的。"

---

① 《信赛》又名《桑信赛》，是老挝著名的古典长篇叙事诗，创作于十七世纪中叶。 作品描述的是一位名叫古萨拉的国王，因妹妹被魔王掳走为妻，便出家寻找，路上遇见财主的七位美若天仙的女儿，就娶为妃。 后来七位王妃都生了王子，占卜师说王后生的西霍和最小的王妃生的信赛和桑铜这三位王子最有福气。 其他六位王妃便施计让国王把这三位王子流放到深山密林中。 若干年后，王子们都长大成人。 信赛在流放期间学得一身好武艺，一天正好遇见前去搭救姑姑的其他六位王妃生的六个王子，便一同去跟魔王搏斗以解救姑姑。 武艺高超、智勇双全的信赛救出了姑姑，却被那六王子推下深渊。 姑姑把真相禀告国王，国王派西霍等去寻找信赛，最后信赛被救活，并继承了王位。

"但是要提防末西苏。"

"这事您就相信小的吧。他虽是个军官，但手上没兵。咱们直接告诉他，让他不要声张，如果不想死的话。我想这样警告他，他一定会嘴巴闭得紧紧的，就是拿大刀来撬，也撬不开的。"

辛通上尉得意地笑了笑，他对今天听到的消息很满意。等回万象，一定得拿个几千块给占鹏大叔。喂！他的卦算得可真准："您此次奔赴战场，会有好事降临，会见到旧情人。"末辛通这样想，却没有告诉末柏。

第 八 章

在万象城塔銮广场的千间房大凉亭"住"着一群所谓的难民，他们是被万象右派从川圹省赶到陇铮县，后又被"送"到这里的。炎热的天气让他们感到更加的心烦意乱。他们的家乡气候凉爽，他们可没在这种闷热的地方待过，不太能适应。

波雅姐姐是沃穆哥哥的妻子。还在家乡的时候，波雅的丈夫就是地方游击队队长，而波雅则是爱国战线的积极分子。他们已经有了第一个孩子，取名"巴①吉"，现在两岁了，非常调皮且爱哭闹。他们被赶来的时候，全家人只带了一个衣被包袱和一个装衣服的箱子，因为波雅姐姐跟她的孩子是被右翼军直接从防空洞里抓走的。从洞里出来，往家的方向看去，房子已经被烧光了，变成了废墟。那时，沃穆哥

---

① "巴"放在名字前，是对晚辈小男孩的称呼。

哥不在，波雅姐姐到了陇铮一周后，才见到自己的丈夫。沃穆哥哥除了身上穿的，什么也没来得及带，得亏有一位说着一口流利芬族话的老松族姑娘请求要跟他们在一起，不然，他们一家子可能就撑不下去了。

"玛啊，去打点儿水回来吧！"

波雅姐姐向玛姑娘吩咐道，玛姑娘此时正静静地坐着补衣服，她像其他老松族女子一样头上裹着在前额上耸起的头巾。玛站起来，拿上水桶便朝着打水处走去，此时的打水处已经有好几十个人在排队了。波雅怜悯地看着玛，她从丈夫的口中得知，玛是普柯那个地方的鹏披亚①的养女。鹏披亚的大老婆逼迫玛嫁给他们的大儿子，这个大儿子比玛大二十多岁，而且娶了三个老婆。玛不依从，鹏披亚的老婆便让自己的儿子狠狠地打了玛一顿。如果玛没及时逃出来的话，可能就当场被打死了——即使都过了这么久了，玛背上的鞭痕都还没消退。因为害怕被鹏披亚的老婆找到，现在玛已经不再穿老松族女子所穿的上衣和裙子了。波雅姐姐十分担忧家里的生活。在陇铮，有亲戚朋友在一块儿生活挺好的，有人可以帮着去采些林产品来分着吃。但到了万象这里，什么都要用钱买，想给巴吉一根香蕉吃，都要花个十块二十块买。在家乡，房子周围就是香蕉园、甘蔗园、梨园和桃子园，果子多得自己都吃不完，还能拿去卖。就说厨房吧，锅边的醓鱼缸和酸菜缸，什么时候里边都是装满醓鱼和酸菜；房梁上

---

① 旧时老挝贵族爵位的称号，次于披耶。

挂着烤鱼。最不济也有干水牛皮、香芋汤可以果腹。说到住的地方，房间里都有席子和枕头。然而现在，在这大凉亭，想找个席子来铺着睡觉都没有。唉，这日子怎么那么苦呢！真想念家乡呀！波雅正躺着哄巴吉睡觉，她一边想着一边喃喃道。

来到了所谓的首都——万象，但是我的天呀！到处都是跟他们长得不一样的人。那些人长得高高长长的，有的脸长，有的脸短，大鼻子，眼珠子都不是黑色的，还开车随便撞人。走到城中心的街上，看到的都是外国人开的店铺。说到那些官员，都是些只顾着自己发财而不顾万千百姓的贪官。唉！别想了！只是徒增烦恼罢了！波雅姐姐坐起来，给巴吉盖了块布。这布本是丈夫的浴巾，后来当做自己的床单。波雅姐姐呆呆地坐着，仿若一个陷入绝境的人。过了一会儿，玛提着水桶回来了，波雅便说道：

"不知道你哥哥跑哪儿去了，太阳西下了，还没见他回来。"

"我听说他去班洪村了。"

"去班洪村干吗？"

"是不是去看盖屋子的地方了？"

"佛祖保佑，让我们快些逃离这里，我难受得都快透不过气了！"

玛紧贴着柱子坐下来，拿包袱挡着自己，看起来有点儿傻里傻气的。实际上，她像穿越云层飞翔的海鸥，明澈的眸子中闪烁着顽强的光芒。玛看向塔銮塔顶，心潮澎湃。这座

塔的塔顶用祖母绿宝石装饰着，几百年来，每到夜晚就散发着闪亮的光芒，仿佛绿色的火把，而如今，这爱国先辈们建造以纪念老挝人的英勇机智的塔，它的顶部却只剩下灰土，被雨淋日晒，被长年累积的黑色堆积物覆盖着。玛真想用刀刺向自己的心脏，取出鲜血把那忧郁的黑色涂成红色，让爱国的鲜血染红塔顶，让塔顶在阳光的照耀下熠熠闪光，让世人知道，老挝还有爱国者，有为自己生为老挝人而骄傲的人，有为民族独立和国家领土完整随时甘愿献出生命的人。想到这儿，愤怒的泪水溢出眼眶。她很想大声怒吼，让世界都听到：“觉醒吧！老挝人！举起我们的大刀向敌人的头颅砍去，让他们彻底消亡！”玛很想让自己变成一颗原子弹，然后飞向美帝侵略者和他们那言听计从的走狗，撞他们，炸他们的老巢，摧毁他们，把他们剁碎，抽他们，把他们绑起来熬干，把他们踩在脚下，灭了他们，把他们烧成灰烬！让他们的丑恶嘴脸从老挝民族可爱的土地上统统消失掉。玛还希望能够让自己的血肉之躯变成一望无际的田野，让自己的同胞在上面种粮食，让人民过上殷实富足的生活，让自己的家园安宁，跟其他国家一样繁荣昌盛。

对于这位叫玛的老松族姑娘，很多人都想搞清楚她的真实身份。坦白说，笔者也还不清楚她到底是谁，因此让我们一块儿跟踪事情的发展吧。

“玛啊！”

“哎！”

玛循声转过头，沃穆走到玛跟前，问道：

"你姐姐去哪里了？"

"是不是去煮饭了？"

"组织决定让你先去治疗，再谈工作的事。你的意见呢？"

还能有什么意见呢，组织怎么决定，玛都会做好准备执行，但是玛还是为沃穆一家人担心。沃穆似乎看出了玛的忧虑，于是说道："没事的，我们已经找到能让我们每个家庭有吃有住的办法了，你不用担心。今天晚上就会有人来接你去治疗，你先准备一下，洗个澡换身衣服。工作的事情我们之后再谈。只盼你的身体依旧结实，我们的任务可是很重的呀！"说罢，沃穆递了一包衣服给玛。玛自豪地看了看用尼龙纸包住的衣服，抬头往桑怒方向看去，那里是玛最爱戴、崇敬的领导人在中央的英明领导下，正率领老挝人民进行革命的地方，玛已经做好准备，秉持劳动人民战士的顽强意志，扑向新一轮的战斗之火。

那天晚上，来了一位跟玛年纪相仿的姑娘。她皮肤白皙红润，身材丰腴，脸若银盘，双瞳似水，头发自然卷曲，听口音似乎是阿速坡省勐麦县人。她向玛自我介绍道：

"我叫董翟！"

"我叫玛！"

相互介绍之后，两人没有说过多的话，便一起向一辆摩托车走去。她们俩坐上摩托车，董翟载着玛向万象城中心驶去。摩托车开得不快不慢，不久便消失在城市的滚滚车流中。

董翟把玛带到一幢房子的卧室，里面有两张床，上面挂有蚊帐，有干净的白色床单和蓝色的方形扁平枕。枕头上绣有正在空中翱翔的白色鸽子，此外还有一床叠得整整齐齐、价格昂贵的被子。董翟拿一块白色的洗脸毛巾给玛，玛洗过脸后，董翟说道：

"这间房子就我们俩住。您睡那张床，我睡这张。房间里有一张办公桌就够了，我坐这头，您坐那头。"董翟指着卧室房门旁边的一个小房间说道，"那个小房间是洗手间，洗澡、洗脸和上厕所都可以。"

玛不说话，只是点头作答。其实，她从没在大都市生活过。之前，玛来万象，都是住在郊区那边。这住处让玛疑惑不解，她不知道这里到底是什么地方。那天晚上，董翟和玛换好睡衣后，便躺着收听巴特寮广播电台，听到很晚才熄灯睡觉。第二天，一位戴着白眼镜的青年男子来给董翟和玛打针，聊了几句话，那位男青年就走了。到了吃饭时间，会有人拎着提盒送饭来，提盒装的尽是好吃的饭菜。做什么事、去哪儿，甚至是洗澡和睡觉，玛都依照着董翟的指示一一执行。

一天晚上，董翟和玛在房间里坐着随意聊天。聊着聊着，董翟就把自己埋藏在心底的话说给玛听。董翟说道：

"有一天晚上，皓月当空，我正坐在自己的小房间里看书，这时响起了敲门声。'谁？'我轻轻地问。'是我，快开门！'我打开门，只见我的校友萍姑娘正上气不接下气地出现在门口。她问道：'你没听到嘎曼河岸响起的枪声吗？'

'怎么会没听见！'我漫不经心地答道。我俩相互看了一眼，萍就拉起我的胳膊往屋外的凉台走去，然后在我的耳边悄悄地说：'快快准备，那些当官的都纷纷逃走了。共产党进城了，你不走，难道要成为共产党的牺牲品吗？'我假装惊奇地问道：

'这么晚了，要去哪儿？往哪儿走？'

'哎呀，就是逃到大山里去嘛！'

'我姐姐刚刚生了孩子，我们能去哪儿呢？'

'唉，你不走就算了，别说我没来叫你！'

"萍不高兴地走了，我独自偷笑，过了一会儿才进屋走到姐姐跟前。坎苏大伯也在，他是基层干部，在我们家躲了一个多月了。他们给我出主意说：'你应该先跟着他们走，再想办法联系你姐姐。'就在我们商量接下来怎么做的时候，萍又气喘吁吁地跑来找我了。我出去迎她。

'怎么样，你走还是不走？是老师让我来喊你的！'

'我担心我姐姐啊。但是，走就走吧！不过先等我收拾点儿东西。'

"事实上，是省长下了命令，让各级官员、军队官兵、警察，乃至每个中学生都到飞机场上去集合，等待美国直升机来接，离开县城。然而，天呀，去那里集合的人被蚊虫叮咬得叫苦连天。小孩的哭闹声、大人的埋怨声、难听的咒骂声，一片嘈杂。有的在喃喃自语，不断地说，后悔了，后悔死了；有的后悔自己没能把东西都带上；还有的妻子骂丈夫，丈夫骂妻子，仿佛到了市场一样……"

说到这儿，董翟真诚地问玛：

"我这样讲，同志听得明白吗？"

"明白的。"玛点了点头，"同志，请继续讲，您讲故事很清晰，引人入胜，将来估计是位大作家啊！"

"哎呀！可别夸我了！再夸我，我就晕过去了。万象可不像解放区，这里可没有艾纳香叶①啊。"说完，两人不约而同地笑了起来。董翟继续讲她的故事：

"过了一会儿，机场的一头响起了激烈的枪声。聚集在那里的人像串小蛙的木棍断了小蛙撒了一地一样，然后四处逃窜。我自己也宛如无头苍蝇拼命逃跑。枪声不断靠近，子弹在头上飞过，咻！咻！咻！哎呀，怕不是要 mourir② 在这里了吧！"

玛笑了起来，问：

"董翟，您从哪里学会 mourir 这个词的？"

"我听别人说过，自己学着玩的。"

"喝点儿水吧，吃点儿点心再继续。"

董翟拿起水杯，喝了点儿水后问道：

"我讲到哪儿了？"

"讲到了 mourir……"

玛捂着嘴笑。董翟也笑了，伸手要去捏玛逗她，玛及时

---

①艾纳香是一种药用植物，有强烈的气味，昏厥的人若闻一闻它的叶子，就可以苏醒过来。这里是比喻的说法。

②法语，意为"死亡"。

躲开了。她们俩对笑了一阵，董翟接着讲：

"说实在的，我也被吓了一跳，不知道该往哪儿跑，只是使出全力跑着，只想跑得远远的，躲开枪声就行。我跑啊，跑啊，抬头发现自己跑进了森林里，忽然觉得装着衣服的篮子很重，重得我都想把它扔在林子里了。棘刺钩到我的衣服上，好几处都破了，脸也热烘烘的！想喝水，也没有。我的天呀，热得不行！过了一会儿，不知是什么东西刺溜一下从树杈上跳了下来，掉到我的跟前，蜷缩成一团趴在那里。哎哟！把我吓得头发都竖起来了，魂都飞走了。我以为是饿鬼，大喊一声：'鬼！'见它竖着有黑白相间花纹的尾巴溜进树林，才知道原来是只大灵猫。我继续跑，边跑边往后看，脚上的一只鞋什么时候跑丢了都不知道。跑了一会儿，我掉进了一处泥潭里，碰巧倒在了一个正努力往上爬的人身上，他的身上脸上都是泥。听他的呼吸声，可以知道他已经精疲力竭了。仔细一看，才看到他戴的军帽。哎呀，这不是我们的同胞吗！我努力把他从泥潭里拉出来，然后把他身上的蚂蟥弄掉。他身上的蚂蟥大概有十来只，每一只都有两指那么宽！我一看，鸡皮疙瘩都起来了。他身上全是血，我一会儿搀扶着，一会儿背着他走。坐着休息的时候，我用布帮他擦脸。问他话，但是他说不出来。他呼吸很艰难，仿若快要死了。他的身材不算胖，跟我们一样圆润，可我那时还小，不比现在啊。歇息过后，我又背着他走。

"大约在鸡第一次啼鸣时，我们到了勐麦县南边，我把这位军官大哥放在了路边的一处草丛里，然后急匆匆跑到端

赛村去找我的姐姐，跟她说了这事儿。后来，我姐姐跟坎苏大伯把那位大哥带到哪里去了，我也不清楚。我还在保管那位军官哥哥的项链呢。那项链重三十克左右，链子上的小牌子刻有'普萨迪'三个字。这条链子是在我把他扶出草丛的时候掉下来的，当时我捡了起来放进衣服口袋里，之后忘记还给他了。我曾问过我姐姐和坎苏大伯他叫什么名字，他们也不知道。那个时候，我姐姐一个晚上要接送十到二十位我们的干部，哪能记住所有人的名字。现在我每天都在祈祷能够再次见到他，然后把我脖子上的这条项链还给他。"

说到这里，她们都不做声。玛一边喝着水一边在思考。她突然想起了一件事，她觉得这件事可能和董翟正在说的故事有关，于是她说道：

"我还在石缸平原的时候，有一位年轻的军官曾给我讲过他戏剧般的经历，我怀疑，他就是您故事中的主人公。"

"那位年轻军官叫什么名字？"

"叫做陶贤。"

"姓什么？"

"我不知道。"

"给我说说他的事吧？"

"可长了，现在讲不会太晚了吧？"

"晚什么晚，现在才八点，我们是来养身体的，又没啥工作。等到真要工作了，要去执行任务的时候，我们可能就要天各一方了！快讲吧！"

玛想了一下，开口道：

"贤哥哥的故事发生在阿速坡省勐麦县。他跟我们说，那天晚上，月明如昼，凉风习习，色贡河两岸静悄悄，一切都沐浴在满月的柔光下，非常宁静。"

"哎哟！想不到，我们的玛同志真会讲故事啊！不打断您了，继续吧！"董翟开玩笑的话让玛白嫩的脸红了起来，玛害羞地笑着说：

"要是您再那样嘲笑我……"

玛还没说完，董翟就立马申辩道：

"嗯嗯，我不会再说话了。害羞啥呢，这里就咱们俩。哎哎哎，快继续讲下去，接下来怎么样了？"

"贤哥哥所在的连队接到任务，要越过色贡河去攻打在勐麦县机场的敌人。不用说，双方得大干一仗，不管谁有多厉害，结果就是两败俱伤。贤哥哥受伤了，这时又偏偏一个人迷路了，在半山腰转来转去。他想大声呼唤，寻找伙伴，又怕暴露目标，只得忍着身上的疼痛慢慢往前爬行，时不时抬头寻找北极星确定方向。当来到一根木头跟前时，贤哥哥本想靠着休息一会儿，却见一条有大腿那么粗的蟒蛇爬到他身上缠了两三圈。那蛇越缠越紧，贤哥哥都快不能呼吸了。那条蟒蛇龇牙咧嘴，要去咬贤哥哥的额头，同时用蛇尾插进贤哥哥的鼻子。该怎么办才好？贤哥哥一手抓着蛇脖子，一手努力地将蛇尾从鼻子里拔出来。但是贤哥哥哪里有力气跟这么粗的蟒蛇搏斗呀，他已经筋疲力尽了，但仍努力保持着清醒。要是身为人民的战士，却死在动物手上，那真是太不中用了，岂不让人笑掉大牙？贤哥哥扯过蛇尾紧紧咬住，

双手抓住蛇颈按在了树上，然后腾出一只手，抽出腰间的小刀，砍向蛇头。蛇缠得更紧了，贤哥哥咬紧牙关，使出全身的力气，终于将蛇头砍断。贤哥哥之后便失去了意识，很久才醒过来。他醒过来时，发现他的上衣和裤子都被露水打湿了。尽管那条蛇的头断了，但它的身子还挂在贤哥哥的胸前，还在不停地抽搐着，把贤哥哥吓得毛骨悚然，他赶紧用手把蛇从身上扒拉下去，又继续往前爬。没爬多远，一条德国牧羊犬向他迎面奔来。那条牧羊犬边叫边扑向贤哥哥，似乎要咬死他。与此同时，一群敌兵跟在那条牧羊犬后面，边追边大声唆使牧羊犬去咬贤哥哥。命悬一线了，该如何是好？"

"稍等，"董翟边说边起身去关窗户，然后坐回原地，"请继续。"

玛姑娘伸手拿了块糖含在嘴里，接着说：

"贤哥哥掏出手枪，闪到一棵树后面，准备与敌人决战。而贤哥哥闪身压着的土突然松动塌陷了。贤哥哥跟着滚翻下去，正好掉进了一个泥潭。正在泥潭里打滚的一群水牛受到惊吓，纷纷跑上岸，还差一点儿踩到贤哥哥。那条牧羊犬追着水牛咬，水牛和牧羊犬跑向森林深处，敌兵也跟在水牛和牧羊犬后面追。贤哥哥精疲力竭，在泥潭里挣扎着，然而醒过来时，却发现自己已经躺在嘎曼河岸的卫生队里的病床上了。至于到底是谁把他从那泥潭里救出来的，贤哥哥自己也不清楚。"

"他没说自己的项链不见了吗？"

"他也提到过自己的一条项链掉了。"

"哎呀！那就对了。现在他在哪支部队？"

"他在普固战区的汽车连里。"

聊到这里，两人都不说话，各自想着自己的事儿。董翟用手抚着胸口，去摸挂在自己脖子上的那条项链，思绪飘向远方。她将竭尽全力与这条项链的主人相见。这条链子已经跟着她两年多了。她把它戴在脖子上，让它沐浴着她的汗水，让它在她胸口柔嫩的肌肤上滚来滚去。如果它有灵性，将来一定会把董翟的故事讲给它的主人听。思绪飘到这里，董翟的神经轻轻触动了一下。

"哎嘿！贤哥哥还单身哟！董翟同志！"玛故意意味深长地说道。

董翟的脸红了起来。"玛看透自己的心思了吗？"为了给自己开脱，董翟用激动的声音说道：

"哎哟，我可没问这事儿！"

说完，董翟逗趣地往玛身上扑过去。玛逃进浴室，董翟也追进去。不知两人干了些啥，只听到里面传出愉悦的嬉戏声和笑声。在浴室里玩还不够，玛跑到了浴室外，董翟也追了出来，两人又在床上打闹一番，董翟的记事本从她的衣服口袋里掉了出来，记事本里的信和照片也被甩了出来。看到这情景，董翟放开了玛，迅速捡起了信。玛看到了一张大概五指宽的照片，她捡起来看了一眼问道：

"这是谁的照片？"

"我哥哥的。"

"同志，您是本米哥的妹妹吗？"

"同志，您怎么知道？"

"我跟他很熟悉！"

"您怎么认识我哥哥的？"

"这，让时间回答吧。"

董翟饶有兴趣地看着玛，从头打量到脚，再从脚打量到头，然后激动地说：

"以后，我就叫您姐姐了。"

"不可以。"

"为什么？"

"革命需要。"

此时，两人都安静下来，用眼神交流着自己的内心思想。现在，美帝及其亲信正把矛头指向解放区，企图扼杀革命。在这紧要关头，我们能从革命事业中分散精力去考虑自己的事情吗？同志，您忘了吗？我们最尊敬爱戴的党的领导人曾教导我们说："我们要奋勇前进，把敌人的头踩在脚下，用棒棍对准他们的头颅，像雷鸣闪电般用力猛打，去夺取国家和人民的伟大胜利。"这些话她们都没有说出来，但都用自己的眼神说给对方听了。两人互相靠近，深情地紧紧拥抱在一起。几乎所有的女人都喜欢用泪水来表达心中的友爱。

第 九 章

将近中午时分，翁姵和娇来到了爱国战线位于康玛诺的军官学校。她们在路上遇到了陶艾。陶艾刚结束巡逻回来，能再次见到翁姵，他也感到很高兴。他开心的是，看到翁姵现在的样子，仿若脱胎换骨了一般，与之前露宿森林，在小溪边坐着一块儿吃晚饭的她相比，简直判若两人。翁姵的喜悦也不亚于陶艾，她急切地探听陶蓬、陶甘和陶宛的消息。陶艾告诉翁姵，他们都挺好，现在正在前线执行任务。

当知道翁姵要去腊博看望父母时，陶艾提议让她先在康玛诺休息一会儿，因为腊博的游击队员们正准备去围剿敌人，翁姵愉快地答应并执行。那天中午，陶艾杀了一只阉鸡给翁姵她们做凉拌肉吃。吃饱喝足后，娇问陶艾：

"两三天前，我们收到消息说您去了陇铮机场，是吗？"

"是的！"

"当时是什么情况呀？快告诉我们！"娇转头对着翁姵耳

语道："艾哥可厉害了，谁都赞不绝口。"

"在说我什么坏话呢？"艾边说边呵呵地笑着。

"没有啦！我们只是在说我俩的事。"

翁姵边说边亲切地对艾笑了笑，同时转头对娇使了个眼色。说实在的，解放区里的姑娘们大多比较傲气，有个性，但也很漂亮，很可爱。而艾很乐意将自己去侦察陇铮机场的事情讲给翁姵她们听。哪个地方讲得不周全，娇就会提示或补充，让故事更精彩。

"那天晚上没有月亮，还下着雨，对吗？"娇问。

艾点头回答，接着娇的话继续往下讲。

"雨下得很大，我们的衣服都湿透了。在那天之前的好几天，我们的衣服天天被淋湿，所以，我们已经不在乎了。但让我们心情沉重的是，鸡叫三遍了，天也微微亮了，然而我们仍被困在敌人守卫机场的军营中央。这时，东边的天空逐渐亮了起来，军营里往来的车辆也多了起来，房子里传来人们早上起床时的说话声。要命的是，敌人的哨岗离我们躲藏的地方还很近，我们甚至能清楚看到站岗士兵朝着我们藏身的地方看过来。天要是再亮一点儿，我们就算贴地埋伏，也会被敌人发现。蓬同志和宛同志都看着我，似乎在问：该怎么办？我尽力保持镇定，然而我的心却在突突突地狂跳，耳朵也烫得像烧红的炭。我曾经历过多场艰难复杂的斗争，但没有哪一次像这次这般凶险。

"敌兵也来回巡逻吗？"

娇好奇地问道。

"巡逻这事不用说，不仅有士兵巡逻，还有装甲车开来开去，高高的哨岗上不断用探照灯扫射。天亮了，雨偏偏又停了。敌人在不远处集体锻炼身体。锻炼结束后，有几个调皮捣蛋的家伙抓起石头扔着玩。其中有一块像拳头那么大的石头砸到了我的头上，发出了一声闷响。哎哟！把我砸得眼冒金星，差点儿就晕厥过去，但就算是这样，我也得咬牙挺住，妹妹啊。"

"哥哥们是怎么逃出来的？我最好奇这点了。"

翁姵把椅子往艾的方向挪了挪，她的双眼紧紧地盯住艾的眼睛。艾掏出一根烟，点着后吸了一口，伸手把土茯苓汁倒进杯里，喝了一口，才不紧不慢地继续说道：

"情况十分严峻，每个人都提醒自己要镇定，激烈的战斗正在逼近！过了一会儿，我看到一个敌兵直奔着我们的方向走来。他悠然地吹着口哨，走进了离我们大概五米远的茅厕，我点头示意蓬同志马上爬向那个敌兵。不一会儿，茅厕里传出了一声闷响。大约过了十分钟，蓬同志就穿着敌兵的制服大模大样地走了出来。我朝他点头，示意他立刻从这个军营逃出去。蓬同志犹疑不决，走来走去，似乎是在担心我们，但一想到组织的任务，他便把手插进裤袋里，吹着口哨，不慌不忙地走出去了。有一位同志出去了，我便心安了些。我正注视着蓬同志走出军营的时候，宛同志用手轻轻地拍我的胳膊肘，点头告诉我，离我们大概二十米处，有一辆车正在开过来。那辆车上装着空汽油桶，一路开来哐啷哐啷响，上面还盖着苫布。如果跳上去躲在这些空桶之间，估计

是个可行的办法。但是不知这辆车要开往何处，不过不管去哪里，只要出去了就成。接下来的事情等出去以后再说。车一点儿一点儿地靠近，车后面没有坐人。好机会来了，可不能错过。

'宛同志，去吧。'

'同志，那么，您呢？'

'我自有办法。'

"宛同志等车开近，看了一眼岗哨上的哨兵，确保安全后就爬到路边，像猫一样迅速跃上车，躲进了空汽油桶之间，用苫布盖住了自己的头，带着对我的牵挂跟我挥手告别。那辆车开出去后停在了营地门口，然后上了四五个士兵坐在车后，接着车便继续前行。"

"那您呢？您是怎么逃出敌人营地的？"

翁姵又问了一遍。艾沉默了一会儿，说道：

"至于我嘛，最难逃出来了。当时，太阳已经升起来了，晨雾也开始散去。我该怎么办呢？继续躲在原处是不行的。我看到附近有一栋用砖头砌的只有一层的房子，于是逮住机会向那房子爬去。我偷偷进了门，看到一个女人，她的头发是烫过的，而且还染成黄色，看起来像玉米须一样。她身上穿着长及大腿的玫瑰色束胸背心，像白种女人穿的那种睡衣。她可能刚刚睡醒，一只手拿着梳子在洗脸间梳头，嘴里哼着歌。她一听到我的脚步声，立马转过身来，惊讶地看着我。她正要开口喊叫，我就拿手帕一把塞进她的嘴里，她便只能睁圆眼睛仰视着我。我用力抓住她的肩膀把她按下，然后掐住她的脖子，一手把她的小腿拎起来弯到过头的位置锁住，再沿着她的脊椎往下扯。"

翁姵抬起头，好奇地问道：

"为什么要那样做？"

"常言道，人锁比绳绑要牢靠一百倍。"

翁姵笑着，耸了耸肩，说：

"您下手可真重，不会是像烤青蛙那样把她的腿弯到后背去了吧？想想就觉得好笑，房间里就只有她一个人吗？她丈夫呢？"

"她丈夫还在浴室旁的卧室里睡觉呢。这时，我听到窗帘处有窸窸窣窣的声音，就紧贴着墙躲到门背后窥探，原来是她的丈夫正在起床。我定睛一看，才发现那是这地方的头号反动分子本勒少校。他欠陇铮老百姓的血债最多。我拿AK 自动步枪对准他的胸膛，同时用严厉坚决的语气命令道：'把手举起来！'果如传闻所言，他功夫极好，出脚又快又有力。我的枪被他踢掉了。"

"啊！"

娇一听到枪被踢掉了，就惊叫起来，眼睛直盯着艾。艾笑了。

"为什么会这样？"娇有点儿不大高兴地问道。

"能开枪吗？枪声一响，营地里的士兵还不蜂拥而至？那之后又该如何收场？"

"噢！也是！之后又怎么样了？哥哥，请接着讲。"

娇点了点头，真心认同艾的做法。艾吸了口烟，吐了吐

烟雾，然后接着说：

"枪一从我手里掉了出去，他便像相扑力士似的向我扑来。然而就算他的拳再快，也敌不过我。他朝我扑来，本想把我扛到肩上以把我摔倒。但我出拳疾如闪电，把他打了个四脚朝天。他噌地一下跳了起来，我用肘尖戳他的枕骨，把他再次打倒，这次他摔了个狗啃泥。我一把抽出挂在墙壁上的剑，用力挥下。至于他的头断了没有，我没去看，只见血溅了一地，他抽搐着。我立刻脱下衣服，拿了他的少校制服迅速穿上，扎上武装带，别上手枪，拿过他的金丝边军帽戴上，跨过他的尸体便往屋外走去。我揪住他老婆的头发，拎起她的头，看了一眼，便跳上了停在房子前面的摩托车，朝营地中央驶去。那时，太阳的红光就要冲出天际。我加速向营地门口驶去。敌军的士兵见了我，纷纷行礼，守门的士兵也立马把栏杆往上打，让我出去。驶上大路后，我加大了油门，车轮都快飞离地面了。等开远了以后，我便拐进了森林里，坐着舒舒服服乘了一会儿凉，接着便看到了成排敌军车队从我面前冲了过去。我走进森林深处，找着约定的地点，在那儿等待伙伴们的到来。等到九点，蓬同志和宛同志才出现，我们互相搂着脖子朝营队根据地走去，这就是事情的全部经过。"

翁姗长舒了一口气。娇则倒了一杯水递给艾，并戏谑地说：

"喏，请喝水！这不是讲故事的酬劳啊。我们要做漂亮的方形扁平枕头，在您结婚的时候送给您。"

"哎哟，这事还早着呢!"艾轻轻地笑着，像对家人那样对翁姵说，"你先去休息吧，下午我再告诉你们应不应该去腊博村。"

娇和翁姵一块儿去了学校的接待室休息。娇的脑袋一碰到枕头，娇就睡着了。而翁姵却翻来覆去闭不上眼。艾的故事一直回荡在她的脑海里。她越想，就越是崇敬这些革命战士的品德。她想起在森林溪边坐着一块儿吃晚饭的时候，她觉得艾就好比是个仰慕月亮的小白兔，非常渺小卑微。光看外表，不觉得他有什么能耐，但听了他的故事后，顿时觉得他像一只海鸥。艾原来也是个有勇有谋的人，只是不张扬罢了。他跟达中尉不一样，达中尉只会吹嘘自己有多厉害，连爱国战线士兵晚上睡觉翻身多少下他都知道。然而待自己被绑到了柱子上时，他才知道，爱国战线战士到处都是。想起这事，翁姵便恶心得想吐。翁姵也承认，自己跟爱国战线军队的一般干部比起来差远了，还需要多加磨炼，才能赶上他们。

翁姵支持，也喜欢爱国战线军队的一切。她坚信，爱国战线军队必将获得胜利，自己将永远站在爱国战线队伍里。不过她还有一事没搞清楚，无论怎么想，都无法自行解答。她得去问问娇，解开这个心头之惑。

娇睁开眼睛，看到翁姵正在梳头，便问道:

"怎么样，今天我们能出发吗?"

"艾哥还没来告诉我们应不应该走。"

"这么说，今天我们又可以去艾哥家住上一晚了?"

翁姗长叹一声。事实上，她急切地想要回去看望母亲和弟弟妹妹，他们很久都没见面了，但是得忍着，待在这里总比被敌人抓住好。这是翁姗第一次不想看到右翼派的嘴脸。

那天傍晚，陶艾去工作了还没有回来。娇和翁姗吃过晚饭后，便一块儿到房屋旁的长凳上坐着乘凉。翁姗乘机向娇提出了自己的疑问：

"娇姐，我有一件事想问您。"

"什么事，说来听听。"

"关于……哎呀……姐，您可别跟别人说呀！"

翁姗羞涩地笑着。看翁姗的神态，娇也能大致猜出翁姗想问什么了，于是她亲切地说：

"放心吧，想问什么就问。"

"姐姐，在爱国战线军队里，允许谈恋爱吗？"

娇笑了，反问道：

"为什么不允许呢？"

"我是认真的，姐姐！我初来乍到，看到解放区里的青年男女两个人独处时也没聊什么话，但到晚上却要相互检讨态度问题，所以我才会怀疑，这里是不是禁止谈恋爱。"

"不是这样的。相互检讨是为了共同进步，相互指出对方的优点和缺点，共同纠正自己的不足，发扬优点。男女间谈情说爱是没有人禁止的，但是爱情得建立在革命品德的基础上，要爱得纯洁，同时不能妨碍工作，不能阻挠对方进步。"

娇顿了顿，真诚地说：

"为了让你真正明白，我给你说说艾哥与一位带着俩孩子的遗孀的爱情吧。"

"是那个杀阉鸡给我们吃的艾哥吗？"翁姵好奇地问道。

"是的，就是这位艾哥。他们俩相差四岁。事情是这样的，一天晚上，月亮已经高高地升到树梢了，但是诺娇医生还没回家。她浇完菜后，还要给孩子洗衣服。她走到小溪中央的一块石头上，挽起衣袖，弯下腰洗着衣服。时不时地，她抬起头来静静地听着干部住处传来的儿童哭声。当知道那不是自己孩子的哭声后，她又继续低头漂洗衣服。"

娇转头看向翁姵，问：

"我这样讲可以吗？"

"嗯！讲得很好，您从哪儿学会的讲故事本领？讲得可真棒。"

娇笑着说：

"现在讲的这件事，我已经写成小说了，我只是把我记录下的事再叙述一次罢了！"

"噢，那就更好了！那就请继续讲吧。"

娇想了想，继续说道：

"皎洁的月光透过树枝洒在水面上。诺娇瘦小的身材和鹅蛋形的脸沐浴在银辉中，显得有几分俊俏。诺娇漂洗完衣服后，弯下腰，随意地洗着自己的小腿，这时她身后传来了蹚水的声响。诺娇转过脸，看到艾正朝着自己走来。

'啊！艾哥！你从哪儿来的？'

"诺娇称艾为'哥哥'，是为了表示尊敬。实际上，诺

娇比艾大四岁。艾没有回答她的话，而是边端起那装着诺娇刚洗好的衣服的盆子，边说道：

'天色很晚了，一起回去吧！'

"诺娇在听到'一起回去吧'时笑了。

'为什么晚上来洗衣服，明天早上来洗不是更好吗？'

"艾的盘问让诺娇愣了一下，因为他的问话里夹杂着忧虑，同时又隐含着疼爱之意。

"诺娇不作回答，但是她的心却激烈地跳了起来，因为两天前，艾写了一封求爱信给她，她还没有回复。她觉得，这是不可能的事。艾是个有能力的青年军官，而自己却是个有两个孩子的寡妇。诺娇理了理发髻，扣好衣服扣子，转身朝着艾走过去，说：

'明天，我一大早要去拿药，所以想今天就把衣服洗了。是不是我的嘟妞儿吵到你了？要不就是我的吉崽醒过来在哭闹，影响到你工作了？那可怎么办呀？咱俩的家挨得那么近，只能请你忍忍了。'

"艾有点儿不知所措。每次站在诺娇身边，他的心都跳得异常的快。这么多天以来，艾一直在找机会单独和她面对面谈话，但一直没碰上像今日这般好时机。然而艾却不知道该如何开口。

'我想跟你说……你……你……你读了我给你写的信了吗？'

"诺娇微笑着伸手去接盆子，不好意思地说：

'嗯！读了！'

'怎么样，为何不给我回话？'

'现在还没法答复。'

'是不是还不相信我？快告诉我吧！我快要去远方执行任务了！'

'瞧！那边有人来了，让别人看见该说我们闲话了。有什么话，回到屋里再说吧！'

'今晚你别着急睡。我去找你，可以不？'

'好的。'

"诺娇轻声答道，低着头从艾身边走过去。一进屋，诺娇就急忙地问自己四岁大的女儿：

'嘟，弟弟没哭吧？'

'哭了，但是没有哭很久，他被狗叫声吵醒了。艾伯伯跑进来抱起他哄他睡，现在他在卧室里正睡得香甜呢！'

"诺娇用手轻轻地、深情地抚摩着女儿的头，然后走进卧室，这时她发现原来堆放得乱糟糟的被子、上衣和筒裙，现在已经叠得整整齐齐地摆放着。因为她要赶去菜园子，这些衣物收回来后，还没来得及叠好。

'娘，这是艾伯伯帮忙叠的！'

"害怕小儿子被吵醒，诺娇打了个手势让女儿安静，然后走出房间去了厨房。

'嘟，还跟娘一块儿吃饭不？'

'不吃了，俺吃饱了。俺去找艾伯伯玩。'

'好，去就去吧，但别吵着人家！'

'俺不会吵着伯伯的，俺就自己看看图片！'

"诺娇静静地吃着饭，晚饭也没多丰盛，就只有笋汤和两三块罐头鱼。她边吃边想：'今晚，艾要来找我，要是被村里的人知道了，不知道他们会怎样说三道四。'诺娇长叹一口气，用勺子舀汤喝，喝了一勺又一勺，借以缓解心中的燥热。她悲凉地叹道：

'唉！嘟她爹啊！我的心快要碎了！'

"诺娇想起了昔日往事，青葱岁月美好的画面浮现在她的脑海里，最清晰的一幕莫过于自己的婚礼了，多么美呀，多么值得回味啊，多么的幸福呀，世间无人可比。但往事已矣，仿若那逝去的流水一去不复返。诺娇的眼泪扑簌簌地落了下来，她的睫毛和脸颊都被沾湿了。她擤了擤鼻涕，擦擦眼泪，难以忘怀躺在丈夫温暖怀抱里的美好日子。然而，老天爷啊，那个自己托付终身的男人，那个成为自己终身侣伴的人，却已经为祖国献出了生命，让自己变成了寡妇，让孩子们没有了爹。他离开他们三年有余了。

"诺娇抬头看了看墙上挂着的与丈夫的合影。丈夫和蔼的面容、甜蜜的微笑、清澈的目光使得诺娇的脸色立刻暗淡下来。诺娇觉得自己接受艾的邀约有愧于丈夫的在天之灵。就在今晚，艾便会来找自己并向自己求婚。自己会在人生的抉择中迈出新的一步吗？自己那曾被丈夫紧紧拥抱、无比珍视的身躯，如今要再献给另一个男子吗？诺娇无法继续咽下饭菜。收拾了餐桌后，她便走进房间，把头埋进枕头里抽泣起来，哭声透着凄凉和遗憾。

"诺娇的啜泣声让睡在她身边的小吉嗯醒了过来，并喊着'娘'。诺娇赶紧拿了块布擦擦眼泪,并搂着孩子。孩子他爹为国捐躯的时候,小吉崽还在诺娇的肚子里,而现在,他已经会说话,会走路了。"

娇的故事讲到这儿,她和翁姗霍然起身,拿上自己的挂包就向防空洞跑去,娇跑在前面,翁姗跟在后面,因为她们听到了 F‐105 飞机那划破天际的轰鸣声,好像敌机要向康玛诺俯冲下来。出乎意料的是,飞机又转向了康开县,紧接着,康开那边就响起了震天动地的炸弹爆炸声。

娇和翁姗又一起回到原处歇息。一坐下,翁姗就说:

"讨厌,这美国鬼子可真会挑时间!听故事正听得兴起,就来捣乱!接下来怎么样了?"

"别急!先把头发上的泥拍掉。这里的防空洞修得不错嘛,就是矮了点儿,像我这么高的人钻进去有点儿难。"

翁姗把衣服上的泥土拍了拍,说:

"我曾读过泰国一些有趣的故事,却没有见过谁像姐姐您这样能把故事讲得这么精彩的!您讲故事的时候把主人公的内心感受都讲了出来。"

娇笑了笑,稍微整理了一下衣服扣子,问道:

"我们讲到哪儿了?"

"讲到小吉崽醒了过来。"

"嗯,是的。诺娇一边哄着孩子一边漫无边际地想,思绪百转又转回到艾要来提亲这事。他是真心实意的吗?自己是个寡妇,还带着两个拖油瓶,而艾是个讨人喜欢的小伙子,年纪比自己小,为何他想要跟自己谈对象呢?解放区的

年轻女子到处都是，而且长得像春天里盛开的花朵一样美丽，为何他不去向她们求爱？这事让诺娇很好奇。但无论如何，她都坚信自己绝对不会被爱情蒙蔽双眼，她会特别小心地对待这件事。

"待孩子睡熟后，诺娇整理了一下发髻，便蹑手蹑脚地走出房间，关上屋门后，就去艾家叫孩子回家。走到艾家门旁的蔷薇花丛时，她伸长脖子朝里看了看，瞅见嘟姐儿在艾的床上正睡得香甜呢，而艾则正在跟鹏大伯说话。她想要进去把孩子抱出来，不过她没迈开脚步，因为听到里面谈话的内容提到了自己。得亏里面的两人没看到自己，于是，诺娇转过身站着偷听。

"鹏大伯问艾：

'这么说，你喜欢诺娇？'

'是的！'艾坚定地回答道。

"鹏大伯用手抚了抚胡子，盯着艾看了好一会儿，问道：

'我们营地里到处都是优秀美丽的女子，为何你不喜欢，偏偏喜欢那位遗孀？你倒是给我说说，这是什么情况？'

"艾给鹏大伯倒了杯水，然后才慢慢道来：

'我们营地确实有很多好女孩，我估计也是有人喜欢我、不嫌弃我的。'

'是啊！'鹏大伯打断艾，'像你这样招人喜欢、有知识、品德又好的小伙子，稍微示意，就有人愿意做你的老婆的！'

'没那么夸张啦！大伯啊！'

"艾笑了笑。正在外面偷听的诺娇，她的脸开始发烫。

要不是在晚上，一定会看到她那像红辣椒一样红的脸庞，但她还是坚持继续偷听。艾咳了一声，然后慢条斯理、字正腔圆地说道：

'跟谁过一辈子这个问题，我已经考虑了好几个月了。我想清楚了，只有与诺娇相伴，我才会幸福，才能不断进步，因为诺娇性子好，想法也跟我相似。'

"鹏大伯深思了一下，然后郑重地说：

'说到诺娇的性格，我也很同意你的看法。说实在的，像诺娇这么好的女子也挺难找的。她独自一人养着孩子，拼搏奋斗，文化学习也不错。她丈夫去世的时候，她才刚上二年级，现在已经升到七八年级了！'

'是啊，她三年上了四个年级的课，我十分佩服她的毅力与努力。我相信，要是有人在生活上给予帮助，在精神上给予支持，她可能进步得比现在还要快。她的孩子也是为国牺牲的英烈的骨肉，我会爱护他们，像自己的亲生骨肉一样教导他们。我认为，这样做也算是回报为国捐躯的英烈们的恩情了。正是因为他们的英勇牺牲，像我这样贫苦的农村孩子才得以解放，才有机会和条件学习，享受革命的阳光雨露，成为一名优秀的革命战士，这是我们父母不曾想过的事。'

"听到这儿，诺娇没法继续偷听下去了。她急匆匆回家坐在卧室里，解开头发，用手指卷着、拨弄着。她静静地听着自己的心跳，'咚！咚！咚！'像击鼓般激烈。她的脸突然泛起了一层红晕，像熟透了的番茄一样。她暗自偷笑，转脸

朝向墙壁,像害怕有人看透她的心思似的。这就是花朵呀,无论是被深夜的露水渗进了花蕊,还是被三伏天的太阳狠狠地炙烤,或者是被暴雨大力冲刷,花还是始终保持着花的本心。"

*

"棒极了!棒极了!讲得可真棒。我不曾想到姐姐讲故事会那么引人入胜。后来怎么样了?"

翁姵往娇身边又挪了挪,挨着她坐。娇沉默一会儿,接着说:

"诺娇站起身,拿镜子照了照自己的脸,捋了捋散到额头上的发丝,用手摸一下眉毛,擦一擦唇边,摸摸脸颊,低头看看自己的身材,整了整衣领,把筒裙穿利落,系上新腰带,就走出去,坐到桌子前工作。她双手抱在胸前,目光投向窗户,看对面的山腰,那里流水长年不断,那是诺娇最爱看的家门前唯一的风景。诺娇的心平静了一点儿,一会儿将有一位有知识有能力、比她强好几倍的年轻男子来跟她说将与她终生同甘共苦,她该如何回答呢?首先,她要感激他,请求他给她一点儿时间考虑,再作决定。

"就在诺娇沉浸在无限遐想中的时候,有人朝她的房子走来。尽管诺娇有过谈恋爱的经历,但听到这脚步声,她的心还是在微微颤抖。诺娇想,这脚步声一定是她刚才想的那个人的。但当打开房门时,诺娇怔住了。来人是妇女协会主任莎大娘。莎大娘深更半夜迈着急匆匆的脚步来找诺娇，要不就是有急事，要不就是诺娇哪里做得不妥，她要来严肃开导开导。莎大娘说道：

'你紧张什么，脸色煞白的，跟死人一般，没有人怪罪你，说你哪里做得不好。赶紧收拾你的药箱去伊沃家，她快要生产了，现在正肚子痛。我会陪你的孩子们睡觉的，你现在马上走！'

"诺娇二话不说，拿起药箱检查一番，然后伸手去够头巾，把头缠好，转过身对莎大娘说：

'如果艾哥抱嘟妞儿回来，请您告诉他，我去沃姐家帮忙了。'

'嗯，你要交代你艾哥的事情，我全都知道了，赶紧走吧。'

"诺娇刚出去不一会儿，艾就抱着嘟妞儿来了。艾刚迈步进屋，戴着老花眼镜正在看《爱老挝》报的莎大娘就说道：

'把孩子放到卧室的床上去睡吧，伊诺娇不在，她去给伊沃接生了。'

"艾把嘟妞儿放到床上，盖好被子，然后走出房间，来到莎大娘身边。莎大娘稍低一点儿头，好让眼睛从老花眼镜上边看向艾。她的目光盯住艾，说道：

'你们两个总是这样，每天晚上深更半夜把孩子抱来抱去的吗，嗯？'

'不是的。只有今晚是这样。我先告辞了啊！'

"莎大娘摘下眼镜，从头到脚打量艾一番，说道：
'艾，你背着军水壶这么齐整是要上哪儿去？'

"艾笑了笑，然后彬彬有礼地答道：

'我要出发到远方执行任务，我刚刚收到上级下达的命令，要我准备好马上出发，两点钟要到达集合地点。'

'喔！那么走好啊，打胜仗啊。'

"莎大娘从床上下来，走过去充满疼爱地握了握艾的手。艾一出了房子，就急忙向沃的家跑去。正好跑到溪水边，看见诺娇正蹚过溪水。

'诺娇！等一下我。'

"诺娇转过身，看见艾正涉水向她走来。诺娇站在溪水中央，就是今天傍晚她站着洗衣服的地方。

'呦！你的裤脚都湿了，先把裤脚挽起来嘛。'诺娇轻声说道，同时向艾走近一步。

"艾温柔地说：'我接到命令要去集合了，今晚就走。我把我房屋钥匙给你。明天如果你有空，你就到我屋里看看，哪些值得拿走的，你都拿走。'

"诺娇接过钥匙，两人都不说话，四目相对，深情地望着对方。

'诺娇！'

'嗯？有什么事就说吧！'

'我请托付……'

'停，别说了，我都知道了。'

'知道了？'

'嗯。'

"艾拉住诺娇的左手，把戒指套在她的无名指上，并说道：

'就当我在你的身边。'

'来！过来一点儿！'

"诺娇拉着艾的胳膊往自己这边靠。'瞧你跑的，汗流浃背的。'

"诺娇用她头巾的边角去擦艾脸上的汗，此时，凉风从南边吹来，溪水边的竹子随风摇曳。此刻，天空十分清朗，见证了艾与诺娇离别时刻互相倾诉的纯洁爱情。"

*

娇转头去看翁姵，用手轻轻拍了拍她的后背，说道：

"到此，故事就结束了。来，讲故事的酬劳。"

"好，您要什么？不过，我还有要问的。"

"问吧！"

"艾哥和诺娇姐结婚了吗？"

"还没有。"

"诺娇姐在康玛诺吗？"

"不，不在。她在桑怒。"

"哇，那么远啊？"

"艾哥那天晚上在溪水中央与诺娇告别后，到现在他们俩都没见过面。"

"那已经好几个月了，是吗？"

"差不多两年了啊。"

"他们还相爱吗？"

"他们都更加爱着对方。这就是纯洁的爱，任何力量都阻挡不了，都动摇不了真正的爱情。他们分离半年之后，上级批准艾哥回桑怒跟诺娇结婚，但是诺娇却到国外去参加国际会议了。艾哥只好又回到前线。在与我结伴同行去解放区时，艾哥得到批准回桑怒。但走到半道，艾哥却又请愿去参加陇铮战斗，这个他跟我们说过。后来，艾哥可以回桑怒了，他又主动参加包抄敌人的行动。"

翁姵静静地、聚精会神地听着，听到这儿，她呆想了一会儿，然后说道：

"我服了。我要向你们学习如何去爱。哎哟，在万象，今天爱明天恨的事情比比皆是啊，姐姐！"

"现在你的疑团解开了吗？"

"哎，在您讲艾哥故事的过程中，我就明白了。之前，本米哥就说过，解放区有优秀的学校培养爱国、进步人才，他们会为民族解放这项伟大的革命事业、为了替劳动人民谋幸福而甘愿抛头颅、洒热血。当时我还听不大懂，我还胡思乱想，我……我……我……"

翁姵激动得说不出话，她把头埋到膝盖间，两边肩膀有点儿颤抖。娇看见了，怜爱地搂住她，说：

"生活就是斗争，敌人就是兴奋剂，妹妹啊！"

第 十 章

　　玛和董翟她们俩的身体已经恢复得很好了，她们心里痒痒，想要回去执行任务，但是上级还不批准，她们只得忍着，为此她们感到很郁闷。为了打发时间，她们把自己过去的经历全抖出来说给对方听。但几天之后，她们发现已经没什么可以聊的了。有时候，她们只是坐在房子外的走廊里久久地发呆，一声不吭，任凭思绪飘向远方。今晚，月色皎洁，她们又像往常一样坐在走廊上消磨时光。不一会儿，不知董翟想到了什么，突然问玛：

　　"玛啊！同志，您觉得世界上有鬼吗？"

　　玛正在静静地放空心思憧憬着未来的人生，突然被问，从恍惚中惊醒，对董翟提的问题更感到惊讶。她转过身看着董翟，一脸茫然，然后反问道：

　　"同志，您怎么突然问这样的问题啊？"

　　"同志，您觉得到底有没有鬼？"

董翟看着玛认真的样子很想大笑，又怕笑得太大声，于是急忙捂住自己的嘴。她望着玛那惊讶的眼神，觉得太有意思了，就亲昵地抱住玛，笑着说道：

"我刚才想着想着，就想到了闹鬼的事情。真的是有血有肉的鬼呀，同志，想听吗？"

玛差点儿想说：说点儿别的新鲜事不好吗？关于鬼的这样那样故事，她都听烦了！但还没等她说出口，董翟却抢先说道：

"很有意思的哦！等一下！"董翟从头发上取下一个发夹，把遮住额头的发丝夹到一边，开始说道：

"在月末一个伸手不见五指的漆黑夜晚，狂风呼啸，天上时不时还划过几道闪电。我突然接到命令，必须一个人在半夜出发，经冬丹端军营到沙湾拿吉县，和当地的一名同志接头后，一起经过一片墓地前往邮局，随后再到碾米厂，在那里做好去万象的准备。

"到达冬丹端军营时，联络员告诉我，原本与我一同前往万象的那位同志已经先行出发了。天啊，怎么办呢？原路返回肯定不行，因为明早还要执行重要的任务。于是，我决定一个人继续前进。此时已是午夜，冬丹端周围一片寂静，远处传来阵阵狗吠声，令人毛骨悚然。路两旁的坟地阴森森的，很凄凉，看着就瘆得慌。传言这里经常闹鬼，有时是女鬼，有时是男鬼，跟人似的会说话，这些鬼在漆黑的夜晚常穿白衣服，在月光皎洁的夜晚又常穿黑衣服。有时它们还开着三轮车①进入县里，或者去电影院。这些画面渐渐浮现在我的脑海里，我特别害怕，努力转移自己的注意力，不去想这些。"

说到这里，董翟停顿了一下，然后说道：

"同志，可别笑话我啊！"

"谁笑话您了，接着说，后来怎么样呢？"

玛开始感兴趣了。董翟咳嗽一声，清了清嗓子，继续说道：

"但是狗吠声、猫头鹰咕咕的叫声及路两旁隐隐约约的骨灰塔和墓碑，与刺骨的寒风交织在一起，让我浑身起鸡皮疙瘩，我无法去想别的事情。'我怕鬼吗？'我自问自答，'鬼在哪儿？如果我手上有根木棍，野鬼，你尽管来吧！'但当时我手上没有木棒，我只能鼓起勇气甩着手大踏步向前走。

"走着走着，我想到以前学过的那些辩证唯物主义哲学，内心顷刻便冷静了许多，甚至想挑战自我。正好那天是晦日，传说是鬼神出没的日子，那就让野鬼出来吧，好让我看看，以后我就有故事讲给同伴们听了。这时，我听见背后传来了车辆的声音。我回头一看，真的是有一辆三轮车在我身后驶来。开车的身穿黑衣服，头缠着方格巾。车上坐着一个女的，她上身穿着白衣服，下身穿着黑筒裙，头上像印度女

---

① 老挝的三轮车也叫"嘟嘟车"，非人力，可算作机动车，是当地常见的交通工具。

人那样用白布包着。那开车的说话带着纳圣村的口音，他问我：

'喂！要回城里吗？这么晚不应该一个人出来啊，这儿真的有鬼呢！宋姑娘，腾点儿地方让她上来坐吧。真见鬼，你一个女的，这么晚还敢出来啊？'

"深更半夜一个人在路上走，如果碰上敌人的警察容易暴露自己，这会儿碰到这辆三轮车，正好方便我赶去邮局。我赶忙上车，挨着那女子坐着，心中还暗自高兴有人同路。我转过脸去看她好几次，但都看不出来她是老大妈还是年轻姑娘。她一句话也不和我说。我心想：难道我就没有机会试试我的胆量、见见传说中的鬼了吗？

"但是，玛同志啊，事情并不像我想象的那么简单！当车驶到一个小山丘时，前面坟地里就飘过来一股腐臭味。我实在忍受不了这个味道，赶紧用手绢捂住鼻子。当车驶过路边一棵很大的小瘤龙脑香树时，我扭过头来正要问身旁的那位女子这是什么臭味，此时我见到的却是一个颅骨正冲着我一边狂叫，一边还猥琐大笑。这是真的啊，我真的不是说谎！那开车的家伙也开始'完了完了'地大叫，然后停车逃走了。那女子完全露出了鬼样，变成了全副骷髅，她突然站起来朝着我张牙舞爪，好像要把我吃掉似的。

"不得不承认，我当时确实被吓得头皮发麻，瑟瑟发抖。那个女鬼还掐住我的脖子，用手摸我的手臂，当摸到我的手表时，她马上紧紧地抓住。我使劲挣脱，心里想着，这是什么鬼啊？竟然还抢东西！于是我使出全身的力气推开她，对着她的前胸踹了一脚。她脸朝天从车上摔了下去。这时，我感觉右耳被什么东西打了一下，嗡嗡直响。我扭头一看，只见另一个鬼正张牙舞爪地朝我扑过来。他一丝不挂，光秃秃的骨头露在外面。他折腾一番后叫嚷道：

'今天你死定了！老子要活捉你！'

"听这声音，正是刚才那位佯装逃走的三轮车司机。我心想，要不要开枪打死他们？随即又觉得还不到时候，因为枪声会引来敌人。我紧紧地握住枪。突然，那个男鬼跳上车揪住我的头发放肆地狞笑。我咬紧牙关，使出全身力气用枪击打他的头部。他'啊'一声大叫，四仰八叉地摔下车，头上的骷髅面具弹了出去。我立刻从车上跳下去，拽住那男鬼的头发，用枪朝他的头狠打了几下，他身体一挺，倒在地上，昏了过去。

"那女鬼见状，拿出匕首向我刺过来。我立刻抓住了她的手臂，反扭到背后，刀从她手中滑落。我一把撕开她的鬼脸面具，原来是一个三十出头的女子。我揪住她的衣领，朝着她的脸挥起拳头。她赶紧用那只还套着骷髅道具的手向我作揖，操着泰国东北部的口音，哭着喊着向我求饶：

'求求您！小的不敢了，求求您！放了小的吧！'

"我严厉地责问她：

'你是鬼还是人？'

'小的是人！'

'明明是人，为什么要装鬼？'

'这是小人的求生之道啊！'

'以后你还打算这样装神弄鬼吗?'

'不了不了,小的再也不敢了!'

"为了赶时间,我只好用她盖在头上的布把她的双手反绑到身后,将她拴在三轮车上。至于那个男鬼,一时半会儿醒不过来,我就不理他了。我开着三轮车来到邮局时,刚刚凌晨两点,路上一个人都没有。在继续出发执行任务前,我再次检查那个女鬼是否还绑得紧紧的,然后给她套上骷髅面具,从口袋里拿出笔记本,撕下一张纸,写道:

'这就是所谓的活鬼!以后再也别相信世上有鬼了!'

"写完后,我把纸别在那女鬼衣服的一颗纽扣上,然后抄近路沿湄公河边向碾米厂走去。这件事距离现在差不多两年了,我也不知道现在沙湾拿吉县还有没有流传冬丹端活鬼这种事?"

"我要为同志您的勇敢而鼓掌!"

玛起身紧紧地握住董翟的手,然后两人一起走进房间。玛轻轻地拍了拍董翟的后背,说道:

"同志有很多有趣的故事说给我听,并与我分享您很多有用的经验,但我却没什么值得和您说的。"

"您背上的鞭痕已经给我讲了足够多的故事了。我们很快就要离别,去执行各自的任务了,不如明天我们一起去申请拍几张照片留个纪念吧!"

话音刚落,就听到一阵敲门声,玛去开门,门口站的是一位戴着白色眼镜的年轻医生,名叫赫恩。他每天早上都要来给玛和董翟检查身体和打针,此时却突然出现在她们的房门前。玛双手合十鞠躬，并打招呼道：

"您好，赫恩哥!"

"女士们，晚上好!"

赫恩边双手合十鞠躬边半开玩笑地答道，然后进了房间，把门关好。他们仨围坐在房间中央的桌子旁，赫恩点燃一支烟，然后慢条斯理地问道：

"昨晚睡得如何？做梦了吗?"

"我没做什么梦，天亮得太快了!"

董翟开玩笑地说。而玛呢，她一向自我介绍是老松族女孩，依然很礼貌地笑了笑。赫恩转过脸来看了看玛，说道：

"怎么样，你背后的鞭痕全消失了吗?"

"全消失了!"

"身体状况怎么样?"

"身体挺好的，就是怕长胖了!"

"昨晚没做什么梦吧?"

"做了呢!"

"梦见什么了?"

"梦见了战场!"

说完，玛羞涩地笑了笑。哎哟，来万象还不到一个月，就学会与小伙子打趣了！玛一想到刚才说的话，脸就红了，她真想跑出房间去，但忍住了。其实，她什么也没有梦到。

赫恩吸了几口香烟，吐出几圈烟雾，说：

"上级已经同意你们回自己的工作岗位了。"

一听到这话，玛和董翟的面容马上焕发光彩。她们微笑

着，互相使了个会意的眼色，很开心。看见她们这样，赫恩
继续说道：

"你们好像很高兴啊？"

"太高兴了！"

"接下来的工作很危险啊，出一丁点儿错都可能要了你
们的命。"

"赫恩哥，知道了！既然上级已经同意我们回工作岗位，
我们就去收拾一下了！"

"快去吧！"赫恩笑着说。

玛和董翟忙碌起来。其实除了一些贴身衣物和必需的日
用品之外，她们俩也没什么可收拾的。很快，她们就收拾完
毕出发了，相片也没来得及照。

＊

一天晚上，在一间租来的教室里，正准备上英语第一
课。教室里约有二十来个学生，全都是年轻人，个个傲气十
足。男生留着像女生一样的齐肩长发，女生则穿着紧身喇叭
裤，像男生一样腰上系着皮带。他们随意地坐着，海阔天空
地聊着，等待老师的到来。玛是这个班上的一名学生。她身
穿使君子花那样粉红色的开领衬衫和深蓝色喇叭裤。坐在玛
旁边的是薇昂彤。薇昂彤穿着像嫩芭蕉叶那样淡绿色的上衣
和白色喇叭裤。她们俩的样子和仪态都有点儿像，特别是她
们都喜欢在说话前先笑一笑。她们俩是刚刚在教室外面的走

廊上认识的。

"同学，你叫什么名字？"

薇昂彤微笑着问玛。

"我叫玛！"

"哦，玛！"

"对，我是老松族人。"

"嗯，你是杜比大人的孙女还是女儿？"

玛笑了笑，然后字正腔圆地回答道：

"我是普通百姓的孩子。"

"哟，太谦虚了。我叫薇昂彤，住在塔銮区，有空记得来找我玩啊！"

*

在这儿教英语的老师是位美国人，是一位二十四岁左右的女子。她身穿像鸟血那样鲜红的裙子。若从腰部往下量，裙长大概也只有一拃左右。上衣很短，就像越南北部山区妇女穿的那样。不过，人家上衣短，却有裙子遮到胸部。而这位呢，露着肚脐，袒着胸，都看见乳沟了。如果动作大一点儿，整个乳房都被看到了。这对于那些年轻男子来说，别提多有吸引力了。这就好比用酒渣吸引水里的鱼一样，充满诱惑！她的脸长得跟懒猴的脸似的，头发像玉米须那样红，长长的鼻子，深深的眼窝，狐臭熏天，哎哟，不想说了！她到底哪里漂亮了？怎么她一打眼前经过，就引得那些男学生喷

啧称赞？只见她拿起粉笔开始在黑板上写一个又长又直的字母，然后转过头来，对着学生念道："I！I！I！"玛抄下字母，忍住笑跟着大家一起喊道："I！I！I！"

此时此刻，在教室外左边的走廊有一对男女青年，不知道是英国人还是美国人，他们说着英语。那个女的，上身着束胸背心，下身穿有条纹的筒裙，脚上穿十字拖，头上缠着两指宽的布。她和教室里那位女教师不同的地方是：她的身材前凸后翘，脸长嘴大。至于那个男的，穿着短裤，露出像癞皮狗毛发一样的腿毛。他上身穿着暗红色露脐装，肚脐四周的毛一览无遗，那毛就跟他的胡须一样。他的脸颊深陷，鼻子又大又扁。他肩膀上搭着一件跟裤子布料一样的短袖衬衫。他拿那衬衫拍拍灰尘后，就侧躺在地面上，一手托着腮，眼睛盯着他旁边的那位"女主角"，她正从布袋里掏东西。那布袋里装的是切大麻的小砧板、烟斗、火柴和已经削好的甘蔗等。不一会儿，烟雾升腾，刺鼻的大麻气味弥漫开来。

上课第一天，就有两三个学生跟着这些人尝试大麻的味道。下课时，女老师也会吸上两三口，还说大麻具有开胃功效，能让人头脑清醒、咽喉绷紧、舌根软，学英语学得快，但是没有多少人对这感兴趣。而玛感到十分不自在，她觉得在这里闷得连气都透不过来。她是苗族人，从没和这些城里的学生相处过。好在薇昂彤和班里其他两三个比较温柔可爱的女生与众不同，容易接近。此外，还有一个值得信任的人，那就是马尼翁。他长得白净，个子高，额头敞亮，眼神犀利，短头发，说话带着琅勃拉邦口音。他对玛表现出特别的关心。下课后，赫恩来接玛回家，马尼翁就骑着摩托车偷偷尾随他们，想看看玛住在哪里。这个举动没有逃过玛和赫恩犀利的眼睛。马尼翁会是美国中央情报局的人吗？我们姑且先观察观察。这件事让赫恩和玛警觉起来，他们决定临时改道不直接回家。他们俩骑着摩托车直奔冬巴兰，然后脱身去往粉塔方向。一般来说，在夜里，万象的年轻人都是不敢一个人经过这里的。

玛在这儿学习了好几个晚上，没有什么异常情况发生。后来有一天晚上，赫恩把玛送到学校以后就回去了，然后等玛下课了再来接她，但那天刚好老师生病了不来上课，玛只好自己回去。当玛一个人在外面等着乘出租车回家时，马尼翁推着摩托车走了过来，礼貌地问道：

"今天你的哥哥不来接你吗？"

玛笑了笑，答道：

"他通常在下课的时候来，但今天老师停课，我就自己坐出租车回家了。"

"如果你不介意，我送你回家，好吗？"

"谢谢了，那样太麻烦哥哥您了！"

"没关系，我们是同学嘛。喔！薇昂彤也还没回家呢。"

这时薇昂彤正好推着摩托车到路上。马尼翁朝薇昂彤喊道：

"薇昂彤啊！玛的哥哥不知道今天老师不来上课，所以没来接玛，不如我们一起送她回家吧！"

"嗯，送就送吧。玛，你搭我的车，还是马尼翁哥哥的?"

"怎么办?"玛脑子里立刻闪出这个问题。她转而又想，如果拒绝，他们会开始怀疑自己，还是先顺着他们吧，然后再慢慢考虑接下来怎么办。于是，玛跨上马尼翁的车，坐在他身后，并告诉他，她的家在冬巴兰那边。当车开到圣寮电影院附近的一家饭馆时，薇昂彤大声说道:

"马尼翁哥，先吃碗粉再回去吧!"

玛客气地说想先回去，但薇昂彤就是不肯，玛只好下车，和他们一起进了这家米粉店。这是玛革命生涯中十分严重的一次错误，如果没接到命令或者没什么明确目的，是不允许来到客人出出进进的饭馆的。她和薇昂彤及马尼翁一起坐在店里左边的位置。不一会儿，一位穿着便服的泰国军官走了进来，他好奇地看着玛。玛记得这位军官，他原是吉迪那家伙的手下，曾经开车押送翁盼到陇铮审问。玛对自己的失误感到很懊恼，但她丝毫不害怕。她对薇昂彤说:

"嘿!那家伙为什么像疯狗一样看着我们啊?"

"哪里?"

薇昂彤转过头去看，正好遇到那位泰国军官投来的凶神恶煞般的目光，她认出他，因为他以前曾调戏过老挝姑娘。薇昂彤立马站了起来，呵斥道:

"讨厌!我们憎恨你们这些癞皮狗!"

薇昂彤抓住玛的手，带着玛往外走，但那泰国军官却走过来挡住她们的去路，并大声说:

"要去哪儿？"

"去哪儿碍你事吗？这里可是老挝！"

薇昂彤满腔仇恨地说道。跟在她们后面走过来的马尼翁见状，淡定地说：

"给她们让路。"

"与你无关，少来管闲事！我和这位女子的事还没完呢。"

那泰国军官耀武扬威地说着，以为胜券在握。玛见势不妙，赶紧拽着薇昂彤的胳膊，想回到原来的座位上，然后趁机从饭店左边的门溜出去。而薇昂彤却转过脸朝着那泰国军官大嚷道：

"你知道她是谁吗？哎哟，你真是不知天高地厚啊，你知道吗？她是杜比的孙女！"

但那家伙显然不相信，看见她们两个扭头回去，就立马追了过去。马尼翁把脚一伸，把他绊得头朝下扑了过去，脸正好撞到一位正在给顾客倒酒的女服务员的屁股上。那女服务员一惊，失去重心，身体摇晃倒向饭桌，桌上的酒瓶、玻璃杯、盘子噼里啪啦碎了一地，随后，震耳欲聋的警报声立马响彻整个米粉店。

趁着一片混乱，玛和薇昂彤从米粉店跑了出来，正要沿着米粉店旁边的小巷逃走，却被一位穿着不知是警服还是军装的粗壮男子挡住去路。饭店里传来的喧闹声，让他警觉起来。他伸长脖子打量着薇昂彤，然后问道：

"妹妹，这么着急要去哪儿啊？先停下！……哎哟，该

死的，我的眼睛!"

他突然双手捂住脸，眼睛辣辣的，只好蹲下来。不知是谁从哪儿扔过来的干辣椒粉，刚好进到他的眼睛里。薇昂彤也想不出这辣椒粉哪儿来的，她转过脸去看，只见玛高高一跃，从那家伙的头顶上跨过去。两位姑娘随即消失在电影院前熙熙攘攘的人群里。

薇昂彤跑去取她的摩托车，而玛在原地等着。她左顾右盼，看看能够从哪个方向逃走。突然，有人猛地抓住她的手臂，并轻声说道:

"这边走!"

第十一章

第二天，鸡叫第三遍天刚亮时，在陶艾和三名游击队员的陪同下，翁姵和娇出发前往腊博村。一路上他们之间没说什么话，一心只想着快点儿到达村庄，因为如果去晚了，就见不到村里的人，也不知道他们躲避敌机轰炸躲在什么地方。而翁姵只觉得自己走得太慢，她想快步如飞，因为前面的村庄就是她阔别十多年的家乡了。凉风拂面，翁姵觉得很舒服。就是在这里，她一生下来，就吸着这样的风。尽管她大踏步飞快地向前走，她的双眸仍极力捕捉小时候最温馨的画面。她的双耳想静听熟悉的斑鸠、噪鹃的叫声，但所有这些，不知道全都消失到哪里去了。翁姵发现，周围的一切沉浸在死一般的寂静中。她抬头仰望天空，乌云滚动，笼罩着她的家乡，显得那么凝重，如同锡片一样。翁姵安慰自己：太阳升起之前，就是这样的吧！

翁姵在心中描绘跟亲人重逢的画面：回到家时，她不哭

喊找谁，先不惊动任何人，而是悄悄上楼，躲在门框边不让人看见，她要偷看屋里的动静，先静静地听一听娘和弟弟妹妹们说话，享受一下一家人在一起欢声笑语的画面，再蹑手蹑脚进屋去，给他们一个惊喜。当她的目光与娘和弟弟妹妹们的目光相遇时，再大声喊道："娘啊！女儿回来了！"然后，她就扑向母亲柔软而又温暖的怀抱。哎哟！天啊，这一定是最幸福的时刻了。娘或许会将她推开，带着生气的口吻说道："唉！你这个淘气鬼，都长这么大了还像以前那样调皮。真是的！回家也不提前告诉娘一声！"

翁姗甚至想，娘可能还会用巴掌使一点点力拍她的后背，然后故意对她瞪着眼睛，嘟着嘴，因为她已经不是原来那个扎着小辫的小不点儿了。她已经长成大姑娘了，称得上是芒普安县一朵美丽的桃花了。弟弟妹妹们会争着坐在她旁边，从头到脚打量她一番。小妹妹翁裴一定会用手指戳她的酒窝，因为翁裴妹妹小时候常常是这样戳她的酒窝的。弟弟铎诺伊一定也长大一点儿了。他肯定是第一个跳到她膝上来的。之后，她会拿出在勐铿商店买的饼干，疼爱地分给弟弟妹妹们吃……

唉！为什么走得那么慢啊！如果我有一双翅膀，就能马上飞到家了！

*

正当翁姗幻想与家人重逢的情景时，四架 F－105 战斗机的声音划破长空，刺激了她的神经，瞬间把她从遐想中拉回现实。

"飞机!"

娇警惕地大喊。翁姵跑过来抱住娇，颤抖地问道：

"娇姐姐，我们该怎么办?"

"离开道路进到林里卧倒!"艾发出命令，同时观察了一下周围的地形，"我们抄近路到南俄河那边去。"

翁姵她们迅速沿着羊肠小路奔跑，穿过茅草丛，刚跑到南俄河岸边，就听到震天动地的爆炸声。翁姵吓得几乎要晕过去，差点儿从河岸上滚下去，幸好娇及时抓住了她。

"到这边来，下去躲到沟边的树根洞里。"

翁姵跑下去，尽量把自己藏得深一点儿。而艾他们还站在河岸上观察炸弹投放的地点。得知准确的位置后，艾朝娇她们喊道：

"上来吧，敌人朝腊博那边扔炸弹了。"

娇把翁姵从树洞里拉出来，一开始翁姵很害怕，不敢出来，但当她听娇解释说炸弹扔在什么地方和她们在安全区不用担心后，她才松了一口气，心想：原来如此，怪不得他们不害怕。但炸弹投向腊博那边，不知道父母和亲戚们会怎样啊? 翁姵心急如焚，欲哭不能。她强忍着泪水，没有上去坐到艾旁边，而是背靠着大树，眼巴巴地望向腊博那边，只看见滚滚黑烟笼罩大地，喷气式飞机盘旋的声音和轰隆隆的爆炸声震耳欲聋。

翁姵的家乡腊博与美国相隔十万八千里，腊博人从来没

有谁到美国的地盘上撒野，也没有谁跟美国人有仇，去找美国人的麻烦，但是为什么美国人要如此仇恨她的家乡以至于要投下炸弹惨无人道地伤害无辜？翁姵心情沉重，很为自己的母亲和弟弟妹妹们担忧。艾似乎看出了翁姵的心思，平静地安慰道：

"别担心，只是朝空房子扔而已，都这个时候了，大家早就避难去了。"

听艾这么一说，翁姵顿觉身心轻松了些，心里祈求老天爷一定要保佑家人们平安。至于父亲，她觉得他应该不在家里，因为他是军官，应该已经到前线领兵打仗去了。

之前对立派的宣传话语或多或少还印在翁姵的脑海里，然而残酷的现实不得不让她独自思忖道：腊博这地方有什么值得美国人这样扔炸弹的呢？腊博既没有工厂，也不是交通要道啊。莫不是有军队驻扎于此？翁姵心存疑惑，但不敢说出来。

轰炸整整持续了两个小时，腊博的民兵游击队与敌人殊死战斗，高射机枪不断向敌机射去，但敌机没有一架受重创，又都飞了回去。

翁姵跟在娇和艾后面朝腊博走去。她一心想看军营在哪里，但是没看到，只看见民房正在被火烧着，还有死了一地的牲畜家禽。地里的庄稼被炸得七零八落，弹坑密密麻麻。翁姵脑海里闪现的第一个念头就是：他们还真敢往老百姓的安身之处扔炸弹啊！她拉着娇的胳膊说道：

"娇姐姐，带我去纳沙村吧！我很担心我的母亲啊！"

娇转向艾，说道：

"我们先去翁姵家了。"

"等一下，我们一起去，我先跟游击队的同志们说一声。"

说完，艾就去找游击队队长，此时游击队队长正好精神抖擞地朝艾走过来。艾先问道：

"怎么样，大家都还好吧？"

游击队队长看了一眼翁姵她们，回答道："我们都没事，老百姓都跑到山沟里躲起来了，只可惜有一位华侨因跑回屋去拿东西被炸死了。"

"普塔寺那边呢？好像被炸得很严重！"

"我已经派人去那边侦察了，但还没人回来汇报。"

艾沉默了一会儿，然后说道：

"我们大家要小心敌人的地面部队，我们还没有抓住他们。告诉村里的每个人要离村子远一点儿，敌人说不定还会回来的。"

交代完这些，艾就带着翁姵她们来到纳沙村，这里也被炸得损失惨重，连根竖着的房屋柱子都找不到了。翁姵跑向一幢快被烧成灰烬的房子，眼前的情景令她泪如泉涌。她拿出手帕擦拭满脸的泪水，虽然没哭出声，但内心好像被火烧一样。外婆种的那棵梨树，小时候她和弟弟妹妹们还一起在树杈上挂秋千玩耍的，如今那树杈却被弹片切断了。翁姵又惊又怕，她大声哭喊：

"娘啊！娘啊！"

没有任何应答声，只听见房子燃烧的响声和一头倒在血泊里的小牛的凄惨叫声，它的旁边就是母牛的尸体。这时，有一位年轻人从村头急匆匆跑来对艾说：

"请你们马上离开村子，敌人的飞机还会回来扔炸弹的！"

艾点头表示同意，然后说：

"我们正要离开呢。对了，你认识翁姵的母亲吗？她现在在哪里？"

听到这话，那年轻人转过身朝翁姵看去，此时翁姵正站在燃烧的房子旁，不停地擦眼泪。

"翁姵！"

那年轻人兴奋地喊道。翁姵扭过头来，怔怔地站在那里，努力地想喊她的人是谁。当她认出眼前的年轻人时，满脸泪痕的她又带有几分可爱地笑了起来。她喊着朝他走过来：

"是宋讷哥啊！我娘她没什么事吧？她在哪里？我们分别很久了。"

宋讷向翁姵走过去，说道：

"珀安姨吗？康鹏叔很久以前就把她带到康开县那边去住了。"

"那现在是谁住在这里？"

"是索慕姨要住这儿，她就是禧姐大妈的女儿啊，你还记得吧？她已经嫁人啦！哎哟，在这儿说话不安全。走，我们到山沟里去，想问啥再慢慢问。"

那天下午，艾主动要求和游击队一起巡逻。而翁姵、娇和宋讷则一起回村里看看。宋讷带着她们来到腊博附近的普塔寺，这是当地一座古老的寺庙。一走进寺庙院子，翁姵就惊叫起来：

"哎哟，我的天啊！"

普塔寺也在这次猛烈的空袭中被摧毁。那口曾在傍晚和清晨鸣响圆润洪亮、深沉清远之声的梵钟被炸裂，此刻就倒在寺庙的院子里。僧侣们曾用来给村民们诵念的经书有的被烧毁，而幸免于难的也被炸飞，散落于整个僧舍。那尊昔日宝光四射的鎏金大佛像也从台座上滚了下来。这惨不忍睹的画面让翁姵无法忍受，她用手捂住脸，悲切地大喊道：

"我的妈啊！"

此刻谁的心情不是与翁姵的一样呢？寺庙不仅是信徒们顶礼膜拜的神圣的地方，还是百姓举办各种活动的会所。这里还是图书馆，汇聚了几百年来祖先们遗留下来的各种宝贵的文学艺术，然而却瞬间被毁，谁不心痛，谁不满腔怒火啊！

更凄惨的是，那些安分守己、仁德的僧侣也被那些魔鬼投放的炸弹夺去了生命！比丘沙弥在守戒或诵读从佛祖那里继承下来的经书时所穿的袈裟和僧衣，如今却染满了鲜血。啊！心痛啊！那些恶鬼也是人，食人间烟火的啊，为何如此残暴地欺压别人？至此，翁姵终于看清了他们的面目，她多想拽着那些一直叫嚣美国是老挝盟友的走狗的脖子到这儿来看看，并指着他们的脸质问："美国人就是这样帮助老挝

的吗?!"

翁姵他们走出普塔寺,准备从腊博抄近路回到山沟去,路上正好经过翁姵启蒙的小学。翁姵几乎不敢相信自己的眼睛,这里除了弹坑,什么都没有了。我的天啊!那些人竟然连小学都不放过!翁姵气得几乎晕了过去,她恨得两腿发抖。此时,一只乌鸦落在光秃秃的树上并"呱呱"地叫着,让周围的气氛显得更加凄凉。恶魔们真想毁灭一切啊!翁姵努力让自己清醒,她静静地站了一会儿,四处张望,好像在寻找什么,然后她转头去问宋讷:

"宋讷哥,您还记得学校后面那棵梨树吗?小时候我们经常在那儿玩蛇吃小蛙游戏的。"

"怎么会不记得!"

"可那棵树呢,现在怎么不见了?"

"喏,不就在那儿吗?五百公斤的炸弹把它连根炸起,现在直挺挺地躺在院子中央呢。"

看着一片残垣断壁,姑娘们陷入了沉思。通常把愤恨藏在心底的芒普安姑娘们,此时此刻终于忍无可忍!翁姵开始大骂,狠狠地说:

"等着,我要让你们看看我的厉害!"

翁姵的怒骂代表了每一个老挝人声讨美国在自己可爱的土地上犯下滔天罪行的心声!

虽然翁姵在殖民统治的社会长大,但她是老挝民族的后代,她的内心思想就是千百年来一直在这片土地上生活的老挝人的思想。翁姵抬头望向远方,看到解放区蔚蓝色的天空依然还是那么明朗；茂密的山林依然绿油油；瀑布哗哗地直泻而下；山顶云雾缭绕，朵朵白云飘过山坡。山坡上有老听族和老松族同胞开垦的旱地。旱地中央是茅屋，像棉花一样白的炊烟从茅屋顶袅袅升起，与白云融合在一起，分不清是云还是烟。农舍周围，绿油油的稻子正茁壮生长，让人赏心悦目。这番美丽且富有生命力的景象就像是一股巨大力量，从不畏惧敌人的任何恐吓！这幅美丽的画面让翁姗回想起曾经经过的勐镲县普固那个地方，美国好战分子在那里投下了几十万颗炸弹，把普固山顶炸塌了足足八米。但是普固山依然是解放区的大铁门，是解放区的铜墙铁壁。想到这里，翁姗心里的恐惧和悲伤逐渐消失，奋起斗争、当家做主的思想开始占据她的心头！

当晚，翁姗和娇一起住在宋讷的房子里。宋讷的房子位于腊博北边南俄河边的小盆地，周围是松树林。第二天，翁姗在腊博的亲戚们遵照习俗给她拴线祈福。翁姗和娇决定在这儿停留两三天再出发去康开县。这段时间，这两位姑娘就和纳沙青年一起帮助父老乡亲挖防空洞。

一天，翁姗去拾柴火回来，炙热的太阳把她的脸烤得红红的，汗流满面。她用衣袖擦擦汗，坐下来休息，这时觉得有点儿饿，于是洗了手就走进厨房去了。她看见鱼篓里有宋讷烤好的白鱼，挑了一条有鱼卵的放到糯米饭饭篓盖子上，然后伸手撮取几个小辣椒，掏了几片酸白菜，拉了一张藤椅坐下，吃着酸菜和塞了一点儿小辣椒的烤鱼，再吃一口黑糯米饭，边嚼边享受。芒普安的凉风徐徐吹来，哎哟，翁姗舒

服得几乎要喊出声来：金窝银窝不如自己的狗窝啊！

翁姵吃饱饭，担起水桶，拿着换洗衣服独自来到南俄河边。现在大概是下午两点，她把筒裙向上扯遮住胸部，扑通跳下水。哎哟，真是太凉爽了！她边游边用脚踢水玩，搓几下身子，然后上岸来到一棵柳树边抹肥皂，这时她好像听到有人在小声叫她的名字。

"翁姵！翁姵！"

听那喊声，是男人的声音。翁姵赶紧捂住前胸，侧身躲到那棵柳树的后边，朝传来声音的方向望去。她使劲眨巴眼睛，想看清是谁。离她大约十五米处站着一位穿着老挝爱国战线士兵制服却戴着墨镜的军人。他正朝着翁姵笑，像小猫看见熏鱼一样舔着舌头。翁姵赶忙伸手拽起毛巾盖住自己。她惊慌地往后退了几步，眼睛直瞪着那个男人，自问道：他是谁啊？这个人好像在哪里见过，但是老挝爱国战线的同志们绝不会这样偷看女性洗澡的啊！那个男人摘下眼镜，把挡住脸的帽檐托起，露出脸来。唉，完了！是辛通上尉，他怎么到这儿来了？我的天啊，这下该怎么办？辛通那家伙哈哈笑了两声，比刚才叫她时大声一点儿，接着说：

"翁姵，你还记得我吗？先洗澡吧，洗完跟我走。"

"去哪儿？"

翁姵急切地反问道。

"哎哟，当然是回万象啦。我已吩咐直升机在班弥村和班门村的普烈嘎山那边等着了。"

翁姵一听到这话，脸色唰的一下发白。这下完了，他这是又要把自己抓回到像地狱一般的万象啊。翁姵大声呵斥道：

"别靠近我！"

"好！我不靠近你，赶紧洗澡吧，你看看你，满脸都是肥皂泡沫。我在这里等你。"

翁姵趁辛通那家伙忙着找地方坐下时，一跃跳上岸堤，拼命往小盆地那边跑。末辛通在后面喊：

"翁姵，我是你的辛通哥哥啊，你要跑去哪儿啊？"

翁姵什么也不顾，头也不回，跌跌撞撞地拼命跑回小盆地，把正在挖防空洞的宋讷和娇吓了一跳。

"翁姵，你怎么了？"

"哎哟！士……士兵，敌……敌人来到我们岸边了！艾哥哥在哪里？哎哟，真是吓死我了，我差点儿就被抓走了。"

十五分钟后，艾率领游击队由翁姵带路去包围刚才翁姵看见末辛通的地方，但是辛通那家伙早就逃跑了。

辛通这家伙怎么也想不到，翁姵会那样从他身边跑掉。他叫他的手下在远处等待，是为了不让他们看见翁姵在清澈见底的水里玩耍的优美身姿。另一方面，他在心里想：美人儿就要到手啦，旧木炭不吹，它就烧不起来，或许……谁能未卜先知啊。但是他的美梦就像翁姵身上的肥皂泡，随着翁姵跃上岸堤头也不回地逃跑而瞬间破灭。辛通那家伙只剩下一条路：赶紧逃回森林保命。他和他的同党争先恐后向山脊逃窜。唉，真是活该，暗恋真是一个巴掌拍不响啊。

这次，末辛通自愿跳伞下来与这里的队伍配合作战，其

实他的目的是来接他的心肝——翁姵回万象成婚。至于他的
侦察工作，只是幌子罢了，不过，他也装得有模有样。唉，
这下失算了，如果有双翅膀，他恨不得马上就飞回万象去。
他还抱着希望有直升机来接他，于是气喘吁吁地逃回山上的
临时指挥所。到了指挥所，他四处张望，寻找直升机，但是
没有看到，于是急忙跑去问坐在洞里正时不时打瞌睡的电
报员：

"怎么样，他们派直升机来接老子了吗？"

电报员耷拉着脑袋回答：

"他们让我们展开行动，向康开靠近。"

"呦！你们的队伍要向康开行动，你们就去啊，而老子
要回陇铮，懂吗？你按老子说的去发报，快！"

"是。小的按照您的吩咐发过去了，但他们就是这样答
复的。"

"是吗？帮老子连线，老子要亲自跟第二办公室主
任说！"

辛通这家伙满脸是汗，他拿出手绢擦了擦脸，掏出雪茄
叼着，用打火机点燃，然后跷起二郎腿坐着，优哉游哉地吐
着烟雾，然而他的心脏怦怦地剧烈跳动，内心很不是滋味，
不知是生翁姵的气呢，还是对第二办公室失望。他坐在那里
不一会儿，就有一名士兵呼哧呼哧地跑进来报告说他们被游
击队追击。话音刚落，另一名士兵大汗淋漓、连滚带爬地跑
进来，颤巍巍、话不成句地报告说，盛乡和铿乡的游击队正
朝着他们所在的山脉这边来了。哎呀，这下该怎么办？末辛

通猛地从凳子上站起来又坐下，焦虑不安，生气地把雪茄扔到地上。

当电报员告诉他线路接通后，他立马抓起话筒，烦躁地扯着大嗓门、脖子青筋暴起地对着话筒喊：

"喂？喂？是葛洛宁先生吗？我是辛通上尉啊！请您派直升机来接小的啊！小的……"

话还没说完，洞口有一名握着冲锋枪的士兵不小心让枪走火了，"砰！砰！"响了几枪。末辛通转头问道：

"出什么事了？"

还没弄清楚事情的缘由，也没人回答末辛通的问话，大家就呼啦啦争先恐后地逃出山洞，拼命往森林里跑。就连"跑，赶紧跑，向什么地方跑"这样的提醒或问话，都没有人说，也没有人问。瞧，他们你推我搡，就像民间故事中的蝗虫与大象对决一样。蝗虫扑棱着翅膀，欲把大象按倒在地，让大象四脚朝天，但还没能这样做，就被八哥瞅见叼去吃了。说真的，他们就像疯牛那样横冲直撞，像被木棍毒打的狗那般逃命。不一会儿，普烈嘎山坡传来"突突突"的冲锋枪声。不知是谁打的枪，此时辛通那家伙正往那个方向逃跑。

哎哟！不是末日来临了吧？盛乡、铿乡和毕昂乡游击队已经围追堵截他们好几天了！

至于末辛通和他的同党逃离的那个山洞，一切都还是原样，无线电话还在"嘟嘟嘟"地响，红绿色按钮还在一闪一闪地亮着，末辛通生气扔下的话筒还吊挂在那里来回摆动，

话筒里传来说话声："喂！喂！北极星！喂……"

嘿！这里哪还有什么北极星、彗星！只有吱吱叫着飞进飞出的蝙蝠罢了。

*

翁姵还没来得及换下湿漉漉的筒裙，只是迅速穿上上衣，就一边扎头发一边跟着艾跑去追杀末辛通和他的同党了。翁姵跟着去干什么呢？没人知道她心里在想什么。看她的样子应该是看见娇跟着艾去，自己也想跟过去吧！可这样跑谁跟得上啊？就是使出全力，娇和翁姵还是跟不上艾啊。有几个游击队员也不得不停下来呼呼地喘着大气。娇和翁姵互相看了看，不由得笑了起来。过了一会儿，翁姵兴奋地说：

"听！是 AK 自动步枪的枪声！是我们打的！我们走吧，娇姐姐！"

正疲惫不堪的娇认真听着枪声，听见翁姵说走，她转头问道：

"去哪里？"

"当然是去看那些卖国贼啊！"

"卖国贼"这样的词语第一次从翁姵口里说出来。她这样说是因为她明白就是这些人告诉美国鬼子投放炸弹的地点，把她美丽的家乡烧毁的！

娇开玩笑地说：

"不是想去见那个偷看你在河里洗澡的家伙吧?"

翁姵的双眼瞪得滚圆,厌恶地说:

"嘿!这家伙对我的家乡犯下的罪孽,就像他的头发,数都数不过来。他还想得到我?做梦吧,我的一根汗毛他也别想得到!"

第十二章

　　玛姑娘卧室的灯光熄灭很久了，但她还没有睡着。她把手搭在额头上，她在思念亲朋好友、同志和解放区。玛从小在农村长大，听惯了大自然的声音，如轰隆隆的雷鸣声、哗啦啦的大雨声、田野间的蛙叫声、哗哗轰轰的瀑布声、深夜里赤麂和鹿的鸣叫声、早晨的猿鸣声，以及广阔无垠的田野上稻谷成熟时斑鸠与噪鹃的啼唱声。这些像交响乐般的声音与茂密的森林、一年四季盛开的鲜花，以及随着季节变化而层林尽染的美丽的自然风光融为一体，交相辉映，奇妙无穷。

　　啊！真是想念家乡啊！玛叹了一口长气，她多次想向上级提出调换工作，离开首都万象。她是农民的孩子，习惯了在农村与敌人作斗争，现如今却被安排到大城市来，以学生为主要的宣传对象。她不得不穿喇叭裤，穿高跟鞋，穿要么短到膝盖上、要么就是拖到地上的裙子。哎哟！干吗要迎合

这些年轻人啊？干吗要与他们为伍啊？如果解放区的小伙子
看到自己描眉施粉、抹口红、穿喇叭裤，在万象街头与披头
散发的学生在一起，他们会怎么说？玛越想越觉得不自在，
便起身开灯，扎起头发准备去找康迪大婶，她有些想法想要
和她说。但不知道玛是怎么想的，突然又回到床上，自嘲了
一下，盖上被子，伸手关了灯。但是玛的举动没有逃过一直
注意她一举一动的康迪大婶锐利的眼睛。康迪大婶把房间门
完全打开，走进来问道：

"玛，你睡不着吗？"

玛坐起来，开灯收起蚊帐，请康迪大婶坐在书桌前的椅
子上，伸手去拿长袖衣服来穿，然后答道：

"我睡不着！"

"孩子，你不舒服吗？"

"不，我心里难受。"

玛平静地说道。康迪大婶笑了笑。她喜欢玛耿直的性
格。沉默了一会儿，康迪大婶慢慢问道：

"什么事情让你不开心？说给大婶听听，可以吗？"

玛低头扣衣服扣子，扣上后又解开，解开后又扣回去。
每当遇到烦心事时，她就喜欢这样把纽扣扣来扣去。过了一
会儿，她抬起头来说道：

"我觉得上级应该重新考虑，因为我是个乡下人，却来
城里活动，不太合适吧？"

说完，玛倒了一杯水递给康迪大婶，两人都不说话。过
了一会儿，康迪大婶说道：

"这件事上级不是不知道，而是现在还没有人可以替换你。"康迪大婶拿起水杯，喝了一口水继续说，"我也和你一样，是个农村人。我刚来万象的时候，字都不认识一个，但是一边工作一边学习，现在我不也变成你看到的样子了？孩子，遇到什么难题就说来给我听听，咱们娘儿俩一起商量怎么解决。"

玛低头想了一会儿，抬头眨了眨眼，那又长又翘的睫毛微微颤动着。她慢慢地说：

"就像您所知道的，自从我和薇昂彤在老挝圣寮电影院旁的饭铺吃米粉以后，就慢慢地有不好的事情发生了。那些一起去学英语的同学好像对我有点儿怀疑，我很难向您解释那种感觉。薇昂彤也再三问我那天究竟去哪里了，为什么走得那么急。"

"你怎么回答的？"康迪大婶亲切又冷静地问道。

"我回答说，她在找我，我也在找她，所以走散了。后来，赫恩哥找到我，就把我带回家了。"

"你这样回答很好啊，他们怎么还会怀疑你呢？还是说他们已经信任你了？信任和怀疑是不一样的啊，孩子。"

玛白里透红的脸蛋现在更加红了。她羞涩地收回目光，内心斗争着，答道：

"为了指引他们走正道，我几乎和他们每个人都接触过，但是那些男孩子，几乎每个人都想和我处朋友。"

说完，玛把脸转向墙壁。不知道她在做什么，也许是一个人在偷笑呢，没人知道。康迪大婶看她这样，不禁小声地笑了一下。接着房间里就是一片寂静，只听见玛桌子上的闹钟在滴答滴答地响。康迪大婶想了一下，问玛：

"和你走得最近的人是马尼翁，对吗？"

玛不敢开口回答，只是腼腆地点点头。康迪大婶接着问：

"你怎么看待这种关系？"

"我觉得很不自在，我宁愿拿枪去战斗，也不愿意跟那些留着长发的纨绔子弟在一起。"

"你搞清楚马尼翁是谁的儿子了吗？"

"搞清楚了，他是康达老师的儿子。"

"他的政治活动呢，你了解了吗？"

"刚开始我怀疑他是美国中央情报局的人，但不是。他其实不关心政治，也没有加入什么党派或组织。"

"你和他聊过了吗？"

"说来话长啊！"

"没关系，明天是休息日，我们几点起来都行，说吧，我坐着听你说。"

玛又倒了一杯水给康迪大婶，然后才说自己工作上的事情。

"那天在老挝圣寮电影院旁小饭馆发生的事情是这样的：在我和薇昂彤逃出来后，店里发生了激烈的斗殴，那个泰国军官被打成重伤，下巴都被打歪了，后来听说那家伙好多天都吃不了饭，只能喝粥。而马尼翁没受什么伤，因为那天他的哥们儿正好也在那里吃饭，看见马尼翁和泰国军官打斗，

都跑过来帮他。听薇昂彤说，那天晚上马尼翁去她家里玩到很晚，他很担心我，还让薇昂彤当红娘呢。在学校他故意要借我的书看，可等他还书给我，却发现里面有一封写给我的信。那封信我也给您了，也按您教的回复了他，就说我还小，还没到谈情说爱的时候，希望他先打消这个念头，别来打扰我，让我集中精力学习，至于现在，我先做他的干妹妹吧。

"从那以后，马尼翁就再没有给我写信，但还是一直和我特别亲密。后来有一天晚上，那些放荡不羁的学生聚在教室里吸大麻，马尼翁也吸了，吸得晕头晕脑的，还咯咯咯地傻笑。薇昂彤也吸，直到喘不过气来。老师也邀请我去吸，我没法拒绝，吸了就马上吐出来装作气闷难受。大家都沉浸在销魂状态中，甚至忘记到上课的时间了。之后老师还邀请一些学生跟她回家继续玩，说那天是她的生日。我也被邀请了。到了老师家里，老师很隆重地招待了我们。几个女生包括薇昂彤都喝得站都站不稳。吃饱喝足后，大家就一起跳了几轮南旺舞，之后就开始跳国际舞。我也被邀请去跳，但我回答说不会，他们说要教我。刚开始是老师教，之后几个蓄长发的男生也抢着要教我。我实在是没法拒绝，于是装模作样地跟他们学了一会儿，感觉有点儿晕，就请求坐在一旁休息。

"我坐着看他们跳舞。天呀！这哪里是跳舞啊！男女抱在一起跟一个人似的。最过分的是老师和她那几个白人朋友。女的上身袒胸露背，差点儿就看到半边乳房了；下身衣服也只盖到大腿根。这还不算什么，她们还拿我们女性最宝贵的东西赠送给每一个跟她们跳舞的男生。唉！那些男的真是要昏头了！马尼翁也被女老师'赠送'了。女老师蹭他的脸，摸他的后背，他就像猴子得到鸡蛋一样激动地左右摇摆。包括薇昂彤在内的那些女生和那些大鼻子跳舞跳得那个疯狂啊，他们左右摇晃，但身子却始终紧紧地贴在一起。哎哟！我差点儿就要吐了。我看不下去了，就站起来借口说醉酒头疼，要回家。但是老师不肯让我走，还是薇昂彤帮的腔，我才离开那个地方。马尼翁见我要走，也慢腾腾地跟了出来。我们两人各骑各的摩托车，并排沿着街上走，谁都没有说话。

"马尼翁请我去他家玩，我没有拒绝，我想趁机进一步了解他。他的父母和弟弟妹妹刚好去看电影了，家里只剩下用人。我们在客厅聊天时，他问我：

'怎么样，好玩吗?'

"我不知道当时我是用什么眼神看他的，但我的心像被火烫了一样，我想我看他的眼神应该不温柔，可能还带点儿怒火，因为我见他一脸吃惊的样子。

'喂，您觉得好玩，对吧?'

"马尼翁对着一脸严肃的我哈哈大笑，然后用打趣的口吻说道：

'今天高山上的玫瑰花儿怎么变得那么暗淡了，好像要迎来倾盆大雨似的。'

"我实在是忍不住了，微笑一下说：

'你真的玩得开心吗?'

'不开心,难道要愁眉苦脸吗?'

'真遗憾我是个女的,要是我像你一样是个男的……'

'你要做什么? 难道要去揉去捏那黄毛老太婆不成? 哎哟,她们已经被捏得稀巴烂了,妹妹啊。'

"我听到这儿,站起来想回家。马尼翁哀求我再坐一会儿,并保证不再说刚才那些话了。我坐下来,我们俩缄默了一会儿,他才问我:

'一向温柔的你今天怎么这么生气?'

'我觉得很伤心,对您感到失望。'

"马尼翁的脸色沉了下来,问道:

'我做了什么让你失望?'

'我说了,您可别介意。'

'我不介意,你说吧。'

'真的吗?'

'真的!'

"我见势,就按心里想的那样直说。刚开始,我说话的语气比较平和,慢慢地,语气变得凝重。马尼翁静静地听我说,眼睛连眨都不眨一下。我先问他:

'哥哥,您觉得抽大麻好吗? 你们个个都吸得那么开心!'

"他脸色苍白地摇摇头。

'就是嘛! 可是你们为什么还要吸呢?'

'唉! 他们邀请了就吸呗,图个快乐而已。'

"他漫不经心地说，好像一点儿都不重要一样。我追问道：

'您觉得就是图个开心是吧？这是侵略者拿来毒害我们老挝年轻人的毒药啊，他们就是要我们沉迷享乐，学会吃喝嫖赌，变成风流浪子，这会危害祖国的未来啊！'

"说到这里，我见马尼翁沉默不语，他把目光聚拢在我身上，好奇地看着我。我看他这样，便紧接着说：

'刚才在老师家里跳舞，您觉得是人间天堂了，对吗？我觉得这违背了我们老挝民族的优良传统！我觉得这不是人间天堂，反而是人间地狱！它让你们忘记自己的祖国，忘记自己的信仰，屈服于他们而甘愿做他们的奴隶！抱歉，可能我说得有点儿过了，您还允许我继续说下去吗？'

"他挠了挠头，然后开玩笑地说：

'好，你继续念经吧，我听着，你要念几卷都行！'

"于是我逮住机会继续说：

'您一定知道美国运炸弹来没日没夜地轰炸我们老挝人民的家园吧！'

"我看见他眉头紧皱，也不说话，只是点点头表示知道了。

'您知道吗？除了炸弹以外，他们还往田地、森林里撒毒药！'

"他用力点点头。我继续说：

'一边扔炸弹、撒毒药、烧杀掠夺，一边引诱我们老挝青年人吸大麻、办舞会，让我们只知道吃喝玩乐、挥霍无

度、花天酒地，过着糜烂的生活。如此，您还觉得美国是老
挝的朋友吗？'

"他不说话，低着头苦思冥想，不知所措。我拿起水杯
喝水，想等他回答后再狠狠教训他，然后离开。唉！真是遗
憾，这时薇昂彤和两个朋友跑上来哐哐哐地敲门，进来看见
我们两个坐在客厅里就开我们的玩笑，然后拉着我的手下
楼，也不告诉我去哪里，我拒绝不了，只好跟他们来到一幢
两层的房子前。房子门口有两个警察守在那里，我以为这是
什么重要的地方，等爬上二楼才发现这里是个大赌场！楼上
有五间大房间，哪个房间都坐满打牌的人。每间大房间里都
有更衣间，再进去是双人间。里面的灯光很暧昧，闪闪的，
哪对夫妇打牌累了就进去休息，或者哪位太太输光了钱，对
丈夫不忠想挣钱逛街，就到这里跟赢牌的流氓鬼混。"

说到这里，玛缄默了一会儿，说：

"大婶，现在时间已经很晚了，故事很长，还没说完呢，
明天再说吧？"

康迪大婶马上回答道：

"是很晚了，你困了吗？"

"没有，我怕您想睡觉了。"

"哎，正听得来劲，继续说吧！说完我们再睡。等我一
下，我去拿酒来喝，增加点儿能量。"

康迪大婶刚出去，董翟就咚咚咚地跑来一把抱住玛，使
得玛不得不向后仰。

"董翟同志，您怎么啦？"

"我有好消息，要告诉大家！"

康迪大婶拿着酒杯进来，问道：

"什么好消息，说来听听！"

"哎，大婶！您还好吗？"

董翟又一把抱住康迪大婶，房间里充满了欢快笑声。董翟接过康迪大婶手上的酒瓶，倒了三杯，然后说：

"来，为了我们的胜利，干！大婶，还有酒吗？今天我们要一醉方休！"

"什么好消息啊？快说来听听。"

董翟咕咚咕咚地一口把酒灌到肚子里，然后慢慢说道：

"我们英勇无畏的川圹战士和人民彻底粉碎了美帝及其走狗的'挽回荣誉'战役！"

说完，董翟重重地亲了玛的脸颊。

第十三章

一个雷电交加、随时都会下雨的夜晚，女子运输队正在将米运往前线。米都被塑料布包裹得严严实实，即使下大雨也绝对淋不到米。就在大家抄近路上山的时候，雨便开始下了，而且越下越大，天空电闪雷鸣，那声音震耳欲聋。每个人手上的灯火忽明忽暗。为了躲避空中袭击，她们只好一会儿上山，一会儿下河；一手拄着拐杖，一手拿着灯照路。她们背着沉甸甸的米袋，走走停停，像八十岁的老太太一样用脚试探，摸着路走。衣裳湿了也不管，米袋多重也不介意，但最令人讨厌的是那些蚊子和小黑虫！那些虫子成群地朝姑娘们的脸上扑来，把她们的两边耳朵叮咬得热辣辣的，姑娘们像被火烧一样难受。她们的手像鳝鱼背一样滑，抓拐杖也费劲，若不站稳或用大脚趾抓地，嘿！那肯定要摔倒了。一摔就是摔个屁股蹲儿，不光很疼，还很好笑。脚上像被针扎一样疼，那都是旱蚂蟥使的坏。不理它们了！它们都是美帝的帮凶，但它们没法儿阻止爱国战线部队将士奋勇向前的脚步。翁姵就是这运输队中的一员。她边走边想：其他同志都能忍耐，同样是人，我怎么就不行呢？她暗自下决心克服困难。翁姵这点值得表扬。娇多次要分担她肩上的米袋，但是她都拒绝了，她回答得很干脆：

"姐姐们能扛能背的，我也能。"说实话，并没有人要求她跟着运输队到前线，她却自愿跟来了，因为她的政治思想觉悟促使她这样做。其实这次运输距离倒是不远，只是要上山下水。她们翻过一座山头后，发现有一个山洞，娇说：

"我们先在这洞里休息一下吧，支起火，等雨小了、月亮出来了我们再出发。从这里到米仓也不远了。"

于是，运输队二十多个姑娘就一起进入洞里休息，大家找来木柴点燃烤火。她们个个身上都湿漉漉的，水一个劲地往下流，但是欢声笑语还是萦绕着整个山洞。有人脱下长袖衣服拧水，有人把头发上的水撸掉，还有人低头把趴在脚上的蚂蟥扯掉，摸摸自己的腿。虽然她们的身上沾满泥沙，但是她们的笑声依然那么爽朗，说话的声音仍旧那么温柔。

身体暖和些后，她们就背对背围坐在火堆旁轻声唱起歌来，大家的声音交织在一起，在洞里回荡。她们唱歌的声音十分悦耳动听，一点儿都不比老挝爱国战线中央艺术团差。她们唱的是《赞扬爱国的老挝妇女》。

翁姵与娇背靠背坐着。翁姵把腿伸开，好让自己坐得舒服一些，她的思绪随着充满青春活力的歌声飘向远方。篝火熊熊燃烧着，红色的火焰把这些姑娘的影子映射到洞壁上，

没有比这更生动的画面了！因为它展现了革命女战士的美丽
和战胜美国侵略者的坚定决心。这些美丽画面的背后隐含着
姑娘们坚决斗争的精神和飒爽英姿下的温柔。

翁姗对自己有意义的新生活感到自豪。以前，她生活在
美帝走狗及卖国贼的阴影里，而现在她却和这些老挝爱国战
线妇女一起坐在洞穴的篝火旁烤火。这些人，大部分都是农
民的孩子，现在为了老挝革命事业取得胜利，不畏艰险地把
粮食运送到前线。这在翁姗的生活中是新鲜事！同时，她自
己也承认，她现在的生活才有意义，使她成为名副其实的英
勇的老挝民族子女。

翁姗与大伙儿坐在一起烤火，但脑海里却憧憬着青春梦
想。她先是想到她的父母亲和苦命的翁盼妹妹。她在康开县
的淮通只见到母亲，和母亲只待了两个晚上就不得不离开康
开去避难，自此她的生活就和革命紧紧地联系在一起了。每
次想起那段和母亲见面的时光，她都会想起宛哥哥——那位
来自琅勃拉邦的小伙子，那个曾经与她及本米等在森林河边
坐在一起吃饭的人。翁姗刚到解放区时，也是他带着翁姗找
到她的亲生母亲的家。那天见面的情景像电影一样一幕幕清
晰地浮现在翁姗的脑海里。她记得很清楚，是她的同伴娇对
她喊道：

"翁姗！那位就是你整天说要找的宛哥哥啊！"

翁姗转头顺着娇手指的方向看去，只见宛正在近处的河
里洗澡，她立刻想到：哎哟！宛哥哥太过分了，怎么在人来
人往的码头旁边洗澡呢？是想看姑娘过河吗？哎哟哟，真是

不害臊！当翁姵还在这样想时，宛却先大声喊道：

"是翁姵吗？怎么不见你像以前那样穿白色喇叭裤、戴白色橄榄帽啦？我还在想那是谁呢！"

"宛哥哥，您就喜欢提以前的事情。您还好吗？"

"我很好，你们呢？"

"谢谢，我们也很好。"

宛"啊呵"咳嗽一声，打趣地说：

"嗯，听说有旧相识来腊博找你啊？"

"谁说的？"

"我自己知道的。别隐瞒了，我都知道了！"

翁姵真想捡块石头朝宛扔过去，但只是想想而已，谁会那样做呢。

接着，宛就带着她和娇去找翁姵父母亲现在住的家。翁姵父母亲住的房子不高，有三间房间，屋顶是用镀锌铁皮盖的，墙壁是用木板围的。房子搭在淮通南边的松树林边。翁姵多年等待的事终于要实现了，她不像以前设想的那样先在门缝里偷偷看着母亲和弟弟妹妹他们。她迫不及待地打开门，她的双眸射向母亲的房间，只见母亲正一个人坐在床上嚼着槟榔。母亲的头发已经斑白了，脸部也皱缩了，都是因为残酷的战争啊！翁姵的母亲也凝视着她，母女俩相互看着对方，瞬间就大声哭起来，几乎是异口同声说：

"娘啊！"

"翁姵！"

翁姵扔下肩上的背包，立马飞奔过去，扑到母亲的膝

上。她不知道说什么，只是不停地抽泣着。那复杂的心情难以描述，她既开心，又担心，又悲痛。母亲看见自己的女儿回来了也激动不已，她用手摸摸翁姵的后背，嘟囔道：

"哭啥，白浪费眼泪。"

宛和娇站在屋外，给母女俩留点儿空间互相倾诉衷肠。过了一会儿，翁姵抬头用手绢擦了擦眼泪，问道：

"娘，弟弟妹妹们全都去哪里了？"

"你的弟弟妹妹们都被上级送去外国读书了。现只剩下我和你爹，你爹今天去上班了，还没回来，而翁盼……"

激动的心情使得母亲无法再说下去。一说到翁盼，她的脸上就布满了愁云。母亲给予每个孩子的爱都是同等的，但她对翁盼却特别心疼，因为翁盼一直帮着母亲照顾弟弟妹妹，直到弟弟妹妹们长大被送到国外读书，而自己这时却被敌人抓走了，生死未卜。看着母亲一脸担心又不说话的样子，翁姵心疼地安慰说：

"翁盼妹妹的事情，我知道了。"

*

翁姵刚回忆到这儿，就被娇好奇地用手轻轻地拍她的脸颊。娇开玩笑地问道：

"又想到谁了？"

翁姵被娇这一拍，立刻从美梦中惊醒。只见她迅速地眨眨眼睛，又长又翘的眼睫毛微微颤动，给她圆圆的鸭蛋脸增添了几分魅力。坐在她旁边的同伴也停下歌声，用挑逗的目光看着她。翁姵心想：如果回答说在想父母，又怕被大伙儿笑，她只好找借口为自己辩解：

"哎哟！娇姐姐，我能想谁啊？"

"大家都在唱歌，你却在一旁静静地待着，像坐着做梦一样，不是在想谁是干啥？"

"我只是打个盹而已！"翁姵羞涩地为自己辩解。这时，左边有人插嘴说：

"到底在想谁呀，翁姵？"

右边的人也抢着说：

"她朝我们抛媚眼呢！"

"啊嘿，我知道了！"

一位瘦弱的姑娘大声说道，惹得大家更好奇了，开始相互议论：

"是谁啊！"

"刚从桑怒那边来的，我还不知道名字呢。"

"哦，不就是在我们去仓库拿粮食时向我们打听翁姵同志的那个人吗？"

"是啊，挺般配的！"

"都怪翁姵，我们到仓库去拿粮食的时候，翁姵就先出来了。"

翁姵不说话，只是好奇地望着那个姑娘，最后才问道：

"有人来打听我吗？"

"是啊！"

"他叫什么?"

"这个我不知道。叫什么来着,娇姐姐?"

娇看了看翁姵,笑着慢慢说:

"叫本米,你还记得吧?"

"挺般配的啊,娇姐姐。"坐在旁边的一个姑娘马上附和道。

大家叽叽喳喳地说笑着,害得翁姵羞涩不已,以至于用指甲掐自己都不觉得疼。为了让大家不再谈论这件事情,娇说道:

"我们准备出发吧!瞧!雨停了,月亮也从山那头升起来了!"

翁姵扛起米袋跟在娇后面,心里其实是想继续问关于本米的事情,但是又怕大家再开玩笑,只好作罢。说真的,本米哥哥也太过分了,一封信都不写,要是见到他,一定要狠狠地数落他一顿。翁姵"啊呵"咳嗽一声以排解内心的郁闷。

*

早晨,金黄色的光芒透过松树林照射到大地上,树枝随着微风轻轻摇曳。陶宛一个人背着挎包走在回后方的路上。他有点儿无精打采,因为他已经一天没吃东西了。每当看见有运军需品、武器弹药去往前线的车队打身边经过,他都让路,站到路边去。当他看见运输队姐妹们的时候,更是躲得远远的，不想听到她们因为误解而开的玩笑。但怎么躲，还是躲不掉。有一支全是姑娘的运输队，前面很多人从他身边走过时，都不说什么，但是到最后一个排经过他身边时，一位长得比较圆润、脸比较大、眼光犀利的姑娘突然朝宛喊道：

"大家都往前线跑，您怎么往后方去啊？"

另一位长得矮墩墩、眉毛比较浓的姑娘用讥讽的口吻跟着附和说：

"怕是回去领指挥部发的勋章吧？"

一位高高的姑娘打断同伴的话说：

"哎哟！回去领什么奖章啊！怕是受处分被撤回后方去的吧！"

一位用蓝色布包着头的姑娘看了看宛，说道：

"长得真俊俏啊！是哪个部队的？不会是很会泡妞的那个吧？女子消防队给那人取了个绰号：'整天在想情妹妹，政治学习不上心'，说的就是他吧？"

说完大家哄笑起来。宛看了看她们，想要回击几句，但想了想还是算了，就低头继续走路，当做什么也没发生。翁姵也在运输队里，她看见宛，想喊他问几句，但听到大家都在说他的坏话，她也不敢说什么，只好低头走路，装作没有看见宛。走了几步，她又回头去看，宛也刚好回头看，两人的目光相遇，于是宛便大声喊道：

"翁姵，你也去运输吗？"

翁姵轻轻地点点头，想着跟上大家，宛却向她招手，示

意她等一下，然后赶紧跑过来说：

"有你的信。"

"谁的？"

"本米同志的。"

"您碰见本米哥哥了？"

翁姵接过信，还没等宛回答，便接着问道：

"他还好吗？"

"很好，他刚从桑怒那边回来。"

"他现在在哪个部队？"

"他进到石缸平原中心去了。"

"能进去吗？我听说那里到处都是王宝党羽。"

"我自己也刚从那边出来，我们的人也遍地都是。"

"真的吗？"

"当然了，我们和敌人正处于胶着对峙状态！"

宛迟疑了一下，问道：

"你带饭团了吗？我从昨天开始就没吃东西。"

本来，翁姵的包袱里还有饭团和几块肉干，但因为刚才听到大家在说宛的坏话，说他是违反纪律受处分才回到后方的，翁姵怕被大家说，也不敢把自己的饭团分给他。于是，她结结巴巴地说：

"我……都……都吃完了，谢谢您给我带的信，我先走了，我怕跟不上大伙儿。"

宛只好低头咽咽口水，忍着饥饿，继续往后方走去。

女子运输队走了很久，才来到一条小溪边，这里是往来的人们休息吃饭的地方。姐妹们纷纷坐下休息，从行囊里拿出饭团正要吃，这时有十几名解放军同志经过。他们个个疲惫不堪，其中一位长得又高又壮的同志找到娇，聊了一会儿，娇便将大家召集起来，说：

"这些同志是从石缸平原中心过来的，从昨天开始就没吃饭，我们把自己带的饭团分给他们吃吧，这样他们才有力气继续赶路，我们忍一顿没问题吧？"

大家都同意把自己的饭团分给他们。娇看了看翁姵，翁姵像其他人一样正拿出自己的饭团准备分给从前线回来的战士，娇赶紧跑过去说：

"翁姵同志，你这份不给也可以，你自己留着吃吧，你以前没经历过挨饿，不吃饭会很难受的。"

翁姵愣了一下，然后回答说：

"各位姐姐能忍，我也可以！"

说完，翁姵很高兴地把饭团分给战士。解放军同志拿到饭团以后马上继续赶路。在出发之前，和娇碰面的那位同志代表解放军战士向女子运输队表示感谢，然后问娇：

"嗯，娇同志，您有没有看见我们的连长？"

"你们的连长是谁，我不认识。人来人往的，多得不计其数。"

"噢，您不认识宛同志吗？"

"宛哥哥啊，怎么不认识，但我没遇见他！"

听见这话，翁姵马上说：

"姐姐没看见宛哥哥吗？"

"没有，你见到了？"

"见到了，他还把本米哥哥的信交给我了。"

"你在哪里看见他的？"

打听宛同志的那位战士听见了，立马着急地问翁姵。翁姵想了一下，回答道：

"看见他有好久了，他现在应该到斑茅林山岗了吧？"

"他啊，一旦工作忙起来，就忘记吃饭。"

说完，那名同志赶紧跟着大伙儿赶路。运输队的姐妹们望着他们快速前行的背影，一位宽额头、目光锐利的姑娘说道：

"娇姐姐，他们一定有很重要的任务要执行，才会走得如此匆忙。"

娇沉默了一会儿，说道：

"他们从昨天开始就连夜赶路，就是为了去搬大炮攻打美国侵略者及其走狗！"

"早上遇到的那位同志也是这支队伍的吗？"

"宛哥哥吗？他是这支队伍的连长啊！"

"他人真好啊！"

"你怎么知道？"

"哎哟，娇姐姐啊！今天早上，茜同志和萍同志轮番攻击他，他都没还嘴啊，只是低着头若无其事地往前走，真是真金不怕火炼，脚正不怕鞋歪啊。"

"茜同志和萍同志是怎么说他坏话的？"

"嘿！说他是违反了纪律受处分被上级遣返的！"

"说得这么严重？下午你告诉这些同志，以后不要再这样不负责任地乱说话了。"

翁姵背靠树坐着，她的神情依旧很谦逊，但她的内心却像火一样热烫。她心疼和同情那个被自己误解而不得不忍受饥饿的宛。当他的队伍赶上他时，一定会向他汇报向女子运输队要饭团这件事的。他会怎么想我？一想到这里，翁姵的心就颤抖。说真的，翁姵刚到解放区的时候，宛对她有数不尽的恩情。宛是帮她拿东西最多的人，他把她的事情时刻放在心上。有一次翁姵想要山上的聚石斛花，宛就不顾危险爬上去为她摘来，他也是那个带她去淮通找她母亲的大恩人。而如今，宛只是在饥饿时求她分一点点饭团，她都不给。唉，想起来真是后悔啊！她现在好想插上一双翅膀，立马飞去给宛道歉，但怎么能有翅膀呢？翁姵自责与难过的神情逃不过娇犀利的眼睛。娇往翁姵身边挪过来，问道：

"你肚子饿了吗？我说了你可以不给的！来，吃点儿玉米垫垫肚子吧。"

"谢谢姐姐，我不饿。"

"那你为何愁眉不展？"

"我难受，我做错事了。"

"做错什么了？能说给我听听吗？"

"今天早上，宛哥哥问我有没有吃的，但我听到大家那样议论他，就没敢给他。"

说完，翁姵拿出手帕擦了擦满眶悔恨的泪水。这是她人生第一次为了异性的事情流泪。娇缄默了一会儿，怜爱地用

手抚摸她的后背，关切地说：

"别哭了啊！大家伙儿会笑话的！"

翁姵擦了擦眼泪，但是眼眶还是红红的。她激动地说：

"宛哥哥对我最好了，但是他饿得支撑不住向我要饭团的时候，我明明有，却骗他说吃完了，他不得不忍着饥饿前行，我对自己真的太失望了！"

"没关系的，宛哥哥会原谅你的。"

"娇姐姐，原谅容易，但内心的伤疤很难消除啊。"

"不要着急，我也会帮你解释的。听说你收到了本米哥的信了？他怎么和你说的？"

翁姵沉默了一会儿，才掏出信递给娇，并说道：

"他没多说什么，只是说他从石缸平原回来了，并且提醒我要不断磨炼和进步。姐姐，您看，有一段是问起您的……"

第十四章

末西苏穿着绿色军装，正坐在办公桌前，跷着二郎腿，嘴里吐着烟圈，一副怡然自得的样子，他眯缝着双眼，尽情享受香烟带来的刺激，沉浸在飘飘欲仙的幻想之中，至于身边发生什么事，都好像跟他无关似的。

过了一会儿，门开了，一名联络兵把头伸进来，但马上又像乌龟一样将头缩回去，片刻后又伸出头并咳了一声，暗示他的长官有事报告。末西苏听见后，睁大眼睛问：

"有事吗?"

"禀报长官，柏先生回来了!"

"让他进来。"

"遵命!"

末柏耀武扬威地走进办公室，敬过礼后将帽子放在桌上，掏出一支烟点燃，抽了起来，坐了一会儿后，才谄媚地说：

"不是小的当面夸您，您真高明，比我之前的长官辛通高明多了！"

末西苏得意地笑了笑，问道：

"你说的是翁盼的事吗？"

"小的说的就是她呀，千真万确！"

"现在相信我的本事了吧？"

"小的对您佩服得可是五体投地。先前小的以为翁盼已经死了，没想到她竟然逃到了万象。不过说真的，就像您说的，她就算是眼镜王蛇，也逃不过鹰王的锐利之爪。"

末西苏还不太明白鹰王指的是谁，就问道：

"这鹰王说的是谁？"

"还能是谁？当然是您本人呀！"

西苏这家伙被夸得脑袋像赛龙舟的船头一样高高昂起，他当即让联络兵拿来威士忌和苏打水招待末柏。他们碰了杯，酒下肚后，柏问：

"您能赏脸给小的讲讲是怎么抓住翁盼的吗？"

"你问这个干吗？"末西苏傲慢地问。

"噢！小的就想学学您高明的手段呀！"

"是这样吗？"末西苏举起手，看了看手表，说，"我只能跟你聊半个小时，我简短地说一下，哪里不清楚，以后再解释，可以吧？"

"赞同，长官。"

末柏躬身恭恭敬敬地回答。末西苏拿起自己的杯子咕噜一口把酒喝下，咧了咧嘴，然后掏出烟点着，吸了一口，惬意地吐出烟圈，缓缓地说：

"翁盼在黑暗中消失后，我们料想她会藏到从川圹石缸平原过来的难民中，所以我们派了厉害一点儿的侦探混入里面。我们得到消息说有一名苗族妇女跟着这些难民去了万象，但最初没人放在心上。后来实在找不到她的下落，我们才把那个苗族妇女定为重点侦察对象，于是派人去了万象。后来不久，泰国第五纵队给我们发来情报说在圣寮电影院旁边的一个小饭馆见到了翁盼。得到消息后，我立即赶往万象。说实话，她也不是等闲之辈，我布局守了好几个月才把她抓到。"

末西苏看了看表，站了起来。末柏也同时站了起来，问：

"您这是要去哪里呀？"

"去找翁盼。"

"在那间关押室，是吗？"

末西苏戴上军帽，左右整理了一下，转过身，笑着对末柏说：

"人人都说翁盼漂亮，我倒要尝尝，看看味道如何！嗯，有人把床搬到那个房间了吗？"

"都放好了，床垫和枕头都备齐了，长官！小的祝您狩猎愉快！"

"嘿！别难过，我会给你留一块的。我先走了，晚上八点左右就回来。"

西苏这家伙进入关押室后，将房门锁紧。此时翁盼正背对着门口坐着。西苏这头狼，一看见翁盼姑娘圆润的腰身，立马露出色眯眯、饥渴、淫荡的目光。他悄悄地靠近翁盼，像猫抓老鼠似的要扑过去。翁盼听到动静，突然站了起来，向末西苏投去愤怒的目光。末西苏错愕了一会儿，然后假笑几声，脸上露出尴尬的神情。

"嘿嘿！别来无恙啊，翁盼！哥哥我说过，妹妹你是逃不掉的吧，怎么样？他们没对你动粗吧？过来和哥说说话！这房间有灯光照进来，也不算暗呢。怎么样，他们拿水给你喝了吗？有啥不满意的就告诉哥，哥吹个口哨，保管啥都按你的意思来！"

翁盼没有回答，小心警惕地站着。现在出现在她面前的就是她的旧仇敌。她记得清清楚楚，就是西苏这个该死的家伙将自己的手臂拴着吊起来，用藤鞭打得她遍体鳞伤。这次绝不能像上次那样放过他了。末西苏靠近翁盼，伸手去抓她的手臂。翁盼用尽全力挣脱并喊道："别碰我！"

"不要这样桀骜不驯嘛，俗话说得好：走路要走大道，行船要顺航道。乖一点儿，就能免受皮肉之苦！"

翁盼朝他翻白眼，然后转过脸去。末西苏气得瞪大眼睛，但还是忍着。他强装笑脸，用温柔的语气说：

"你正陷入困境啊！幸好我及时赶到，我保证把你从这里带走，买漂亮的房子给你住，我们一起过神仙眷侣般的日子怎么样？人生来就是要寻乐的，对吧？"

翁盼转过脸来对着他，他以为自己的甜言蜜语起了作用，于是谄媚地笑笑，向翁盼抛媚眼，又向翁盼走近一步。

翁盼真想往他的脸上吐口痰，但克制住了冲动。翁盼将身子
闪到右边去，心里想着：你再靠近我，我直接用手戳瞎你。
而末西苏看到翁盼向床边闪身，以为他的话奏效了，他快要
得手了，于是笑着说：

"哥哥保证娶你做老婆，爱你，给你幸福，带你到国外
吃香喝辣。怎么样？你愿意做我的老婆吗？"

"我直接告诉你吧，我一看到你的嘴脸就想吐，我怎么
可能做你的妻子？"

"你嫌弃哥哥什么呢？"

"我恨死卖国贼了！"

"你这么挖苦我，就不怕吗？"

"我干吗要怕？"

"不怕，是吗？等着瞧！"

末西苏跳过去，用吃奶的力气把翁盼紧紧搂住，然后抱
起她，愤怒地把她摔在床上，紧紧地压在她的身上，并用手
帕塞住她的嘴巴，还试图抓住她的手。翁盼用尽全力挣脱，
但无济于事。怎么办？要因为这个死鬼而失去贞洁吗？绝对
不行。她拼命挣扎，用脚蹬他。末西苏恼羞成怒，重重地扇
了她一巴掌，打得翁盼眼冒金星。翁盼趁机把嘴里的手帕扯
出来，冲着末西苏的脸吐了一口痰。末西苏不得不松开手，
站起来用手帕擦了擦脸，他气到了极点。翁盼也站了起来，
整理衣服扣子，闪身到床的另一边。他们都怒视对方。末西
苏愤恨地说：

"你！敬酒不吃吃罚酒，是吧？等老子先把你玩得稀巴

烂了，再把你杀了！”说完奸笑起来。

　　翁盼瞅了瞅周围，她两手空空，怎么斗得过这个恶棍呢？拼力气，敌不过对手；论拳术，那家伙专门练过，现在只剩下牙齿可以用来抵挡这个流氓了。但是嘴一旦被毛巾堵住，就发挥不了作用了。她向门口望去，门关得严严实实，根本逃不出去。此时，翁盼紧张得神经绷到极点。必须反抗，但到底应该如何反抗呢？如果用拳头，万一那家伙一拳把自己打晕，他岂不是可以对自己为所欲为了？翁盼想象着末西苏正挽起袖子，攥着拳头一步一步向自己逼近。末西苏先来一记上勾拳，再冲着她的肚子打一拳，她毫无疑问会晕过去，到时候就变成他的囊中物了。或者她一步一步地后退，直到退到房间角落，还能往哪儿逃啊，肯定完蛋了，他随时会扑过来的。该怎么办呢？

　　翁盼绞尽脑汁思考逃脱的方法。这时，她注意到了末西苏别在衣服口袋上的自来水笔。她灵光一闪，突然想起中国《钢铁战士》故事里的张同志的通信员小刘以钢笔刺伤敌政工处长眼睛的故事。翁盼决定向末西苏跳过去，末西苏却一把抱住翁盼的腰，看到翁盼不打他，不反抗了，便向后仰起身子，哈哈大笑，说：

　　“把你的身子给我吧，小心肝儿，我将带你离开这里，我稀罕你，视你为掌上明珠啊。”

　　翁盼悄悄地拿出末西苏的自来水笔。末西苏看她这么安静，以为她已经屈服了，低下头来要亲她的脸。翁盼使劲扇了他一耳光，他怒气冲天，狠狠地将翁盼按到床上。说时迟，那时快，翁盼用自来水笔戳向他的眼睛。他惨叫一声，连忙用手掩面。翁盼用末西苏塞在她嘴里的那块手帕去堵末西苏的嘴。翁盼取下他的手枪，别在了自己腰间。她将他的双臂扭到背后，但没有东西绑，这时翁盼想到了筒裙。她先将末西苏的脸按在床上，用膝盖压住他的手臂，将自己的筒裙头撕成了两条，一条绑住他的手，一条绑住他的脚。绑好后把被子盖在他身上，假装他在睡觉。翁盼迅速整理好衣服，准备接下来的战斗。她轻轻地打开门，探头出去观察四周，看见近处有一个哨兵正坐着打盹。她悄悄向后退，然后迅速拐进洗手间。这时那位哨兵睡醒了，打了个哈欠，扭扭身子，伸个懒腰，站了起来，走向关押室，伸长脖子偷窥里面，想着自己的长官在里面正享受着美女，不由得小声嘟囔道：

"真是旱的旱死，涝的涝死。"

他掏出烟，摸了半天口袋，没找到火柴，便走到右边的房间，向他的同伙喊道：

"有火吗?"

翁盼见状，立即走出洗手间拐入左边，准备从那条道逃走，但前面传来的说话声使她不得不停下。她背对门口，从窗户看向外面，发现外面没有人，就从窗户跳了出去，没入一丛香蕉树中，前后观察了一会儿后，迅速跑向大路。跑了好远，翁盼才回头看。这个地方不是监狱，可能是第二办公室的审讯处。大路旁的路灯还很亮。翁盼低头看看自己的筒裙，筒裙没有了裙头，身上的肉都露出来了，这样能在街上走吗? 翁盼边走边

问自己。转而又想：这样也好，别人会认为我是夜猫子。翁盼
被自己的想法逗乐了。走了一段路后，她看见一辆的士驶来，
她挥手示意，车立刻停下。翁盼迈上车，于是那辆出租车便载
着她驶向车流穿梭不息的市中心。

*

　　董翟独自坐在自己的房间里补她那件半新不旧的靛蓝色
上衣，她不像往常那样边干活边哼歌了，她现在心里装的是
上级派给她的任务，同时她也十分思念自己正在各个战场作
战的战友们。前段时间，她得到消息说美帝及其走狗发动的
"挽回荣誉"战役被爱国战线部队击溃了，就认为战争将在
短时间内结束了。因为这个消息太振奋人心了，所以她就跑
去告诉她亲爱的玛同志一起庆祝。实际上，与敌人的激烈战
斗仍要持续很久。现在，玛被敌人抓去，是死是活都不知
道。一想到这个，董翟就长叹一口气，抬起头仰望夜空，希
望自己的目光和战友们的目光能在天空中相遇。就在这时，
董翟听到了轻轻的敲门声，她警觉地放下衣服和针线，把手
伸进枕头套，拔出手枪。当房门打开时，董翟惊讶地叫
出声：

　　"我的老天呀！玛！"

　　两位姑娘跑向对方，拥抱在一起。玛泪流满面地说：

　　"董翟呀！蒲昂妈妈和杜昂蒂同志为国捐躯了！"

　　"我们已经得知这个噩耗了，你是怎么死里逃生的？"

那天晚上，月光皎洁，床头的窗户开着一条细缝，湄公河畔吹来的阵阵凉风拨动着床上的蚊帐，董翟和玛不知疲倦地互相倾诉彼此的遭遇。玛先说近来发生的事情给董翟听，她缓缓、清晰地说道：

"我穿着淡黄色的翻领衬衫、鸟血色的喇叭裤，蹬着白色的高跟鞋，还戴着一副大框墨镜，骑着雅马哈摩托车飞速离开万象城，一路上都没有人拦截我。有时遇见敌人的军车开过来，那些士兵有的朝我伸舌头翻白眼，扮各种鬼脸；有的抛烟头，开各种玩笑：

'妹妹是要去哪里呀？'

'让我坐你的后座吧！'

'呦，真俊，美得不得了啊！'

'来亲一个呀，小心肝！'

"我连瞅都不瞅他们一眼，若无其事地开我的车。到了一个进入村庄的拐弯处，我减速向右看，找赫恩哥，但没找到他。我往前走了一段路，掉头回来，刚到一条小溪边，就听到了三声花斑鸠的啼叫声，我笑着下了车，赫恩哥从溪沟上来接过我的车，跟我说：

'赶紧去换衣服！'

"我赶快跑进林子里，十五分钟以后，我就变成了乡下姑娘。赫恩哥又给我交代了几个问题，然后我们就告别了。哎呀，我的天啊，进到林子里舒服得不得了啊，我贪婪地呼吸着森林的空气。我沿着那条小溪走了一程后，遇到了杜昂蒂姑娘。我们俩扑向对方，紧紧地拥抱在一起，拍了拍对方

的后背，然后坐下说话。杜昂蒂同志出落成大姑娘了。她看
到我当时的样子，惊讶地问：

‘咋瘦成这样，生病了吗’？

‘我也不知道为什么，近来胃口不好，经常吃不下饭。’

‘不会是想得太多了吧？’

"杜昂蒂说完，就用食指蹭我的脸颊，嘻嘻地笑。我笑
着承认是想解放区了。之后我们讨论革命工作，直到傍晚才
一同去见蒲昂妈妈。那天晚上，我们一起到林子里过夜。"

说到这里，玛用肘轻轻地顶了顶董翟，并问道：

"睡着了吗？"

"没呢！后来怎么啦？"

玛用手拢了拢头发，稍微翻了下身，继续说：

"那天晚上，月色朦胧，好像要下雨似的。我们一起坐
在溪边的柳树下面等待。大约十分钟后，特别突袭与保密指
挥部的人才来接头。我坐在蒲昂妈妈身后，我们坐在柳树
下，斑驳交错的树影投在我们身上，而特别突袭与保密指挥
部的三名同志坐在前面的一块大石头上，月光照在他们脸
上。在商量工作的过程中，我和杜昂蒂同志都没说话，只有
蒲昂妈妈一个人发言。董翟呀！您猜猜看，那晚我遇到谁
了？我见到本米哥了！"

听到这个消息，董翟霍地坐起来，随即又躺下，问道：

"遇到本米哥了吗？"

"是的。"

玛轻声细语地回答。

"他身体还好吧?"

"跟原来一样结实。"

"您没告诉他我们在一起工作吗?"

"我没来得及跟他说上话。"

"为啥呀?"

"我本来打算在商量完工作后,再和他聊聊,但我们在讨论工作的时候,他的通信员拿着信来找他,他就先走了,让另外两名同志留下来继续讨论。我以为他还会回来,但后来就没有再见到他。"

"也就是说,你们没有单独见过面,是吗?"

"是的。那天在一起商量工作后,我们都去执行各自的紧急任务了,即摧毁敌人的武器库。"

"本米哥若是知道您又一次被敌人抓住,一定很伤心。"

"他不会知道这事的!"

"为什么?"

玛不回答,只是静静地躺着。董翟看她没有回答,就接着问:

"为什么他不知道呀,玛?"

玛想告诉董翟实情:玛这个名字其实是个假名,但为了任务,自己必须隐瞒真实身份。于是她找借口说:

"任务完成后,本米哥可能着急回营地,因此没来得及知道我们被捕的消息。"

"哎!消息都传开了,我们在这里都知道蒲昂妈妈、杜昂蒂同志和您被敌人抓捕了呀。"

玛没有回答，只是长叹了一口气。她承认，自己十分思念本米。那晚相遇的情景不由得又浮现在她的脑海里。她记得很清楚，本米同志右边的袖子像是被树枝钩破了，从肩膀到肘裂了一个口子。她本想商量完工作后帮他缝缝。但天啊，这样小的愿望都像肥皂泡一样瞬间化为泡影。她敬爱崇拜的本米要穿这样破烂的衣服到哪儿去呀？谁有幸能给他缝衣服呢？玛在喃喃自语的时候，董翟拍了拍她的肋部，开玩笑地说：

"嘿！是不是在说梦话了？后来事情怎么样了，同志？"

玛轻轻地翻了一下身，"啊呵"咳了一声，才慢慢说道：

"我们的战斗生活十分复杂而且激烈，但是我尽是得到同志的帮助。而我……"玛用激动的声音强调了"我"后，沉默了一会儿才继续说，"而我却还没帮助过哪位同志。在陇铮的时候，杜昂蒂同志将我从危险中救出，但当她被敌人抓捕时，我却没有能力救她。"

玛长长地叹气，眼眶里满是泪水。她咳了两三声，声音依然沙哑。沉默了好长时间，她用嘶哑的声音悲痛地说：

"董翟同志呀！蒲昂妈妈和杜昂蒂同志英勇牺牲了。我亲眼看着她们被敌人屠杀，我没能救出自己的同志，我的心都要碎了。"

听到玛这样说，董翟问道：

"那么说，您没有与蒲昂妈妈和杜昂蒂同志一起被敌人抓住吗？"

"没有！蒲昂妈妈和杜昂蒂同志在南边的村落开展工作，

而我和赫恩同志是在北边活动。当听到蒲昂妈妈和杜昂蒂同志被捕后，我们就动员青年采取多种形式的斗争去营救她们，但为时已晚，没等到我们营救，她们就已经被敌人杀害了。"

两人静静地躺了一会儿，董翟问：

"可以跟我讲讲您是怎么逃脱的吗？我想学习经验。"

玛沉默了一会儿，说道：

"营救蒲昂妈妈和杜昂蒂同志失败后，我们就接到上级让我们返回万象的命令。我把自己装扮成卖鸡的女商贩，进到一个大路边的村子里，准备租辆出租车去早市。赫恩同志请求坐军车先去。在等出租车时，敌人的一个连包围了村子，将村中的男女老少强行赶到田边的一块空地。谁走慢一点儿，就被他们毒打。当百姓全都聚集完毕，西苏那个家伙，哦，对了，你知道西苏那家伙吗？"

"哪个西苏呀？"

"噢，就是额头有两指宽，喜欢戴墨镜、调戏妇女的那个呀！"

"就是 ACE① 末矮丹那家伙的部下吧？怎么不知道！"

"就是他威胁村民说：'老子已经知道这个村子收留老挝爱国战线干部士兵了！'说完就把村长坎迪大伯、熹大爷和奔大娘绑到柱子上，恐吓他们说，如果不供出爱国战线干部住的地方，就把他们毙了，还野蛮地殴打这几位老人。村民

---

① 美国陆军工兵队（United States Army Corps of Engineers, USACE）。

们苦苦哀求他们别打了，他们根本不听。我实在无法忍受这样的场景，为了百姓的安全，我把自己交给了敌人。我站出来指着他们的脸大喊：

'住手！别残害这些老百姓了！我就是爱国战线的人，你想干什么？'

"哎！董翟呀！西苏那家伙瞪大眼睛，从头到脚又从脚到头上下打量我，眼里充满欲火。他下令放了村民，而我被戴上手铐，用黑布蒙住了眼睛。我以为他们会把我杀了，但没想到他们把我押上车。车开到什么地方，我不知道，他们把蒙住我眼睛的布拿掉，解开手铐，把我推进了一个关押室。"

玛讲到这里，董翟突然坐起来，用手示意玛停下先别说话，然后她轻声下床，并对玛说：

"有人来找我，稍等一会儿！"

董翟蹑手蹑脚地出去了，然后就听见门外有小声说话的声音，大约十分钟后，董翟回来说：

"是赫恩哥来打听您的下落，他们得知您从监狱里逃出来的消息，但是不知道您去哪里了。他们到处找您，担心您去找康曼妈妈，她那里已经不安全了。现在康曼妈妈也已经被转移到了新的地方。我们睡觉吧，明天还有很多工作，有机会再聊吧。"

当晚月圆风清，月光如昼，洒落世间，天地沐浴在月光之下显得格外欢悦。

第十五章

　　翁姵刚刚砍完木柴回来，她那白净柔美的脸上满是汗水。她坐在溪边的树荫下休息，想等汗下去后再洗澡，而她的一些同伴此时正在换衣服准备下河沐浴。突然间，有一架飞机在仓库周围盘旋而下。以前，一听到飞机的声音，翁姵就会紧张到窒息，立即拼命地跑向防空洞。但这次，翁姵表现得沉着冷静，她非但不像以前那样跑到防空洞去躲，反而和同伴们一起向仓库跑去。她挽起筒裙，扣好上衣纽扣，用头巾包好头，观察飞机的动向，眼里充满仇恨。

　　在得到敌机将要攻击仓库这块区域的消息后，娇下令让姐妹们将仓库里的物品运至安全地带。翁姵用尽全力运了三趟，在运第四趟的时候，敌人四架喷气式飞机向仓库周围轮番俯冲投弹。那爆炸声震耳欲聋。翁姵在仓库拽药箱准备搬下来时，一枚炸弹炸断仓库边的一棵大树，树干滚到仓库左边，砸中了墙，导致仓库里的物资塌下来砸中了翁姵。火迅

速燃烧起来，仓库危在旦夕，但是，姐妹们不顾危险，冲进火场，把还没有被烧毁的物品扛到外面去。翁姵被药箱压得无法呼吸，但她没有惊慌失措，她努力推开压在身上的物品。她左臂的衣服被烧了一块，脸也被熏黑了，头巾也不知道什么时候掉了。火越逼越近，她迅速把头发随便盘一下，站起来想冲到仓库外面。但是又有一枚炸弹在距离仓库十五米的地方落下，炸弹爆炸形成的冲击力把翁姵甩出仓库，落到小溪边。翁姵昏了过去。过了许久，当她睁开眼睛时，她看到火焰正向她蔓延过来，她霍然起身，这时她感到左腿有点儿刺痛。她问自己：怎么办，往哪条路走？爆炸声响彻云霄，翁姵分不清楚哪边是北，哪边是南了。她左顾右盼，寻找着去路。正在此时，她听到有人在喊：

"救命呀！火要烧着我了！"

翁姵立刻循声冲进去救人。她跳过火焰，筒裙脚却被炸断的树枝钩住，使她摔出去很远，嘴巴沾满土，耳朵嗡嗡响了很久。她挣扎一下站起来，用袖子擦了擦嘴，吐了几口唾沫，把嘴里的泥土吐掉，然后手脚并用跑去找呼救者。又一枚炸弹在二十米外落下，炸弹爆炸掀起的泥土遮天蔽日。一棵树的树枝被炸飞，差点儿掉到翁姵头上。翁姵四处张望找出路。她避开那些被炸断、掉在地上、横七竖八的树枝，身影消失在浓烟中。

翁姵见博红伏在地上，两腿被一根粗大的树木压着，就赶紧跑过去把它挪开。但是，老天爷呀，翁姵铆足了劲，眼睛都凸了出来，那根树木才微微动了一点儿。此时，飞机像雷鸣般咆哮着俯冲下来，但翁姵一点儿也不恐惧，她用尽九牛二虎之力去推开那根树木。博红也努力挣脱身上的木头，她的衣服都快被撕成布条了，最后，那根树木终于被推开了。博红感觉浑身疼痛，她努力站起来，但尝试了两三次都无法站住。翁姵二话不说，张开双臂，猛地把她抱到安全的地方。这是翁姵第一次坚定不移地决心冒着枪林弹雨执行任务。

撤离到安全地带后，博红立即被送去救治，而翁姵吃了医生分发的药丸后，休息了一会儿就觉得恢复了体力，不禁嘀咕道：

"美帝的炸弹也没那么容易把人杀死嘛。"一些姐妹受伤后不愿去医院，只是稍微包扎一下就留下来和自己的同志肩并肩，继续战斗。这样的画面使翁姵深受感动，更加热爱自己的战友，同时憎恨敌人，决心和敌人不共戴天。她帮助医生一会儿搀扶这个病人，一会儿托起那个病人，自告奋勇，抬着受重伤的姐妹去医院。这时，娇向翁姵走过来。娇一直被女子运输队当亲姐姐看待。她右臂受了点儿轻伤，左边的发绺儿被火燎了，脸上多处被烟火熏过，但她还是像从前一样笑容可掬。她负责安排把受重伤的同志送到医院去，此时她瞥见翁姵正弯腰去放扁担，便问道：

"你还要送伤员去医院吗？"

"不去啦！我要留在您身边，我们还有很多事情要做呢！"

娇将所有伤员送到医院后，就和其他同志带领地方游击

队民兵和男子运输队兄弟来收拾傍晚抢救回的物资。娇带领姐妹们到小河的一个拐弯处搭起炉子，准备做饭。这个拐弯处有个深水潭，用水方便。小河两岸分布有形状不一的大石块，石块上还有高耸美丽的树木遮荫。一到此处，姐妹们就立即分工，一些人去采竹笋；有的去捉鱼；有的铲除矮树丛，平整出睡觉的空地；有的挖炉灶。一个小时后，每个人的吊床都吊好了，小河岸上被修整成一级一级台阶，下河用水十分方便。翁姗擦掉脸上的汗水，仰望着童童如车盖的树木。三天后，这里已经变成运输队流动办公处，看哪个地方都有模有样，就像大家所说的那样：老挝妇女的手摸到什么东西，最后都万物回春，都变得像花一样漂亮。

一天傍晚，翁姗和同伴一起编织房屋围墙，此时正在搭搁物架的娇向她喊道：

"翁姗！我差点儿忘了，有你一封信！"

"哎呀，娇姐姐！别开玩笑呀！"

"是真的，白天休息的时候，通信队的同志送来了一些信件，里面有你的！今天先做这么多吧，一会儿一起去洗澡，明天再继续编吧，我们的营地已经很漂亮了。"

翁姗从娇手中接过信件，立马将它塞到上衣口袋里收好，然后就向河边走去，准备洗澡。她一边走，一边心里想着：这封信是谁写的呢？是本米哥还是艾哥呢？上个月收到了恩人本米的信，她开心地读了，但觉得信中的词语有点儿索然无味。她想：不要紧，等见面了，再好好说道说道他。他也真是的，离得那么远，都好几个月了，来封信就这么寥寥几句，五六行字："你还好吗？哥哥还好，你要认真锻炼自己，不断进步！"唉！受不了了，我！

翁姵光顾着想，不小心绊到一个树墩上，摔了个倒栽葱，扑倒在堤防上。嘿！若不是娇在前面挡了她一把，她真就要掉到水里了。翁姵害羞地解释道：

"哎呀！这些树墩啊，真是躲过一个又碰到一个。"

"没伤着脚吧？"

娇边说边撑住她。

"没事！只是脚指甲裂开一点点！"

翁姵羞涩地回答，眼睛偷偷瞄着周围的人，害怕有人笑话她。实际上没人注意到她被树墩绊倒，只是她"吃了石灰肚子发烧，做贼心虚"罢了。

翁姵来到小河边，躲到一块大石头后面准备换衣服，这时她看到两名同伴正在洗澡。她心想你们先洗吧。于是她在水边的一块石头上坐下，这块石头旁边有一小簇草丛和一棵柳树。她把她那脚背弯弯、像乌龟壳那样漂亮的脚伸进水中，轻轻地摩擦着她那像象牙一样白净光滑的小腿。她那柔嫩的皮肤被清凉的水浸润着，显得更加白皙嫩滑了。翁姵靠在那棵茂密的柳树上，柔嫩的枝条在风中摇啊摇，轻抚翁姵柔美的身躯，翁姵感觉舒适极了。她突然想起那封信，便立刻掏出来撕开，轻轻捏出信纸，读了起来：

亲爱的翁姵：

我回到战场了，怎么样，你还好吗？待我们将敌人赶出

石缸平原后，咱们就在你妈妈住的淮通村见面吧，就是我们一起杀阉鸡煮来吃的那个地方啊。当时你叫我去生火等着，不知道是谁，不会开膛，刀砍不进去，手也没抓稳，让鸡扑通掉进小河里，只好伸手去摸，捞了很久才捞到，还打湿了衣服。你还记得吗？是谁帮你瞒着？要不然呀，要被你妈妈念经两三卷，没完没了地说了。哈哈！回想之前的事挺有意思。我很寂寞，你如果有时间，要写信给我啊。你给我的照片被雨水打湿了，只剩下白底，但是我还一直装在口袋里带在身上，因为这是你亲手送给我的礼物。

*

读到这里，翁姵不禁笑了，想着宛哥哥平时不善言辞，喜欢听别人说，而自己很少说给别人听，但为什么写信的时候却这么幽默生动。想起那天自己自告奋勇给鸡开膛真是太好笑了！不知怎么搞的，自己手一滑就让那只阉鸡扑通掉到小河里去了。翁姵收到过很多小伙子写来的信，但都没有像这封这么有趣。清风徐徐吹来，翁姵感到十分凉爽舒适，她深深呼吸着，想要把芒普安森林的清新空气全部吸到肚子里。要是自己能像鸟一样飞起来，她就让清风将自己托起，到天空自由翱翔。然而，这位少女随风滑翔的美好的青春幻想被同伴洒过来的凉水给惊醒了。翁姵羞涩地笑着，飞快地眨着眼睛，她不知道她们刚对自己说了什么，问道：

"是什么事？"

"是什么事？你还在那里问什么事。娇姐姐叫你呢！"

那位正在河里洗澡的大脸蛋姑娘边说边捧水洒向翁姵，翁姵迅速站起来，将信折好塞在衣服口袋里，弯腰向大脸蛋姑娘洒了两三次水，就急忙跑上岸去。

"娇姐姐，您叫我吗？"

"嗯！噢，你还没洗澡啊？"

"还没有，让她们洗完我再洗，有什么事情吩咐吗？"

"今晚，一营召开战斗模范表彰大会，邀请我们派代表去参加。我们团组挑选你和我一起去。你快去洗澡准备一下，黄昏时分我们就出发。"

翁姵不紧不慢地洗着澡，轻轻地抚摩着自己白嫩美丽的肌肤。她知道她现在的皮肤和在首都那段时间有很大不同。那时，她怕太阳晒，一直躲在缺乏清新空气的屋里。而她最喜欢去的电影院，更加令人讨厌。有些观众不知在吃什么东西，吃完就随地乱扔垃圾。电影院里烟味弥漫，令人窒息，此外还有不知道什么味道充斥鼻腔，熏得她头疼，因此她的脸色苍白，不像现在这样有精神。劳动使她整个人脱胎换骨，同时还增添了天然美，她的皮肤变成了真正的芒普安少女的肤色。翁姵洗完澡上了岸，躲在石头后面换衣服，十五分钟后她笑容满面地从岸边回来，今天她穿上了解放军女战士的制服。娇看到后立刻打趣说：

"哎哟！我们的桃花今天开得异样清新啊！"

"哎呀，娇姐姐！您再说，我就不敢穿了！"

"有啥不敢的，穿上制服更显身材，英姿飒爽，更增添

几分姿色！去，把衣服拿到我的竹竿上去晾晒，准备出发，现在差不多六点钟了。"

翁姵跟在娇身后，来到了一条小河边，河上架着木排桥连接两岸，能听见对面河岸传来战士们的谈笑声。一到对岸，就看见有一处平坦的空地。空地上，长长的桌子围成一圈，桌上用野生芭蕉叶铺着，干干净净的。空地的左边，一群战士正在分发食物。

组织委员会人员亲切地接待娇和翁姵，邀请他们到一间屋顶用帐篷布苫盖的房子里参加闭幕式。这是翁姵第一次作为嘉宾出席活动，她端庄得体地坐着，密切关注会场活动。正中是主席台，坐着三名同志。讲台上有一名同志正在总结会议。受到邀请的嘉宾坐在左边，右边的一排是战士模范，他们的胸前都别着一朵漂亮的大红花，威风凛凛。翁姵看到了一条标语："老挝人民革命党万岁！"她在心里反复读这条标语，并下定决心要打倒敌人，把敌人的头踩在脚下，争取革命的彻底胜利。接着，她的目光看向主席台，想知道谁有幸能坐到那些位置。她想可能只有对国家和人民做出丰功伟绩的人才能受邀坐到那里。她看着看着，几乎不相信自己的眼睛，因为她看到坐在主席台右边一个被半挡住的身影像极了宛，她的眼睛盯着那里，心剧烈地跳动着。啊！真的是宛！宛也看到了翁姵，还向她点头微笑。

闭幕式结束后，主宾就移步去用餐。宛走过来跟娇和翁姵亲切地握手打招呼。他们边吃边聊。饭菜十分美味，有凉拌肉末、炒菜和汤等，大家谈笑风生，讲述着自己作为救国战士的工作生活和各种惊险经历。

大家吃饱喝足后，音乐响起来，主人和客人便一同跳起南旺舞。翁姵和大家愉快地跳了两三支舞后就温文尔雅地坐在娇旁边。宛对每个人都彬彬有礼。当娇再次被邀请去跳舞的时候，宛和翁姵静静地坐了一会儿，宛开口说道：

"我的连队在南俄河源头的农巴三岔路那儿，我来参加这个会议才知道你们的队伍在这附近，要不是娇说起，我都不知道你们遭到美军空袭了。"宛左顾右盼后，小声地说，"两三天前我寄了一封信给你，你收到了吗？"

翁姵垂下眼帘回答说：

"是写关于阉鸡扑通掉到水里那封吗？谢谢，我收到了，是今天傍晚的时候收到的。"翁姵抿着嘴笑，停了一会儿，羞涩地说："我还没有看完。"

"哎！我等你的答复哦。明天我就要归队了，我们俩要很久才能再见面哩。"

"您想知道我的什么答复呀？"

他们两人目不转睛地看着对方，宛有点儿不好意思地笑着，心里想翁姵可能真的没有读完信。翁姵看宛不说话，又问道：

"是什么事呀，哥哥？"

"你回忆一下我们上一次见面的时候，还能想起别的事来吗？"

翁姵笑着眨了眨眼睛，过了一会儿把脸转向宛说：

"是我在小河岸摔倒的那次吗？"

“不是！”

“是我们在林中小河边吃晚饭那次吗？”

“也不是！”

“也不是的话……啊！是我把阉鸡掉到水里，我们一起下水去捞那次吗？”

“还不是！”

“那到底是哪一次啊？”

翁姗有点儿心不在焉了。宛盯着翁姗白净的面庞绝望地说：

“既然你忘了，我收回我的索求。”

“为什么要这样呀，哥哥？我是真的忘啦！您要是记得告诉我呀！您要是不说，我不开心啦！”

“你答应让我说吗？”

“百分之百答应！”

他们两个人欢快地笑起来，毫不关心跳舞的事，也不在乎那嘈杂的欢笑声。宛凑近翁姗，在她的耳边说：

“你还记得淮痕拉吗？”

“还记得……啊！我，我想起来了！我想起来了！您攀上石崖给我摘聚石斛花那次！”

“之后，你答应我什么了？”

“我说……哦！我说要做一条漂亮的手帕在下次见面的时候送给您，是这一次吧？”

“那次之后，我们见了几次面？”

翁姗不知道该怎么回答，只是对着宛甜甜地笑，心里想："宛哥哥可能对我感兴趣很久了。"姑娘与小伙子之间的激情谈话不得不终止，因为组织委员会宣布活动结束了。娇和翁姵要启程归队了，宛将她们送到小河边。握手告别时，翁姵凑到宛耳边说：

"我先走啦，哥哥。"

"路上小心！"

"那个手帕的事，我和您约定下次见面时，我再送给您，可以吧？拜拜！"

第十六章

　　玛在房子后院坐着洗杯子，听到背后有轻轻的脚步声传来，就迅速转身，原来是董翟正想从背后吓唬她，但没能得逞，被她发现了。董翟伸出两手亲昵地把玛搂在怀里。玛边洗杯子边说：

　　"好啦，有啥事？"

　　董翟却把玛搂得更紧了，还挠她的腰和肋骨，玛受不了，说道：

　　"好了好了，别闹了，再闹，我就拿洗杯子的水泼您了哦！"

　　"泼呗，若您也想被弄湿的话！"

　　"喂，真不害臊，要是有人看见了，会怎么说呀？"

　　"谁会看见，哎呀！您真是一本正经！"

　　董翟转到玛面前蹲下注视着她，两人互相看了一会儿后，就放声笑了起来。玛问道：

"怎么样？赫恩哥给我们派了什么任务？"

"我没有见到赫恩哥，但见到了沃穆哥。"

"他的妻儿还好吧？"

"他们很好。我们要举行蒲昂妈妈和杜昂蒂同志的追悼会了。"

"在哪里举行？哪一天举行？"

"还没通知，只让我们做好准备，可能有城外的同志们来参加。我们还发了传单，张贴了标语。我们商量要多做事，利用这次追悼会展示我们的战斗力，给予石缸平原的美帝及其走狗最后致命的打击。"董翟停了一会儿，接着问，"你今天去早市买了啥？今天做啥好吃的？"

玛笑着说：

"要是您知道了，您就连饭都不想吃了。"

"是什么事呀，那么过分？"

"进屋去坐等着，我洗完杯子就说来听，调整好心态准备听消息哈。"

董翟用手轻轻摸了一下玛的脸蛋，站起来说：

"骗人。"

玛洗完杯子，拿毛巾擦擦手，又看了一下炉子里的火，于是走进房子里。两个人微笑着面对面坐下，董翟先问道：

"什么事？说给我听吧。"

"准备好了吗？"

"请吧！"

"昨晚你做了什么梦？"

"赶紧说吧，别绕弯子。"

玛笑了起来，意味深长地瞟了一眼董翟，才慢慢而清晰地说：

"我遇到了好几位同志，他们都穿着万象市民那样的衣服，当我瞅见贤哥哥的时候，我很愕然，篮子差点儿从手里滑落。我跟踪他很久，当确认他就是贤哥哥时，我就闪到他面前盯着他，轻轻地叫了一声'贤哥哥'。贤哥哥停住脚步，上下打量我，然后目光停留在我的脸上。他左顾右盼，轻声地说：'我做梦都没有想到你还活着！'他又转到我的身后，从头到脚打量我，再次问我：'翁盼！真的是腊博的翁盼吗？天哪，是翁盼！'"

说到这里，玛支支吾吾的，有点儿害羞，因为她说出了自己真实的名字。董翟明白玛这样的反应，说道：

"好啦！今天沃穆哥哥已经告诉我您的真名是翁盼啦，我们之间不需要保密啦！这事后来怎么样了？"

*

亲爱的读者们，现在清楚了：玛就是翁盼，且让我们就像之前一样叫她翁盼吧。

*

翁盼沉默了一会儿继续说：

"贤哥哥请我离开市场,到一家比较偏僻的饭店吃米粉。贤哥哥首先告诉我,我的父母和姐姐、妹妹、弟弟都迁移到了安全的地方,每个人都很好。我的姐姐翁姵已经加入了革命队伍。我告诉贤哥哥,在我们组有一位叫康曼的妈妈和一名来自阿速坡勐麦县的同志叫董翟。他听后就说:'咦!哪个董翟?在阿速坡勐麦县没有人叫董翟啊!'我就问他是否认识本米哥的妹妹,他想了一会儿问:'本米同志的亲妹妹吗?'我笑着点点头。他说:'你不会是骗我的吧?本米同志只有一个妹妹,我去阿速坡勐麦县的时候,她正在上中学,她叫做婉蒂。'同志您的真名是婉蒂,对吗?"

董翟羞涩地笑着。翁盼说:"今晚七点,贤哥哥会来看望我们。"

"他怎么知道我们在这里?"婉蒂好奇地问。

"赫恩哥会带着他来。"

"您还没有将我的事情告诉他吧?"

"谁会说呀,你们的事情应该让你们自己来说呀。"

婉蒂静静地坐着,但是她的心却咚咚咚强烈跳动着。这条项链的主人就要来了,自己应该怎么和他见面?说真的,自己作为女孩子,曾被很多小伙子追求过,有写过情书的,有当面抛来媚眼的,有用尽甜言蜜语的,但她从来没有像现在这么紧张。婉蒂抬起头问:

"今晚您要去工作吗?"

"是的,康曼妈妈让我去她那里。"

"明天再去不行吗?我没有单独接待过客人,我不知道

怎么招待才合适得体。"

"同志啊，这有什么难的呀！他来了，就像同志那样聊天呗。"

"那这条项链我应该还给他，并表明我的心迹吗？"

"我觉得现在还没必要，先放一边，看事情的发展吧。你们见面先了解彼此的性格，结局如何，顺其自然吧。但今晚您要谨慎，康曼妈妈接到情报说，CIA即美国中央情报局的人在我们周围的活动越来越猖狂，因此她才让我和她在一起。您也要及时转移。"

"转移的事，我昨天也想过了，但我想今天半夜再走，我的东西已经全部搬走了。"

"这样也好，今晚赫恩哥哥和贤哥哥来了，您就和他们一起走吧。"

*

今晚，虽然星星布满天空，但月光暗淡，凉风不断吹来。婉蒂独自一人坐在房间里钩手帕，她在等着赫恩同志和贤同志的到来。过了一会儿，她听到楼梯上传来脚步声，她的心剧烈地跳动，她自言自语说："贤哥哥来了。"她瞟了一眼墙上挂着的镜子，站起来走到镜子前照了照自己的脸，用手摸了摸自己的眉毛，理了理发髻和衣领，静静地站着等来客敲门，然而没听见敲门声，为了让外面的人知道屋里有人，她故意咳嗽一声，随即敲门声响了起来。她轻轻地问：

"是谁？是赫恩哥哥吗？"

没有人回答，只听见外面有叽里咕噜的说话声，过了一会儿又响起了敲门声。婉蒂心想：赫恩哥哥从来没有开过这样的玩笑，会是谁？她边想边迈向门口，问道：

"是谁？"

"是我呀，快开门。"

听口音，婉蒂分辨不出这人是从哪里来的，会是贤哥哥吗？哎！贤哥哥不会这样说话的吧？敲门声再次响起，这次比上一次更响了，太不正常了。婉蒂向后退，拿起放在床头的黑色袋子，轻手轻脚走进洗手间，看到窗户还开着，她就半蹲着准备从窗户跳出去，但是晚了一步，一双有力的手已经钳住她的手臂。

"要去哪儿，哼！"

婉蒂转过头来看，原来是个长得又高又大、蓄着长发、穿着绿色衣服的男人。他早就埋伏在洗手间了。所幸婉蒂拎着皮袋子的右手还能自由活动，她立即将袋子扔出房间。婉蒂被拖进房间里，那个男人打开房门让同伙进来，柏中尉和他的一个手下走进了房间，上下打量婉蒂后目不转睛地盯着她。柏中尉埋伏在洗手间的走狗汇报说：

"刚刚她把一个袋子扔出房间去了，长官。"

柏中尉没听清，转过脸来问：

"扔了什么东西？"

"一个皮袋，长官。"

"哦！那一定是文件袋！赶紧去给老子找回来，你们两

个都去找，一定要找到，至于这个小姐就让老子来收拾。"

"嘿！请给小的们留口剩的！"

留长头发那家伙边说边向他的长官挑眉使眼色，说完拉着他瘦得像根竹子一样的高个子同伙出了房间。柏中尉掏出烟点上，很享受地吐出烟圈。过了一会儿他看着婉蒂，点点头，问道：

"你是谁？翁盼去哪里了？"

婉蒂没有回答，稳稳地坐在那里，仿佛什么事都没有发生似的。末柏继续问：

"老子问你话呢！翁盼去哪里了？你听不见吗？"

婉蒂漠然地坐着，瞅都不瞅他一眼。他站起来走向婉蒂，婉蒂也站了起来准备跟他搏斗。她心想：你敢过来，我马上让你尝尝刀刃的厉害。末柏看见婉蒂的眼睛充满怒火，他气急败坏，用力拖着婉蒂的手臂说：

"真是厉害啊，老子倒是要看看你有什么本事！"

他把婉蒂紧紧抱住，然后按到床上，婉蒂拔出别在筒裙裙头的刀向他捅去，不料自己的手被他抓住了。他用力扭着婉蒂的手腕，婉蒂手中的刀掉到地上。柏那家伙压在婉蒂身上，婉蒂没有喊叫，但脚不停地蹬踹，又抓又咬，毫不妥协。正当末柏搂着婉蒂的时候，赫恩同志和贤同志赶到了。贤同志二话不说，跃过去用力扯住末柏的衣领，把他从婉蒂身上拽开。当末柏转过脸时，陶贤迎头给他一拳，他的下颌咔嚓一声，整个人滚下了床。婉蒂猛地坐起来整理好衣服，跳下了床，跑过去躲在赫恩同志的身后，说：

"他们有三个人！"

"还有两个人在哪里？"

"他们去找我扔出房子的文件袋了。"

"在哪里？现在带我去找，他就留给贤同志一个人来收拾吧。"

说完，赫恩同志和婉蒂跑出房间。末柏慢慢地站了起来，低头收下颌，突然像闪电般地伸出拳头向贤同志挥过去，若贤同志没有及时躲闪的话，就被他打倒在地了。贤同志反应迅速，用拳头反击末柏的脸和头部，接着双手轮流出拳捶击他的胸口，把他逼到墙角。末柏摔了个屁股蹲儿，拔出手枪，但还没来得及开枪，手枪就被贤同志一脚踢飞。与此同时，贤同志的耳朵"嗡"的一声响，头撞到墙上，眼冒金星。老天爷呀，到底怎么一回事？贤同志赶紧转头去看，原来是留长头发那个家伙左右出拳往贤同志身上抡。这家伙可真的像拳击手那样出手啊。贤同志迅速站起来，像牛一样顶撞他的胸口，把他撞翻在地上，紧接着用脚猛踢他。柏中尉摸到了手枪，但他被踢得眼前模糊，一人看成两人了。他举起枪瞄准目标，"砰"的一声枪响，子弹从贤同志的肋部擦过，正好打中长头发那家伙的胸口，那家伙翻倒在地，不断抽搐着，奄奄一息。贤同志把柜子踢倒，压到柏那家伙身上，然后跃过去将他的手踩在地板上，将手枪夺下别在自己的皮带头上。他转向门口，此时看见那个瘦得像竹竿的高个子正在做挥拳准备，贤同志二话不说立即跨过去向他踢去，那家伙只被踢一脚，就扭头逃出了房子，贤同志追了下去，

正好遇到婉蒂上楼来，贤同志问：

"那家伙跑去哪里了？"

"他逃了，您没事吧？"

"我没事，赫恩同志呢？"

"在下面呢。"

"找到文件袋了吗？"

"找到了！"

"走！你还有什么东西没拿，快收拾好，然后和我们一起离开这里！"

"我没什么东西了，那些都不要了，我们离开这里吧，哥哥。看哪！敌人被惊动都跑来抓我们了。"

赫恩同志骑着摩托车朝桑怒路方向驶去，他要去向康曼妈妈和翁盼通风报信。而婉蒂和贤则向南边走，不一会儿，他们的身影就消失在万象的车流中。

贤同志带着婉蒂来到森林边的一块田地，这块田地不是很广阔，路边有两三棵高大的粘木树，周围用铁丝网围着。铁丝网沿着一簇簇曲枝簕竹丛延伸。贤同志下车，前后观察，看到没有异常情况，就带着婉蒂向竹丛旁边的一幢闪着灯光的小茅屋走去。这幢田间茅屋共有两个房间和一个凉台。他们到达小茅屋后，婉蒂就背靠着凉台上的柱子坐下乘凉。贤同志将车上的物品拿到屋里后，也来到凉台坐着，对婉蒂说：

"康萍姑娘不在，她进村去了。星这家伙可能去钓鱼了。"

"这里有几个人？"

"一共三名，康萍、星同志和我。我和星同志受雇给乡里开垦田地，一块地给八万基普工钱，包吃。等文件齐全了，我一定能找到在城里开出租车的活来干。"

"那么，我来这里不会给你们添麻烦吧？"

"没什么麻烦的，我们会想办法解决的，你在这里也不会待很久的，等局势稳定一点儿了，你也要再回到城里去。"

紧接着，他们两人都静静地坐在那里不说话。凉风吹来，竹林轻轻摇曳，发出"沙沙"的声响，与风吹过芭蕉叶的声音和猫头鹰叫声交织在一起，再加上浮蛙在一片静谧中呱呱地叫着，构成大自然的和谐之音，所有这一切让一直在城市待着的婉蒂感到心旷神怡。贤同志掏出烟点燃，抽了起来，然后说道：

"差一点儿啊，如果我们没有及时赶到，太危险了。"

"是啊！我们已经很小心了，不过还是大意了一点儿。我们会把这个当成教训的。嗯！您没有什么地方受伤吧？"

贤同志喷了一口烟雾，然后用清亮的声音回答道：

"也昏了一阵，那个长头发家伙的拳法真的不赖，我差点儿就打不过他，但是我经常遇到这样的情况，所以也不怎么当回事。我有时候受伤，身上青一块紫一块的，但都没有特意治疗就自己好了。这次我觉得喉咙有些难受，但是喝了熊胆酒就没事了，我又能吃能睡了。"

贤同志说的这番舍己为人的话，婉蒂听后十分激动。这么多年了，她日夜等待着与她戴在脖子上的这条项链的主人相见，如今这个男人就坐在自己的面前，和自己像亲兄妹一样聊天，也是这个男人将自己从危险中救出。今天发生的一幕幕在婉蒂脑海里闪现。她想起当她被柏中尉那家伙按压在床上的时候，她瞥见贤同志抓着柏中尉的衣领把这个恶魔从自己身上拎起来那一瞬间，她就知道这位同志是谁了。婉蒂当时落在贤同志身上的眼神，就是想要依靠他、托付终身的眼神。当她迅速从床上起来整理好衣服，包裹住自己一直珍惜的身体后，她多想向贤同志跪下，以感谢他的救命之恩。但在当时的危险时刻，她做不到，只能用温柔纯洁的眼神看着他，不知道他是否察觉到了她的心情。当枪声响起的时候，她慌了。她立即跑上楼去找贤同志，心里想着要是贤同志陷于危险中，她会奋不顾身地冲进去与敌人搏斗。当她拉着贤同志的手离开房子的时候，她一点儿都不为带不走房子里的东西而感到遗憾。她坐在摩托车后，当遇到路上颠簸时，她的身体就会碰到贤的后背，这时贤同志是否知道她正用含情脉脉的眼神看着他？我认为贤同志不完全知晓。

婉蒂偷偷地看着贤同志，尽管月光暗淡，屋内的灯火若隐若现，她不能完全看清贤同志的脸，但她知道他就像"金子近火不知热"一样波澜不惊地坐在那里。她咳了一声，清清嗓子，然后漫不经心地问道：

"哎！贤哥哥，您好像说过您去过阿速坡，是吗？"

"是的，去过！那里有我许多回忆，我无法忘记。不知道此时的勐麦城变成什么样了。"

"还是跟从前一样呢，但是在学校旁边的那棵大榕树已经倒了！"

"天啊！它没有砸到旁边的房屋吧？"

"砸到了好几幢，但是没有砸到人，因为它是白天倒的，房屋里的人都到田里干活去了。嗯！贤哥哥，您是哪一年去的勐麦呀？"

婉蒂用清脆的嗓音问道，然后自己害羞地笑了，因为她故意在问自己已经知道得清清楚楚的事实。贤马上回答道：

"我是在 1970 年去的，那一次我受了重伤，差点儿没命。"

"这是真的吗，哥哥？"

婉蒂笑着问，话里有话。嘿，要是白天或是月光明亮的夜晚，恐怕已经泄露秘密了！好在今晚夜色朦胧，只能看清彼此的轮廓。贤扭了扭身体，拢了拢头发，解开了纽扣，敞开衣服纳凉，好让自己感到舒服些，然后才慢慢地说：

"唉！婉蒂，受伤这件事情并不重要，反而是埋在心头的事割舍不下，也难以忘怀。"

"到这般程度啊，哥哥？"

"我来讲给你听听。我受了重伤，偏偏还掉进了水牛打滚的泥塘里。我奋力爬上去，却摔下来。我筋疲力尽，感觉身体软绵绵的，不一会儿就昏厥过去了。有趣的是，当时我一点儿都不知道疼，就像睡着了一样。我好像沉到了有点儿冷的水底，后来不知道是什么重物把我压着，紧接着我觉得我的身体碰到了什么东西，很柔软，还有热气。过了一会儿，我稍微恢复了一点儿知觉，因为我感到浑身疼痛。我努力保持清醒，但还是迷迷糊糊的。我隐隐约约感觉有一个人

把我从泥塘里拉出来，用衣袖帮我把眼睛上的污泥擦掉。我几乎睁不开眼睛，但我仍然努力地睁。我只看到了一张洁白纯净的女人面庞，就又身体发软、浑身无力了。于是，那个女人用她那柔嫩的手轻轻抚摸我的脸和胸膛，然后把我背起来！哎哟！妹妹啊，当时我能感受到这一切，但是我的眼睛睁不开，嘴巴也说不出话。

"她的呼吸时而强，时而弱。你要问我怎么会知道呢，当然知道，她的呼吸和普通的气息不一样。她有一股特殊的暖流，使得我那已经凉掉半截的身体感到暖烘烘的，我听到她和我说话，但是疼痛又使得我昏了过去，这次我是晕在恩人的背上。"

贤沉默了一会儿，继续说道："但是当我躺在嘎曼河岸医院彻底恢复意识的时候，已经找不到我的恩人了，问谁谁都不知道。这么多年，我就只能这样一直忍着。等革命胜利了，我就向上级申请回勐麦一趟……"

贤自豪地讲述，而婉蒂则静静地听着。她很想大喊：啊！哥哥啊，您说的这个人不是别人，正是我啊。我就在您面前呀，还去勐麦做什么！我也等您等了很多年了啊！真是"踏破铁鞋无觅处，得来全不费工夫"啊。现在是有缘千里来相会啊。缘分已经把我们两个人拴在一起了！但是她不能这样说出来，话到嘴边也要咽下去。她装作无动于衷的样子，却向贤投去充满爱意的目光。婉蒂不说话，过了一会儿，她喉咙里咳了一声，细声细语地问道：

"哥哥，您在昏厥的时候，有没有掉了什么东西？"

"一条项链,是我的妈妈留给我的,它不见了。"

"会不会是背您的那个人帮您保管起来了?"

"说的就是啊,如果是她拿了就好了,就怕是丢失了。"

沉默了一会儿,爱情之火使婉蒂再也按捺不住,她从脖子上取下了那条项链,然后递给贤看,并说道:

"哥哥,看看这条项链,它跟您丢的那条一样吗?"

婉蒂向贤靠近,摊开手给他看项链。贤掏出火柴盒点燃火柴,借着光看到了项链上刻着"普萨迪"的字样。他抬起头激动地凝望着婉蒂白净的面庞,在此之前她还叫做"董翟"呢。他们俩的目光交织在一起,贤的眼神充满疑惑,而婉蒂的目光里满是愉悦,就像是在早晨温暖的阳光照耀下将要盛开的花朵一般。火柴快要烧到贤的手了,而贤却毫无察觉。火焰的热度也不能把他的目光从婉蒂甜美的面容上移开,直至火燃尽了,剩下一片黑暗,他看不见婉蒂白嫩的脸和温柔的目光了,才回过神来。他缓缓说道:

"婉蒂妹妹!"

"哎!"

"你这条项链是从哪里来的?"

"就是那天从您脖子上得来的。"

"那么……"

"是什么?"

"是你……是吗?"

"嗯……"

婉蒂"嗯"的一声拖得很长,让贤开心得几乎晕过去。

第十七章

太阳刚从天边升起，宛同志所指挥的一连已经从普登山上下来，正匍匐爬行到班端村旁的一条小河边埋伏，这是泰军每天早上锻炼身体后洗澡的地方。

宛同志匍匐到一个白蚁堆后面，用望远镜察看班端村周围的情况。这个地方已经被泰国反动军队占领，并成为他们的根据地。整个村庄沉浸在肃穆的气氛中，一个敌兵的身影都没见到。村子的中央有一条壕沟穿过，还有许多机枪巢。人都去哪里了呢，还是他们已经从这里撤退了？今日的情况和宛同志那天来侦察时大不一样。敌人的指挥部设在一间靠近河边、用木板做墙的茅草屋里。在房子的左边有几棵梨树，在树荫下有几个人坐在那里收发电报。他们没有桌子，就把村民们房屋上的木板拖过去做成长桌。但是，现在那些桌子怎么不见了呢？还有屋外也没有看见一件衣服在晾晒。咦！他们去哪里了？枉费我们花了整晚时间慢慢爬过来！昨晚在普登山上观察的时候，还看到他们在抓村民们的鸡鸭，忙着做饭，今天怎么就这么安静呢？这会儿，东边的天空已经很亮了，还不见他们起来锻炼，他们不会是全都跑光了吧？他们应该来不及去哪里的吧？也没看见四营来汇报，敌人应该还没有转移，但是为什么和昨天完全不一样呢？

宛同志冥思苦想了一会儿，嘟囔道："哦！昨天他们有T-28喷气式飞机掩护，才敢从壕沟里出来。今天他们应该是要等喷气式飞机到了才敢出来锻炼吧。真的是！那里，那里！他们把从老百姓那里偷的两头公牛拴在桃园中央，那片桃园位于一间屋顶用镀锌铁皮盖的房子旁边，这间房子坐落于去往森诺的路边。真的是！去往腊黄那条路的路边筑有机枪巢，有士兵出来坐在那里的壕沟入口处吸烟呢！这说明敌人还没有离开，看来今天要大干一仗了。"宛同志仔细观察敌情，发现敌人又新构筑了几个机枪巢。宛同志从装备包里拿出自己在侦察时画的地图，又认真仔细观察一遍。在宛同志看来，敌人新设了许多火力点，如此一来则意味着敌人为战斗做好了准备，这样也好，硬物相撞才产生火花；硬碰硬，才显英雄本色。

宛同志紧急召集各排排长，向他们指出敌人新设的机枪巢，又仔细阐明了各排的任务——一举歼灭泰国反动军队的步兵营。宛同志说：

"我们的敌人驻扎在石缸平原的各个战略位置，拥有现代化的武器，还有他们称之为'世界上最强大的空中力量'的美帝国主义的飞机掩护。他们在一望无际的坝子中央挖有

坚固的壕沟，用好几层铁丝网围着。他们有先进的雷达系统对整个芒普安高原进行二十四小时全天候的监控。这就是敌人的大概情况。而在班端村，敌人有一个营。这个营是受到美帝良好训练的来自泰国的军队，同时也是专门挑选来帮助反动派打仗的。因此我们连的任务就是在这场闪电式反攻中潜入敌军这个营的中心，然后转过身由里向外利用炸弹来摧毁敌军。各排的任务我都说得很清楚了，还有五分钟，我们反攻的枪声就要响彻整个芒普安高原了。我们连将要在这里砍掉这只金翅鸟王的头颅。如果没有什么疑问，各位同志就可以回到自己的队伍去了。"

宛同志挎上长刀，别上手枪，精神振奋地带头向班端村匍匐前进。他神态自若，充满信心。而在班端村，泰军已经下达命令要在凌晨时分就将子弹上膛，做好与老挝解放军作战的准备。他们十分信任那些现代化武器。那个身材高大、长得黑不溜秋、留着一头及肩长发、戴着墨镜的是泰军营长。他与他的顾问并排而坐。他的顾问是一位美国中校。他长得很高，眼窝凹陷，头发蓬松发黄，像玉米须一样。他缩着脖子坐着，因为担心他个头太高，露出壕沟被打中。他们都不怎么说话，时不时低下头看看手表，然后抬起头望着天空，满怀期待地等着他们的喷气式飞机到来。那个美国佬曾经尝过石缸平原游击队的厉害，因此从来到班端村的第一天起，就不怎么敢离开壕沟到别的地方去。但没想到他昨天竟然敢和泰国士兵一起吃凉拌血冻肉末，吃完他的肚子就不安生了。他整晚都没睡好，不多久，他就得跑出壕沟去出大恭，但又不敢跑远，只能在围网的边角解决。从凌晨时分起，他吃什么药都止不住腹泻，而此时指挥官却又偏偏下命令将子弹上膛，可他的肚子才不管什么打仗的事呢，该疼就疼，该泻就得泻。他只好拿羊毛毯子当马桶了，如厕后用毛毯边折回来盖住。看他每次拎过来，他那长得跟大猩猩一样的脸就丑态百出，他不停地用手扇鼻子，但这哪管用啊，他的肚子又开始绞疼起来了。哈哈！这真太好玩了！

那个泰国军官讨厌闻到他长官排泄物的恶臭，却还是要忍着，他掏出烟来抽，想依靠烟雾来冲淡这浓烈的臭味。别说，这家伙还是个野心勃勃的主儿。只见他露出胸膛，做出很威风的样子，目光注视着前方，心里思索着："老子有大鹏鸟一样的神力，一定能打败你们老挝爱国战线军队。老子是一位英勇的泰国军官，有那莱王守护神庇佑，没有谁可以伤害到老子。"这时，T－28 喷气式飞机和 AD－6 飞机的声音响彻整个芒普安的天空。敌兵纷纷仰头向天上望去。就在这个时候，一连的 40mm 榴弹枪①的首发榴弹打了出去，伴随着卡宾枪枪声和 85mm、120mm 大炮声响彻整个石缸平原。

宛同志冲在突击队前头，跃过已经被 40mm 榴弹枪摧毁的铁丝网，直捣敌人指挥部。宛同志他们先用 40mm 榴弹枪扫清道路，右手持手榴弹像雨点一样扔向敌人各个火力点。AK 自动步枪每打一次喷出去三发子弹，如同三支火箭闪电

---

① 老挝人称之为"蕉蕾枪"，因其子弹形状像蕉蕾。

般地直插敌军的心脏。

在跃过某条壕沟的时候，宛同志突然感到右耳凉飕飕的，他头上的帽子也飞走了。他立刻滚向左侧，同时转过脸朝子弹射来的方向看去，刚好看到一个长得魁梧结实的泰国兵拿着刺刀向他刺过来，他赶紧躲到右侧，对着那泰国兵"砰！砰！"打了两枪，击中他的前额，那泰国兵当场就翻倒在地。宛站起来，看到前面有另一个泰国兵正压在自己同志的身上并不停地捶打。怎么办呢？不能用枪射击，这样会伤到自己人的。宛拔出长刀，跳过去，对着敌人的腰砍去，敌人还没来得及哀号就被砍成两段，滚下壕沟。宛继续向前冲，冲了四五步就被迫卧倒，敌军的重型机枪火力太猛，宛的步伐只好放慢。怎么办才好啊？宛看看他的左右翼，两边都是敌人的机枪巢，他很难往前攻。时间一分一秒地过去，敌军的飞机盘旋在上空，对解放军所在区域轮番攻击。宛掏出手榴弹往那个机枪巢扔过去，但没有炸掉什么，敌军的机关枪仍然喷吐着火舌。必须炸掉那个机枪巢，可是怎么炸掉它呢？用40mm榴弹枪射出四发榴弹，但并没能摧毁它，因为敌人的机枪巢密密麻麻，像坚固的屏障，摧毁这个，那个又冒出来。

怎么办？宛同志不断地问自己。他每次问自己这样的问题，大脑神经都紧绷到极点。他咬紧牙关，眼睛像钻石一样清澈闪亮，死死地盯着前方。突然，他想到了左边的战壕，于是向持着40mm榴弹枪的同志大喊：

"爬到左边战壕，拐进村旁的莉竹林，重型机枪朝向左方敌人的机枪巢猛射，掩护前面的同志。"

但是那位持 40mm 榴弹枪的同志，只匍匐前进了几米就被敌人的子弹打中，永远停止了呼吸。第二和第三位同志接替第一位同志继续匍匐前进，但也牺牲了。宛同志回头望向右边，看见鹏同志举手申请前去攻打敌人机枪巢，宛点头同意。鹏同志慢慢匍匐前进，他刚爬到刚才他的战友牺牲的地方，敌军的子弹又像雨点般射过来。他用三位战友的尸体做掩体继续奋力向前爬行。过了一会儿，他翻身到左侧，滚了两三圈之后，不见踪影了。宛同志下到战壕，深深吸一口气，眼睛盯着竹林。瞬间，鹏同志冒了出来，手持 40mm 榴弹枪射向旁边敌军的机枪巢，敌人复合机枪巢顷刻被捣毁，重机关枪此时也像嘴被水灌满的小青蛙一样，没了声响。

"冲啊！"

宛同志声如洪钟地高喊着，所有兵力集中向敌人的指挥部冲去。这时，敌军有三个家伙突然从战壕里冒出来，向正探出头来的宛同志射过去，幸好宛及时把头缩了回去，但是他的头发已少了好几绺儿。他们以为宛中枪了，跳过来想再给宛补几枪。说时迟，那时快，"砰砰！"宛同志的手枪响了起来，一个敌兵被打倒了，脸朝地趴着，另外两个家伙看到这种情形赶紧潜入壕沟，把枪口伸出来，但是他们动作太慢了，宛同志把一枚手榴弹扔向他们，紧接着手榴弹爆炸，藏在壕沟里面的敌兵立刻上了西天。

一营的兄弟们像火箭般向前冲去，将敌人的力量切成一小块一小块。坎登同志扑倒了一个身材高大的泰国兵。他们

的枪不知道甩到哪里去了，只能用拳头搏斗。这泰国兵心想："你这小子该当毙命！你这小子知不知道，我是玫瑰园最棒的拳击手！"他跳起来猛地扑向坎登同志，想要一下子弄断坎登的脖子，但是坎登的小腿毛都没掉一根。坎登举起愤怒的拳头狠狠地砸向他的脑袋，他就像被木棒打的鸡一样向后翻仰，坎登又一拳重重地砸向他的锁骨，鲜血旋即流了出来。坎登的两只脚又踢向他的胸膛。哎哟！看他倒在地上举手求饶，像一只雏鸟般颤抖不止。敌人有先进的武器又怎么样，不照样被收拾！他们以为用拳头能取胜，但最后不也同样丧命，去了没有鸡打鸣的地方！

那个美国顾问四仰八叉地躺在地上，肚子鼓胀。而那个黑不溜秋的泰国中校，像鹭跃鸦跳似的做出招架的样子，两眼睁得滴溜圆，但当他看到前面自己一方的机枪巢被毁得稀巴烂时，立即逃之夭夭，都来不及打声招呼，就想逃离班端村，但他哪能逃得过宛同志他们的重机枪呢？

余下的泰国兵没有了指挥，被宛同志他们闪电式的进攻打得东逃西窜，连喘气的工夫都没有。他们一部分逃出了包围圈，拼命向腊黄田头的树林跑去，但他们能跑到哪里去？那一边也有我们的军队在剿杀敌人呢。

宛同志站在壕沟旁靠近美国佬尸体的位置，观察了一下地形。他仰头望向天空，看见喷气式飞机轮流俯冲下来，到处盲目攻击，因为敌人搞不清楚他们自己的军队如今在哪里，也不知道撤退到哪里去了。班端村的多处地方遭到破坏和烧毁。宛同志从通信兵手中拿起无线电话向营长汇报：班端村的目标已拿下。在此次战斗中，一连牺牲了五名同志，受伤十二人，生擒敌人三十人，当场击毙敌人十五人。余下的敌人就像穿在木棍上的小青蛙，棍子一断，就四处逃走了。此外，还缴获一批军事装备。

营长命令宛同志带领一连撤退到预定地点。宛同志向前来班端村执行保护任务的二连作了仔细周全的交代后，就带领一连向预定地点行进。路上，他们经过溪边时，刚好遇到一支女子运输队坐着休息。一路走来疲惫不堪的兵哥哥们见到战友，立刻精神抖擞起来。那些姑娘很亲切地走过去打招呼。若是看见俘虏，她们一定把他们按在地上，她们要看看泰国反动军队的兵留什么样的长发，他们脖子上挂的护身符是什么样的。但遗憾的是，那些战俘都被送到营部去了。宛同志的目光正寻找翁姵姑娘，但没看见。咦？她去哪里了，还是说她不舒服了？在宛左顾右盼的时候，娇姑娘走过来，说道：

"您好！宛哥哥。"

"哦！你好，你们要进入蓬沙湾吗？"

"只到班原村，然后就回去。怎么样，班端村的森诺那里我们攻下了吗？"

"今天攻下了。翁姵姑娘没有来吗？"

"唉！差点儿忘了，等我一下。"

娇去拿自己的包袱，从里面取出一个包裹交给宛同志，并说：

"翁姵被调到新的队伍去了，走之前，她托我把这个包

裹交给您。"

宛同志接下包裹并道谢，他与娇聊了几句话之后，就打开了包裹，看见有一块用白色降落伞布做成的手帕，在手绢的一角绣有两只鸽子，是用玫瑰红和蓝色丝线绣的。在这两只展翅飞翔的鸽子图案下面，绣着俊俏的缠绕在一起的翁姵名字的两个缩写字母 V. P.。这手帕是用嫩芭蕉叶那样的淡绿色丝线收边的。手帕里夹着一封信，宛同志本想等回到驻地时再看，但他还是按捺不住要一睹为快，于是就一边走一边看。

宛哥哥：

所有人都到石缸平原去了，而我却背道而行，您知道我有多失落吧？您想想我的心有多难受啊。我嫉妒你们每个人，包括您，居然有机会到石缸平原去，那可是我可爱的故乡啊。但尽管这样，您不用吃惊，我没有哭，也没有闷闷不乐，我随遇而安就是了。

实际上，我还不知道我到底要到哪里去。很多同志以为我去学习了，而我向娇姐姐打听，她只是微微一笑，然后说我是去接受一项光荣的任务。与我同行的还有两位同志，今天傍晚我们将要启程。我不知道那支新队伍需要执行什么任务，我只求一件事就够了，那就是与大家一起去石缸平原。

我不知道我和您什么时候才能相见。的确，我曾说过等下次相见时，我要兑现我的诺言。但是我在下次相见之前就把这条手帕寄放在您这里，您一定宽宏大量，不会惩罚我没有遵守诺言吧?

愿您安康,再见。

想念您的翁姵

宛同志把信折叠起来塞进了衣袋里,拿起手帕擦掉满脸的汗水,觉得很凉爽。宛同志还想闻一闻手帕,但又怕被人看见,只好作罢。如果是在没有月亮的深夜,他也许不但要闻,恐怕还要亲吻手帕呢。

*

今夜,天黑得伸手不见五指,但是没有下雨。本米同志乔装打扮潜入一个移民村。这个移民村位于陇铮西边大约五公里处。本米同志的任务是要到村里去和一名同志接头。与本米同志结伴而行的还有两位同志,他们都穿着老松族的衣服,说着一口流利的老松话。他们来到一幢房子前面,里面的灯光很亮,王宝的三四个士兵正聚在一起喝酒,和一个胖乎乎木瓜脸的卖酒女商贩在打闹。哎哟!这样的女人竟然也能让这帮人垂涎啊!本米同志心里这样想着,但没有说出来,只是视若无睹地走过去。

有一个兵士瞧见本米他们,就用老松话向他们大喊,意思是:

"嘿!去哪里?"

本米同志用老松语回答道:

"去附近的亲戚家啊!"

"深更半夜的,不应该到处乱走,现在老挝爱国战线的部队很活跃啊!"

"谢谢!没事的!"

本米他们随即隐没在黑暗中,抄近路朝一幢房子走去。这幢房子是典型的老松族式吊脚楼,它的左边是一幢周围种有芭蕉树的木房子。当地人说这间木房子是王宝给他的第十个小老婆住的。当本米他们走到这幢吊脚楼时,一条黑色的长毛犬忽然跑出来并汪汪大叫,叫了几声之后又悄无声息地跑回房子里去了。本米同志跟同行的其他两位同志说了几句话,让他们两个在外面守着,而他自己则挨着吊脚楼的后面走,来到凉台敲两三下,木板墙上的两块木板被挪开,本米侧着身子钻进卧室里,姑娘的体香和房间里的暖气令他愣住,过了一会儿,他才轻轻说道:

"你为什么不点火?"

"不能点,怕娘生气。"

"我很冷啊!"

"冷,就盖上我的被子。"

"你娘不会生气吗?"

"不生气的!"

对上暗号之后,他们俩便开始谈工作。他们在房间里叽叽咕咕地小声说话,就像一对老松族青年男女窃窃私语谈情说爱一样。他们从晚上八点一直工作到十点,有时只听见纸张挪动的声音,或者看到一点儿若隐若现的灯光。在用微型手电筒照看地图的时候，本米同志看到姑娘在陇铮地图上指指这里指指那里的圆润的手指，觉得似曾相识。咦！这名同志到底是谁呢？本米让光柱向上移了一点儿，想要看清楚那名同志的脸。本米同志忽然激动地小声喊了起来：

"翁盼！"

"本米哥吗？"

接着他们两个都不说话，他们面对面坐着，隐隐约约看到对方。本米同志轻声说道：

"之前我听说你在首都万象哪！"

翁盼马上用清脆的声音回答道：

"是的！但是我搬到这里已经两个星期了，我想不到会在这里遇见您。最近怎么样，您还好吗？"

"谢谢，我很好，你呢？"

"我还好！还好！哥哥。那次我们在柳树底下河边沙丘上开会讨论把敌人的弹药库炸掉的计划时，我也参加了呢！您不记得我吗？"

"没有啊，你为什么不喊我呢？"

"怎么喊呀，当时会还没开完，您就离开去处理紧急事务了，之后也没看见您回来。"

"嗯，当时情况是那样！"

冷风拂来，芭蕉叶随风摆动，发出忽强忽弱、窸窸窣窣的声响。远处猫头鹰的叫声，让班坝村笼罩在寂静和冷清的气氛中。工作讨论完了，就该道别了。他们紧紧地握着对方的手告别，然后本米同志侧身从翁盼的房间出来，消失在黑

暗中。翁盼把那两块木板重新放好，接着她就躺下盖上棉被，任由自己的思绪飘向远方。这次与本米同志的重逢让她感到有点儿难过，她心潮澎湃，无法平静。为什么会这样？难道这就是人们所说的少女心里产生变化的开始？说实话，翁盼的心思不曾放在爱情上，曾经有不少小伙子千方百计跟她套近乎，想要跟她谈情说爱，但她都心如止水，像五月的冰雹一样冰冷。但是这次和本米同志握手告别时，她的心在颤抖。本米同志手上的温度使她感到不一般的温暖。她把手插进自己胸前的衣服里，她这样做是在想念本米同志吗？好像不是吧。她曾经历过这种虚无缥缈的幻想。她现在应该是在担心本米同志。接下来的一段时间将要在陇铮中心打一场激烈的战斗，因为陇铮是美帝及其走狗最坚固的老巢。她还能再见到本米同志吗？还是说不会再像这次一样，见过面后，自己的情绪产生巨大的波动、身体有忽冷忽热的感觉呢？她只是在想她能不能再见到本米同志，至于本米同志能不能再见到她，她没有去想。

事实上，翁盼这段时间的任务不仅艰巨，而且要比本米同志的任务危险得多，因为她正在虎口边活动。至于本米同志，身边虽然也有危险，但是他手中有武器。翁盼睡着了，但是森林边的狗吠声惊醒了她。她轻轻地翻过身，静静地听房子周围的响声，发现没有异常情况，她紧绷的神经这才放松了一点点。

读者们，你们可能想问作者，翁盼为什么这么快就到了陇铮？这件事，作者自己也搞不清楚，因为事情就是那样。

通常来说，手艺高超的画家在画某幅作品时，总喜欢加上云雾或花朵、枝丫，遮掩主题的某部分来衬托或突出主题，从而使整幅画更加美丽。但是在这里，作者没有这样的意图。关于翁盼出现在陇铮这件事，作者只知道事情经过大概是这样的：某个早上，首都万象，老松族移民中大约有二十户家庭拥挤在瓦岱机场等待登上飞往陇铮的飞机。其中有一对母女，她们俩身上穿的衣裤都是用黑色天鹅绒布裁剪的，她们腰上缠的红色、绿色的布都是用价格昂贵的布料做的。女儿穿着高跟鞋，戴着墨镜，肩挎着深黄色的皮包。母女俩步履轻盈地边说边从人群中穿过。在机场候机的有头有脸的人，尤其是男性，纷纷称赞说那位老松族姑娘真美，她或许是哪位大官的女儿或孙女，要不就是王宝将军的小老婆。登机的时候，也是那对母女先上，没有人要她们出示证件，甚至还有人向她们弯腰鞠躬。上了飞机之后，那位母亲拿着白色的毛巾盖住脸，谁也不搭理就睡觉了。而那位女儿则拿出《老挝报》漠然地读起来，也不看周围任何人。到了陇铮机场后，母女俩没有率先下飞机。她们的东西都是随身带着的，所以行李不多。她们只是各自背着一个皮包，手拎着一个装有一点儿零食的黄色塑料篮子。在走出机场的时候，母女俩一起离开，没有和任何人说话，也没有谁来接她们。她们没有朝城里的方向走去，而是拐到机场后面，进了一个村落。这个村落有几幢盖着镀锌铁皮的房子，位于去往陇铮的路的左侧。这条路也通往东边山脉上的军营。那对母女是谁？没有人知道，也没有人注意，作者坦白地说只知道这些而已。

两姐妹

翁盼翻来覆去睡不着，她思念本米同志。刚才，就是在这张床上，她和本米同志一起讨论工作，本米就坐在右侧的床沿。一想到这个，她就脸红害羞了。她责备自己在如此艰难的时期，还分心想着自己的私事；但是不想吧，它又偏偏出现在脑海里。骗自己做什么？明明是自己喜欢本米同志了，对吧？说实话，爱了，又怎么样？重要的是对方喜欢自己吗？她长叹一声，瞟了一眼她今晚挪开让本米同志钻进来又放回去的木板，而后不知道想到了什么，就拉过被子盖住头，决定睡觉，啥也不想，留点儿力气明天干活。

第十八章

在陇铮完成任务后，本米同志和他的特别突击队就潜入帕考村，与该地的核心部队取得联系，详细了解美帝国主义及其走狗们的位置。完成这项任务后，本米同志带领他的特别突击队穿过一座山抄近路朝东边前进。在翻山越岭走到帕考村和118高地之间的一座山脉时，他们中了敌人的埋伏，被敌人团团围住。激烈的战斗开始了，这一仗可真是以一敌十，敌众我寡，敌人兵力强，本米他们弱。自战斗打响，本米同志就计划要杀出一条血路，冲出敌人的包围圈。但是敌人的火力太凶猛了，本米他们连抬起头来都难，这该怎么办呢？本米他们智穷才尽了。敌人把他们逼到悬崖边了，哇啦哇啦地大喊：

"活捉他们！"

"朝他们的腿开枪，不要急着一枪致命！先抓回去审讯。"

本米同志面对敌人的挑衅冷笑一声，嘟囔道：

"哼，你们没法儿活捉我们的！"

但要怎么办呢？这个问题老是出现在本米同志的脑海里。突然，他心生一计：先让敌人靠近，不反击也不出声，让他们以为我们都死了，等距离差不多的时候就拿40mm榴弹枪开出一条道来。现在看来只有这条路了。此时，敌人冲了上来，本米他们按兵不动。敌人看到本米他们不反击，以为他们都死了，于是大喊起来：

"他们都死了吗？"

"不知道是不是都死光了！"

"他们一枪都不反击。好了！停！停！不要打那么多枪！先听听看。"

敌人从灌木丛里冒出头来，伸长脖子窥探，看到那些树木被他们的子弹打得折的折、断的断。先是有两个家伙猫着腰小心翼翼地往前走，到后来他们都站了起来，叽里呱啦地说：

"他们可能都死啦！刚才老子还说了要抓活的，这会儿好了，全死光了，等着挨长官骂吧！"

"去找他们身上的表，去拿他们的金戒指！"

"老子要拿他们的胆来蘸酱吃！"

"老子要割下他们的耳朵做下酒菜。"

本米同志仔细地察看地形。敌人左顾右盼，一个挨着一个，猫着腰，蹑手蹑脚一点儿一点儿地靠近，谁都想先找到尸体，好抢到手表等值钱的东西。

"开枪!"

本米同志发出命令，40mm 榴弹枪响起，同时几十枚手榴弹接连向敌人投去，七位同志的 AK 自动步枪一齐开火，一眨眼工夫，本米同志的队伍就突破了敌人的包围，朝东边转移。他们翻山越岭，走了一整天才隐隐约约见到了陇铮。

这是一座土石山，山顶怪石林立，石头缝里长着各种颜色的聚石斛花，有的成串吊着，十分漂亮。在石缝中生长的树木虽然不高，但树干硬，树杈大，枝叶茂密。这是矮树的特点，可以随风摆动，但无论风怎么吹，都不会断。这座山山顶后面的那条路是石头土路。从山顶下去大约五十米处有一个山洞。夜间有许多蝙蝠飞进来。从这个山洞可以进到左边的山脉。山洞里还有清澈的水涓涓流出，汇入一个约二十平方米的石池。这座石池的水深至脖子，水清见底，可以看到鱼群在石缝中游来游去。在池子的右边有一棵榕树，枝干粗大，底部盘根错节，形似稠密的丛林。榕树下面有一个大石台，平整干净，仿佛总有人来打扫似的。

本米同志解开衣服的纽扣，敞开胸膛，在清澈凉爽的水池边舒舒服服地坐着乘凉，瞭望连绵不断的山脉。他觉得这个地方的景色就和小时候母亲给自己所讲的信赛穿越丛林故事里的景色一样。他觉得这个地方很适合作为据点来攻打陇铮。于是，他紧急召集分队开会商量讨论，决定在这里设立据点，然后命令负责电台的同志向战斗指挥部汇报。指挥部同意各项决定，命令本米同志派遣三名同志穿过森林去接一连和淮腊一个运输点的女子运输队，将他们带到这个据点，

同时让本米同志为无后坐力炮营在未来两三天进攻陇铮制订周密详细的计划。

第二天夜晚，月光皎洁。为了避免失误，本米同志正在重新计算无后坐力炮火力点的位置，这时通信员跑进来。

"报告！运输队已到，要将他们安置在哪里？"

"来了多少人？"

"一个排，有男有女。"

本米同志想了一会儿，说：

"所有东西都放进山洞里。女同志就安排睡在洞口，男同志就睡在榕树底下。但是要求他们注意火光，绝对不能泄露秘密。"

"一连随后就到。"

"一连到了，就安排在那棵榕树底下的南边歇息。"

本米同志吩咐完后就站起来，扭扭腰，活动活动，然后去看望运输队。运输队的同志们正在洞里收拾东西。本米同志看到一位身材圆润、背对着他的姑娘正举着灯给搬放弹药箱的同伴们照亮，听她说话，觉得口音有点儿熟悉。本米闪到前面去帮女同志们搬弹药箱，突然听到刚才举灯的姑娘激动地喊道：

"本米哥！"

本米同志转过脸去看，说道：

"啊！是翁姵妹妹啊，你也来了。"

"当然来啊，怎么样，身体还好吗？"

"很好，你呢？"

"谢谢，我很好，我做梦也没想到会来到石缸平原这里。我原来还以为没机会来了呢，不过，我这事实上也是路过而已。"

"怎么样，你的兄弟姐妹们还好吗？"

"很好呢，哥哥！"

妥善安置好弹药箱后，姐妹们纷纷出去乘凉，大家都称赞这里的景色很美，赏心悦目。本米同志也出来一起聊天，并拿出在林子里摘的水果亲切地分给大家吃。

*

翁姵和她的同伴洗澡回来，换了衣服，等着明天一早去陇铮。此时，她们正沐浴着月光安静地睡觉，她们不知道爱国战线部队的无后坐力炮已做好准备，明天一早就向敌人的各个军事据点猛烈开炮。

翁姵睡不着，她起来去看望本米同志。本米此时正在给战斗指挥部写信，他听到轻轻的脚步声，抬起头，看见是翁姵，就放下笔，说道：

"请进来坐。"

"我来看看您，不会打扰到您吧？"

"哦！你来，我总是欢迎的。我们分开了这么久，现在看到你进步那么快，我也感到高兴。哦！你们经过石缸平原的时候，你去见你父母亲了吗？"

"我只见到我母亲，我父亲他上前线去了。"

"你母亲身体好吗？弟弟妹妹呢？"

"我母亲的身体还像原来那样好，弟弟妹妹都到外国留学去了。"

本米同志沉默了一会儿，然后看着翁姵，笑了笑，真诚地问：

"怎么样？"

翁姵害羞地抬起头，问道：

"什么怎么样？"

"春天快要来临了呢！"

"我不明白。"

本米同志笑了笑，亲切地说：

"有人捎话告诉我，腊博的桃花正含苞待放呢！"

"喔唷！这个时节桃花不会开的呀！"

翁姵的脸上升起了一层红晕，她拿出手帕遮着嘴巴，低垂着眼眸，心里想：本米哥不曾这样开玩笑呢，还是说他知道了……那件事呢。看到翁姵害羞得脸红的样子，本米同志话锋一转：

"哎！你们在淮痕拉休息几天？"

"一周！"

"淮痕拉的景色很美啊。"

"是的。每天早晨太阳越过树梢高高升起的时候，还会听到长臂猿的鸣叫声。"

"一连也和你们一起休息了吗？"

"是的呢！"

"大家伙儿在一起开心吧?"

翁姵的脸又泛红了,她相信本米是知道她和宛同志之间的亲密关系了。一想到这里,她的眼神就柔情似水,然而这些变化都逃不过本米同志锐利的目光,他沉默了一会儿,又转到了新的话题上。

"你知道翁盼的情况了吧?"

"没有呢,哥哥!您有什么消息吗?唉!我母亲很担心她呢。"

翁姵边说边偷偷看着本米同志的脸。她对本米那惬意愉悦的样子很感兴趣,因为那神情焕发着一种青春活力,如同盛开的花朵,散发着比占巴塞砂糖还要甜的香气。她忍不住自个儿笑起来。本米同志听到翁姵的问话,缓缓说道:

"翁盼很好,我四五天前见过她。"

"她在哪里,在这附近吗?"

"是的,在这附近,但现在还不能去见她,她正在执行重要的任务。"

翁姵怀疑这个她之前在意的本米同志一定是中意自己的妹妹了,因为她从未见过他这般的笑容。他们聊了许久,然后翁姵站起来说:

"我要回去了,打扰您很久了!"

翁姵离开本米同志的办公处不久就遇到了宛同志。

"宛哥哥,您刚到吗?"

"已经到了很久了呢!"

"您找我吗?"

宛同志发了会儿愣，说道：

"我想和你商量点儿事。"

"什么事啊，哥哥？"

"我们的事啊？"

"啊？"

"明天我将要去执行重要的任务，或许会销声匿迹很久，要怎么办呢？"

"那么，要让我怎么样呢？"

"我想……我们的事情应该由我说出来与本米哥商量，好吗？"

翁姵害羞地低下头，思考了一会儿，然后抬起头说：

"等战役结束了再说，不好吗，哥哥？"

*

大约十八点，一辆吉普车从陇铮第二办公室开出，向王宝的住宅区驶去。当车子开到距离王宝住宅区南边大约二十米处的一座屋顶用镀锌铁皮蒙着的房子时，就拐了进去，停在那座房子的院子里，院子里并排停着许多车辆。刚刚晋升为上尉并被委任为陇铮战斗第二办公室主任的末柏从车上走下来，脱掉大衣，解开脖子上的围巾，扔给坐在车里的通信员，然后趾高气扬地走进那栋房子。他打开房门，房间里面亮着七彩霓虹灯，这时有三个女人蜂拥而上，争着在他胸前给他别红花。这三个女人都留着披肩发，描眉抹口红，穿着露着后背的蛋黄色上衣和鸟血红喇叭裤。末柏笑着掏出钱，数都不数就递给她们每个人，然后向他的同僚走去。他的同僚个个身上都挂满奖章，胸前都佩戴着用尼龙布制作的红花，有的站着，但大多数是与那些涂脂抹粉的"太太小姐"间隔坐在一起。

末柏走进去与一个长着跟木瓜一样的大脸的女人坐在一起。这个女人扎着马尾辫，眼圈涂得黑黑的，像被人打过一样。她穿着露胸上衣，下身没有穿喇叭裤，而是穿着露着大腿的百褶超短裙。看她对着柏上尉扭着身子一副挑逗的样子，就像蟒蛇看到猎物一样。紧靠着那个大脸女人，是一个长得矮墩墩的姑娘，就好像只有一截酸豆那么长似的。她斜眼看着柏上尉，就像翠鸟要飞扑向小鱼的样子。

那个大脸女人摆动着身体，用缺少睡眠而沙哑的声音说道：

"怎么样，柏哥哥，您是从石缸平原战场回来的吗？"

柏这家伙还没来得及回答，那个矮墩墩的女人大声说道：

"这还用问啊，没看见人家胸前戴有红花吗？人家去的比石缸平原还远呢，人家都到鞑奔那里去了。"

"鞑奔在哪里啊？"那个大脸女人饶有兴趣地问道。

"嘿！不知道呢，只听别人这样说过。"

末柏挺起胸膛，显得自己是个厉害的人，然后炫耀地说道：

"我都路过鞑奔了，如果不是有急事回万象的话，我说

不定还打到桑怒了呢。"

"天啊，哥哥您这么厉害啊！"

那个大脸女人一边说一边用手弹一下自己的手镯，然后接着说，"晚会结束后，哥哥您有空吗？去和我一起玩，好吗？我有好吃的酸肉和凡通酒①呢。"

那个矮墩墩的女子听到后，马上反对道：

"唉！那些下酒菜和凡通酒，上尉不喜欢的，他只喜欢苏打威士忌，对吧？这东西我那儿有啊！"

那个大脸女人的脸马上耷拉下来，但是又不得不克制住，因为此时穿着将军制服的王宝由一帮高级将领簇拥着走进了房间，后面还有三四个美国顾问跟着。大家都站起来鼓掌，王宝干笑了几声，向大家招手，示意大家向房间右侧的饭桌靠近，然后用芬族方言说道：

"今天，我们指挥部专门为有序撤出石缸平原以作临时休整的国家将领们举行晚宴。请在座的女士们、先生们尽情享用，一醉方休。"

王宝向站在外面的瘦高美国顾问看了一眼，礼节性地笑了一笑，然后说："休整备战一段时间后，我们就要再次打响战役了。即将到来的战役不仅仅是要进攻石缸平原，我们还要打到桑怒去。"

大家热烈地鼓掌，王宝面带微笑举杯邀请众人喝酒。就在这帮人举杯互相祝贺时，相距大约百米处传来震天动地的

①这是一种度数较高的白酒。这里是音译。

爆炸声，大家吃了一惊，吓得许多人手中的酒杯都掉到了地上。当这帮人陷入一片混乱的时候，又一枚炮弹的爆炸声响彻云霄。这枚炮弹落在近处，把饭桌震得摇摇晃晃，桌上的杯碟都滚落到地上。此时不分官大官小，也不讲"您先我后"的礼节了，大家纷纷涌向房门口，你挤我，我挤你，互相踩踏，拼命想逃离这间房子，哭喊声一片。王宝专门为下属们举行的晚宴就这样不欢而散了。老挝爱国战线军队的无后坐力炮把陇铮打开了花，那爆炸声响震耳欲聋。

参加晚宴的军官们争先恐后四处逃窜，跑向哪里好像都有炮弹跟着。驻扎在陇铮各营地的低级军官被老挝爱国战线军队闪电式的进攻打了个措手不及，根本无力还击。在进攻陇铮机场战斗中担负前锋任务的一连一听到枪声，就知道自己的军队冲进去了，此地的敌军将士抱头逃窜，除了当时身上穿的衣服，什么东西都顾不得拿了。敌人设在离陇铮稍远一点儿的军营，虽然没有遭到攻击，但听说老挝爱国战线军队进入陇铮之后，那些官兵未发一枪一弹，就纷纷逃到森林里去了。老挝爱国战线军队的大炮仍集中火力不停歇地射击，熊熊火焰燃起，一时间，哭喊声、汽车的喇叭声、狗吠声充斥整个陇铮。

翁盼穿着老松族的衣服，穿过路上来往的人群向阶苏昂家跑去，跑到半路，刚好碰到急忙跑来的菈姑娘。翁盼问道：

"那是菈妹妹吗？"

"是的。"

"我还想着去找你呢。"

"我也想着去找您，我们要怎么办啊，姐姐！"

"跟我来！"

说完，翁盼跑过马路进到一个香蕉园，穿过这个香蕉园子，朝一栋围有铁丝网的房子走去。翁盼刚到铁丝网旁边，就看见一辆吉普车驶过来。柏上尉从车上跳下来，生气地喊道：

"站岗的都跑到哪里去了？赶紧开门！"

柏上尉发现没有回应，就对着天空开了几枪，这才有一个不知道从哪里跑出来的士兵生气地问：

"是谁开的枪？不是说不让开枪的吗？听见了吗？"

"是哪个小子在说话？枪声响遍各个角落了，你们还充耳不闻猫在这里不行动？赶紧给老子开门！"

门开了，末柏气哼哼地走进去，大喊："士兵们都跑到哪里去了？赶紧叫出来集合！"

"他们都逃走了，长官！"

这个士兵回答道，他说话有气无力的，跟得了痢疾肚子正在闹腾似的。看他这样子，末柏更是窝火。

"真是白养你们这帮人了。只剩你一个人了吗？"

"是的，长官。只剩下小的一个人了，不知道他们都逃到哪里去了。"

"犯人呢？他们都从监狱里跑出来了吗？"

"没有呢，监狱的门，小的锁得好好的。"

"嗯，干得好！去给老子找二十个手榴弹来扔进监狱里，老子要先把他们都炸死，然后再离开这里，听到了吗?"

翁盼听到末柏的话，觉得在这里等解放军来营救监狱里的同志，恐怕来不及了。她转过脸对着菈说:

"你随身带有刀吗?"

"要做什么呀，姐姐?"

"你敢跟那个士兵斗吗?"

"为什么不敢? 我不用刀，我偷偷跑到他身后，用木棒砸他的脑袋，就结果他的性命了……"

"嗯，好极了! 我去跟踪柏上尉那个死鬼。瞧，他正凶巴巴地向监狱走去。你得解决掉那个士兵。我们要把监狱里的同志们营救出来，这是上级的命令!"

说完，翁盼马上跟上柏上尉。柏那家伙以为是那个士兵跟在后面，就没有回头看。

"要拿炸弹做什么? 不许动! 要是敢动，我就把金色的子弹埋在你的脑袋里!"翁盼大声吓唬道。

末柏不敢动，六神无主，像傻子一样待在那里。翁盼继续命令道:

"伸出你的左手来!"

柏上尉照着做，但他想等这个女的准备把他的两只手拢在一起的时候收拾她。他将使劲甩开她的手，然后马上拔出手枪。但是翁盼没有抓住他的左手。她伸手去抓旁边一块圆圆的石头，然后塞进他的胳肢窝里，说道:

"别动! 这是已经拉开引线的手榴弹!"

末柏吓得出了一身冷汗，如果炸弹从胳肢窝里掉下来就

会爆炸，他就真的是要去鸡不打鸣的地方了。他不想使劲挣脱了，只能紧紧地夹住胳肢窝以防手榴弹掉到地上。翁盼把他的手牢牢地绑紧后，就推他往前走。他转过脸，这才知道是谁绑了他的双手。翁盼镇定地说：

"你已经知道我是谁了吧？"

"你是翁盼小姐，对吗？"

"千真万确！你好好记住了！"

翁盼向他靠近一步，柏那家伙闭上眼睛准备迎接翁盼的手掌，因为他以为翁盼要扇他耳光教训他。但是翁盼没有这样做，而是掏出他口袋里的手枪。事实上，翁盼没有枪，也没有手榴弹，她两手空空，却能轻而易举地抓住王宝手下第二办公室的首领柏上尉。

不一会儿，菈就带了三四位解放军战士到来了，菈马上汇报说：

"姐姐，这是我们的解放军同志。"

翁盼向他们鞠躬表示敬意，然后转过去问菈：

"那个士兵呢？"

"他逃之夭夭了，姐姐！"

"嘻！"

"事情是这样的，姐姐！当我偷偷向那个士兵身后跟过去的时候，我们的同志也正好跑来了，他一瞅见我们的同志就逃走了，现在我们的一部分同志还在追他呢。"

菈刚汇报完，就有一位同志向前迈了一步，激动地喊：

"咦！是翁盼吗？"

翁盼不记得是谁，她转过脸仔细看清楚，然后激动地大喊道：

"鹏哥哥吗？您好吗?"

"你好!"

他们两个人亲切地握手，翁盼接着说：

"哥哥们来帮忙太好了，我们一起把监狱门砸开，救出我们的同志。"

鹏同志二话不说，把同来的其他同志招呼到跟前，安排任务，派人先把末柏送到战俘集中营，然后掏出手枪射向监狱门锁，打了两三枪后，门就开了。监狱里被关着的同志们一起走了出来，尽管他们的身体十分虚弱，但是每个人都为取得的胜利喜笑颜开。

当鹏同志和翁盼并排走出来的时候，他们回忆起那次从康开到腊博一路上敌人的喷气式飞机追击他们的车队的事，最后鹏同志打探去万象城乔装应聘开出租车的贤同志的消息。翁盼笑了笑，答道：

"哦，这件事情，本米同志也说给我们听过。"

翁盼沉默了一会儿，问道：

"同志，哪天可以喝您的喜酒?"

"我吗？还早着呢。"

此时，鹏同志无意间向菈望去。看到菈还在远处，他就问：

"哦！翁盼妹妹，菈姑娘是哪里人？她说话时带着芬族口音，但以前我好像没有见过她。"

"菈妹妹生在勐安县，她的父亲早逝，母亲改嫁，嫁给王宝的士兵，于是她自小就跟随着母亲到这里来生活，现在她的母亲已经去世了，我就发展她为我们队伍的骨干分子。她是一个工作很积极的好同志呢! 要我帮您做媒吗?"

"这也太快了吧?"

说完，他们两个都扑哧笑起来，走了一段路后，翁盼才问:

"哦! 鹏哥哥，本米哥告诉我说我姐姐参加了此次战争，您没有见到我的姐姐吗?"

鹏同志想了一会儿，然后说:

"你的姐姐进步很大，大家都称赞她，但是我们在不同的部队，所以不清楚她在哪里。但我想不久你们就会见面的。"

"我也是这样想的。"

第十九章

"姵啊！"

"哎！"

"化妆了吗？要走了啊！"

"我不去可以吗？"

"为什么？"

"我想写信。"

"给谁写信？"

"给我妹妹。"

"噢！你不是已经写过了吗？"

"写过了，但是我想再写清楚点儿，我听说我妹妹到了勐铿县了。"

"嗯！不去就不去吧，不过今天要召集大家在一起安排分工帮助布置明天娇姐姐的婚礼。你和娇姐姐这么要好，娇姐姐不见你，会怎么想？"

"您说得对，回来再写也可以。"

翁姵穿上绿色大衣，戴上鸭舌帽，弯腰看了看裤子，整理一下衣服，就去会所和大家集合了。等待开会的时候，翁姵在会所的院里碰见了娇。娇拉翁姵出去站在一棵梨树底下说话。翁姵紧紧握住娇的手，亲切地说：

"姐姐的保密工作做得真好，我做梦都没想到从陇铮战场回来，就有人告诉我说，您要结婚了，但我不信，因为我从没见过未来的姐夫。差一点儿啊！"

"为什么说'差一点儿'啊？"

"嘻！因为不知道，可能会抢了您的情人啊。"

"我是不拴住他的，充分给他自由。哦，他和宛哥哥是亲戚呢！"

"我还不知道呢！宛哥哥从来没有告诉过我。唉！姐姐，如果您知道那件事，您会更加笑话我。那次我和宛哥哥他们回解放区，途中被雨淋湿，当一起在林中过夜的时候，我曾瞪着他，对他翻白眼来着。"

"是你们刚刚出来去解放区那会儿吗？"

"是的。"

普安山上的凉风拂来，吹得树枝左右摇动，洒在地上的树影也跟着移来移去。

翁姵给娇调整一下衣领，接着说：

"这几天宛哥哥去哪里了？这会儿了还不来，明天就是您的大喜日子了！"

"他们一起去买结婚用品了吧？也是可怜他们东奔西跑

的。我不要求什么，但是他们说这是人生大事，所以要办得像样一点儿。他们好像今晚就到了吧！"

翁姵瞅见大伙都围着收音机一起听广播，就说：

"他们在听新闻呢，我们也跟大家一起听吧？"

她们俩一起向同伴们走去。万象广播电台正在播报关于解放陇铮的新闻，同时介绍末西苏在占巴塞的采访。每个人都很认真地听，因为大家都想知道这个西苏对外是怎么说的。

广播里传来末西苏沙哑的声音：

"老挝爱国战线部队用重型火炮、远程火炮射击，射程远达二十多千米，我们从陇铮一直建到石缸平原边缘形成包围圈的堡垒都无法保护陇铮，这一切都是因为老挝爱国战线部队把大炮架在石缸平原，所以陇铮沦陷了。"

听到这儿，参与此次陇铮战役的战斗模范们哄然大笑，有一位同志讽刺地说：

"真是切合实际啊！这就是人们说的：什么都不知道也敢说。"

*

黎明时分，巴柏山上云雾缭绕，东边天际，太阳升起了，散发着万道金色光芒，映红了湛蓝的天空。翁盼和菈坐在一辆开往康开的指挥车后面。这辆车从勐铿县出发，途中经过腊博。当车开到一个两旁有一排排番石榴树和蜿蜒到山

间田野的岔路口时，翁盼礼貌地跟司机说：

"哥哥！我们要在这里下车。"

"你们要在这里下车吗？"

开车的同志转过头又问她们一遍。

"是的，我们要在这里下车！"

车停下后，那个坐在前面的宽额头、戴着近视眼镜的同志向开车的同志问道：

"从这儿进去是哪个营地？"

"战斗模范会议要在这里召开，刚刚在准备吧？哎！进去看看一定很有趣，那里有百姓住宅区，有国营商店，旅馆餐厅干干净净的。听说今天这里办喜事呢。若不是公务缠身，要急着把您送到康开，嘻！我肯定进去看看，皮昂乡姑娘们的嘴巴可是甜得很呢。"

"是谁的婚礼呢？"

"不知道，我不太清楚，只知道有婚礼而已。"

那个戴着近视眼镜的同志听说有喜酒，就饶有兴趣地说：

"哎呀！恐怕是本米同志的婚礼吧！"

"不会吧，如果是本米哥哥娶媳妇，他还不请您吗？你们的关系可是够铁的啊！"

"上上个星期，本米同志问我要不要跟他们去毕昂乡转转，我没有答应，因为我有公事要回康开。本米同志从来都不是懒惰贪玩的人，他要去毕昂乡，恐怕是办喜事去了吧。"

"哪里，我听您说，指挥部派本米哥哥去做发展和巩固这地区的民兵游击队工作，就当是休假了。"

"说的是啊，我只是有点疑惑而已！"

翁盼把东西全部从车上拿下来了，但为了偷听他们两个人说话，就假装在车上找东西。

菈看到翁盼在找东西，就说：

"姐姐，您的东西我已全部拿下来了呀！"

翁盼笑了笑，假装看到一个小东西，然后转过脸去向开车的同志表示谢意，并与车里的各位同志辞别。车子继续前行后，翁盼才背起背包，挎着绿色的袋子，拿着卡宾枪，带着菈走过番石榴林。这番石榴已经长熟，黄灿灿的，正是好吃的时候。菈拽住树枝去摘番石榴，把袋子都装满了还要再摘递给翁盼，翁盼接住番石榴，笑着说：

"一下子不要摘太多，从这儿进去都是番石榴，想吃哪个就摘哪个。"

菈边吃边问翁盼：

"姐姐，这里就是您的家乡吗？"

"我出生在我们经过的腊博，那里的山坡上有一座寺庙，但现在没人住了，百姓都逃到山林里去了。"

"这里景色很优美呢，有高大挺拔的松树，有清澈凉爽的河流，有蜿蜒到山岬的田野。最令人心旷神怡的是坝上的梨园、桃园，到梨花、桃花盛开的时节，哇，一定美得没的说啊！姐姐，如果我的母亲还健在的话，她要是来到我们这芒普安城，一定会十分开心的。"

"唉！菈妹妹啊，不要再提她了吧，一说到她，就让人

感伤。"沉默了一会儿，翁盼接着说，"我们的芒普安高原的任何地方都是如此的漂亮迷人，草原一望无际，百花争艳，香气弥漫，到处都能听到花斑鸠、噪鹃的叫声。晚上睡觉快到天亮时，风吹松树发出的'沙沙'响声，伴随着双角犀鸟响亮的啼鸣，那是多么美妙的声音啊。"

菇面带微笑向翁盼看去，她们俩的目光交汇在一起，两个人一起开怀大笑起来。当她们俩正陶醉于大自然之美的时候，远处传来了枪声，让这祥和的气氛一下子消失了。菇向翁盼靠得更近了，她们两个人的目光都投向枪响的地方。不一会儿，就看见一只灰皇鸠扑腾着翅膀，掉在翁盼面前，翁盼立即伸手去抓它。哦！有人来打鸟，打这只鸟的人是谁呢？翁盼边想边向林子望去，看是谁打的枪，看从林子中走出来的人是谁，但是她没有看见任何一个人，于是大喊道：

"鸟掉到这边来了，是谁打中这只鸟？过来拿吧。"翁盼甜美的声音响彻整个林子，但是没有任何回应，只听到风吹松林的沙沙声。

"咱们拿去做凉拌肉末吧，姐姐，我们没有偷呀。"菇抓过那只鸟把它塞进挎包里并说道，"这就是人们说的，'好好的，就有肉送上门；好好的，鱼儿就自己游到鱼篓里了'。我们今天的饭菜有现成的了。"

她们走到一条小河边，菇邀约翁盼一起去洗澡，于是她们两个就在河的南边下水，这里正好有柳树丛挡住。她们两个正自由自在地戏水的时候，听见有人说话并朝着小河走过来，这两个姑娘赶紧躲到一块大石头后边，双手抱着身子，不敢出声。她们看见两个穿着解放军军装的人到河边来洗脸，接着听到他们在聊天，于是这两个姑娘饶有兴趣地偷听他们的谈话内容。

"啊！我真的看到了，它真的扑棱扑棱地飞到这大路上来的啊，我们再去找找吗?"

两个姑娘你看看我，我看看你，然后偷偷地笑，菈对着翁盼的耳边说：

"把小鸟还给他们吧，姐姐? 听口音好像是鹏哥哥。"

"嗯哼? 先听听看。"

她们两个又伸长脖子去看。尽管河水有点儿凉，但当翁盼看见那个拿着毛巾擦脸的人的时候，却突然觉得浑身发烫，那个人不是别人，正是本米同志！是她多年埋藏在心中深爱着的人。她深埋在心中的这份爱从未向任何人透露，包括本米同志本人，她只能用目光来表明自己的内心感受。她在心里呼唤着"本米哥哥啊"。

翁盼转过脸来跟菈说："把鸟送还给他们吧，菈！"

她们两个到柳树丛后边换衣服，此时翁盼心里感到空荡荡的。她下车时听到的关于本米同志结婚的消息一直萦绕在她耳边。当时，她还在疑惑到底是哪个本米同志呢，这会儿她认识的本米同志真真切切地站在她面前，难道真的是他? 翁盼想到姐姐寄给她的信里说日子过得幸福开心。想到这里，她又回想起在首都万象工作的日子。杜昂蒂姑娘是本米同志和翁姵姐姐的好朋友……翁盼抓着柳树枝坐在岸边，思绪飘忽不定飞去远方。她愿意为了革命的利益牺牲一切，但

是要让她把自己心爱的人拱手送人，她心里就感到很沉重。她怀疑今天举行的应该是本米同志和自己的姐姐的婚礼。就在翁姵胡思乱想的时候，传来了本米同志亲切的笑声和说话声。

"鹏！翁姵姑娘回到这里了呢！"

"哪里？哦，摘得那么多黄瓜啊！"

翁姵不说话，挑着担子从本米面前经过，向河边走去，一副冰冷的样子。鹏对本米努嘴点头，各自忍着不笑出声。翁姵把担子放下，然后又越过去洗手洗脸，若无其事似的，谁也不理睬。

翁姵之所以这样，是因为她认为本米他们故意捉弄她。事情是这样的，她、本米和鹏三个人一大早就一起去山地摘黄瓜，但是本米和鹏却一起去打鸟，留翁姵一个人在地里摘黄瓜。他们说好了要接翁姵一起回去的，但是只顾着去找鸟，不知不觉就来到了峡谷小河，想着洗把脸后再去接翁姵。而翁姵左等右等，不见本米他们的踪影，却遇见了宛。宛去买猪，正在回来的路上，他看见翁姵，就帮她把黄瓜挑回来了。翁姵来到小河边，却看到本米他们已经在那里，就以为他们故意不管她，因此，她非常生气。

不一会儿，宛挑着黄瓜踉踉跄跄地也来到了小河边，他朝鹏大声喊道：

"鹏，过来帮帮我啊，我的肩膀快要断了啊。"

鹏跑去帮忙，把宛肩上的担子放下来，并说道：

"干吗要担这么多啊？"

"也没多少，只是把两担子合起来挑而已。"

说完，宛朝正在低头洗脸的翁姵努嘴点头，暗示本米他们："人家正在气头上呢！"宛接着对本米说，"我是跟着蓬同志一起去买猪的，看到翁姵一个人坐在旱地边，我就把她的担子和我的担子合在一起挑回来了。就这么回事。怎么样，可以吧？好像听到了枪声。"

"是的，我们打了一只鸟，只顾着找鸟了，找到小河这来了，但还是没看见被打中的那只。想着洗把脸就准备回去接她呢！"

翁姵洗完脸和手就从水边上来，招呼大家回去，此时隐约听见有人从柳树丛里喊：

"等一下！"

翁姵转过头来往声音传来的方向望去，她愣住了，差点儿不相信眼前所见到的一切。那位姑娘是谁？她几乎觉得自己就好像站在一面大镜子前面，因为那位姑娘跟自己长得太像了，除了衣着不一样，她自己穿的是蓝色上衣，而那位姑娘穿的是嫩芭蕉叶色的衣服。那位姑娘的脸白嫩似剥壳鸡蛋，双眼清澈迷人。她本能地反应过来：啊！这不就是我的妹妹吗？伊翁盼啊，以前还只是个头上扎着小鬏鬏的小女孩，现在已经长成大姑娘了吗？翁姵十分激动，看到妹妹从小丫头出落成亭亭玉立的大姑娘，还有大家都在传颂妹妹是如何勇敢和出色地完成各项任务，这使她觉得拥有这样一位妹妹极其开心和光荣。

而翁盼一瞧见翁姵，就马上知道她是自己的姐姐。她看

到姐姐身体健康，一切安好，也感到十分高兴。之前曾因内
心埋藏着对本米的爱而嫉妒过姐姐，此刻这种嫉恨突然烟消
云散了。她已做好准备把她所爱的人让给姐姐，因为姐姐是
对她有恩之人，如果爹娘过世了，姐姐就是为她遮风挡雨的
人了。她迅速跑向姐姐，姐姐也向她跑过来，姐妹俩高兴地
紧紧抱在一起。两个人喜极而泣，长长的睫毛上都沾满了泪
水。姐姐开心地看到了妹妹成长为一个懂事、思想进步的姑
娘，成为芒普安了不起的女儿。妹妹也很高兴看到姐姐加入
了革命队伍，并不断改造自我、追求进步。

　　翁姵仰起了头，松开了抱着妹妹的手臂，又一次从头到
脚地看着妹妹，说道：

　　"翁盼！娘天天念叨着你。"

　　"她身体还好吗，姐姐？"

　　"很好，妹妹还没有见到爹吧？他到普固去了。"

　　"我没有见到他，只知道他身体还好，我们的弟弟妹妹
都没有人写信回家吗，姐姐？"

　　"他们经常写信回来，每个人都学得很好。他们目前在
国外，也非常想家。"

　　翁姵转过身朝站在跟前的本米看去，并问道：

　　"妹妹认识他吗？他是队长本米啊！"

　　"我对他很熟悉！"

　　翁盼笑着向本米轻轻地点了点头，然后把脸转向宛，翁
姵马上介绍道：

　　"这是宛哥哥！妹妹认识他吗？"

翁盼不说话，只是笑了笑并礼貌地点点头，然后转向鹏，对鹏说道：

"鹏哥哥！是谁躲在你的身后？"

大家都为这离别了多年的姐妹俩再次重逢而感到高兴。大家的注意力都放在两姐妹身上而忽视了菈。菈是个典型的芬族姑娘，她身材匀称，脸蛋圆圆的，目光锐利，皮肤白皙。此时她正站在鹏背后。听翁盼这样一说，每个人的目光都投向菈。鹏激动地说道："菈也来了呀？"然后用方言问："克波吗[①]？"

菈羞涩地抿着嘴笑。她举起手礼貌地向众人行礼，然后对着鹏说：

"我不是桑怒人哪！您应该说'萨穆拜喔[②]'才对。"

大家听菈这么说都笑了起来。菈接着问：

"鹏哥哥！您是要找鸟吗？"

"是啊！"

"是什么鸟？"

"一只超大的灰皇鸠，像母鸡那么大！你见到过吗？"

"是这个吗？"

当菈从袋子里拿出鸟的时候，本米和鹏都怔住了。本米亲切地问道：

"你是在哪里捡到的？"

---

① 即"您好吗"。

② 即"您好"。

"不是我，是翁盼姐捡到的。"

本米转向翁盼，但还没来得及张口，翁盼就抢先说道：

"我们在路上走着，突然看见它扑棱扑棱地飞着，然后就掉下来了，我就把它捡了起来。"

本米从菈手中接过鸟，检验一下它身上被枪打过的痕迹，说道：

"打中它的心脏，但它没有当场掉到地上！"

"刚好可以用它和芭蕉花一起做凉拌肉末。"

翁姵欢喜地说，鹏马上附和道：

"咱们回去吧！吃过午饭，还要去喝喜酒呢，今晚肯定要跳南旺舞，并且跳个够！"

大家都动身出发往回赶。当走在路上，本米与翁盼两人的目光交织在一起时，本米立即问道：

"啊！翁盼，你怎么啦？不舒服吗？你的脸色怎么这么苍白？"

翁盼眼眸低垂，轻声地回答道：

"我感到冷，头有点儿晕！我没事的。"

听翁盼说冷，本米马上脱下外套想要递给翁盼，但翁盼摆手制止了。翁盼态度的变化逃不过本米锐利的目光。本米故意放慢脚步，让翁盼和他单独跟在大伙后面。此时，翁姵和宛亲密地肩并肩而行。遇到难走地段，宛就抓住翁姵的手拽着她，怕她摔倒，或者扶着她慢慢地走。一路上，宛对翁姵的照顾真是无微不至，他们也聊到了娇和蓬的婚礼。当翁盼从宛和翁姵的谈话中知道了是娇和蓬的喜宴，她心中的疑虑终于打消了。她正沉醉于大自然的美景当中，本米跟上来与她并排走，并饱含深情地说：

"翁盼！"

"嗯！"

"你怎么了？"

"什么怎么了？"

"你和以前不一样了。"

"哪里不一样了？"

"变得有点儿冷淡疏远了……"

"对谁？"

"对我！"

"为什么这样说？"

"我自己知道的！"

"要找我的茬吗？"

"不是，是我的感觉告诉我的！"

翁盼看了一眼本米圆润的脸，开心地笑起来，并说道：

"您真行！看我的态度就知道我心里想什么。快回到村子了，这事先打住吧。今天晚上如果我们有机会单独相处，我再告诉你我怀疑你什么，想想都觉得好笑！"

那天的午饭吃得真香。翁姵和翁盼分别坐在母亲的左侧和右侧，挨着翁姵坐的是宛，挨着翁盼的是本米，接着是菈和鹏坐在一起，大家围着圆桌吃饭。这两姐妹的母亲每吃一口饭都开心地看着自己的孩子们，她很高兴，看到自己的孩子们已经长大了，可以凭借自己的能力为国家和革命作贡献

了。这位母亲看着这些孩子的目光里蕴藏着某种含义，这个含义对于这位母亲来说还是一个秘密，但她对这个秘密十分赞同和满意。

——完——

作者生平

苏宛团·布帕努冯先生 1925 年 4 月 13 日出生于沙湾拿吉省色邦县色邦村一户农民家庭，父亲根占·布帕努冯和母亲普莎蒂·布帕努冯都是哀牢山下巴丹县的普通农民、勤劳的劳动者。苏宛团先生与詹珮·布帕努冯结为夫妻，两人育有三个女儿。

在老挝沦为列强殖民地时期，苏宛团先生目睹老挝广大人民被殖民者当做畜生对待的惨状，心生愤怒，于是在 1945 年 5 月 5 日加入反帝反殖民统治的革命队伍。

1945 年，苏宛团先生加入老挝伊沙拉阵线队伍，取得少尉军衔，负责连队政治工作，并参加多场战役，如九号公路战役、东方战役等。1946 年被俘，直至 1948 年才被释放。被释放后，他毅然继续坚忍不拔地投身革命。

1948 至 1951 年，担任东区老挝抵抗阵线执行委员会副主任兼东区常务书记。

1952 至 1954 年，寮国战斗部队集结在桑怒、丰沙里北部两省时期，担任经济部办公室副主任兼办公室常务秘书。

1955 至 1960 年，受爱国战线中央委派，赴越南广播电台担任翻译专家，1961 年回到川圹省，担任康开广播电台编辑兼电台新闻处处长。

1962 至 1974 年，在万赛县革命部队广播电台工作，办《独立报》并担任出版发行处处长。1978 年，与另外两位老挝作家一道，赴越南学习文学创作。

1975 至 1992 年，在新闻与文化部工作，任出版局副局长，是马列主义思想研究翻译委员会委员。这一时期，他与多位老挝作家、诗人一道，开拓新时代老挝文学道路，创立《文艺》杂志。这份杂志自创办之日起直至今天，一直是宣传和弘扬老挝文学的重要平台。1990 年，老挝作家协会首届大会召开，他当选为该协会第一任主席，成为老挝历史上担任该职务的第一人。

1992 年底，苏宛团先生因年事已高、身体抱恙，申请退休，但怀着对文学事业的一腔热爱，他依旧笔耕不辍，精练文笔，在生命的最后阶段，他还在创作短篇故事和生活回忆录，定期刊登在报纸和杂志上，直到生命的最后一分钟。

鉴于苏宛团先生在反殖民统治和反外国侵略的救国斗争时期所建立的丰功伟绩，老挝党和政府向他颁发了二级胜利勋章（1 枚）、二级独立勋章（2 枚）、二级劳动勋章（2 枚）、抗法勋章（1 枚）、抗美勋章（1 枚）、五年奖章（1 枚）。此外，他还获得"国家文学艺术家"荣誉称号。2000

年，他获得东南亚文学奖。除此之外，还获得中央政府和部委颁发的多项荣誉证书。

虽然苏宛团先生已离开我们，但他的威望、英名和成就将与老挝永世共存。

附 录
主要地名中、老文对照

班坝村	ບ້ານປ່າ	基嘎占	ກົ່ວກະຈຳ
班端村	ບ້ານໂຕນ	康开县	ເມືອງຄັງໄຂ
班洪村	ບ້ານຫ້ອມ	康玛诺	ຄັງມະໂນ
班烈村	ບ້ານເຫຼັກ	康乔	ຄັງກົ່ວ
班门村	ບ້ານມອນ	铿乡	ຕາແສງເຄິງ
班弥村	ບ້ານໝີ່	腊博	ລາດບອກ
班原村	ບ້ານຍອນ	腊黄	ລາດຮ້ອງ
毕昂乡	ຕາແສງປຸງ	腊凯村	ບ້ານລາດຄ້າຍ
鞑奔	ຕາດເປີບ	腊森	ລາດແສມ
冬巴兰	ດົງປ່າລານ	陇铮	ລ້ອງແຈ້ງ
冬丹端	ດົງດຳດອນ	芒普安县	ເມືອງພວນ
端赛村	ບ້ານດອນໄຊ	勐安县	ເມືອງງານ
岗森	ກາງແສມ	勐柏县	ເມືອງແປກ
淮痕拉	ຫ້ວຍຫິນລາດ	勐康县	ເມືອງຄຳ
淮腊	ຫ້ວຍລາດ	勐铿县	ເມືອງເຄິງ
淮通	ຫ້ວຍທອງ	勐麦县	ເມືອງໃໝ່

勐攀县	ເມືອງພັນ	普固	ພູກູດ
勐庞县	ເມືອງພ່າງ	普华桑	ພູທົວຊ້າງ
纳沙村	ບ້ານນາຊາ	普柯	ພູແຄ
纳圣村	ບ້ານນາເຊງ	普昆	ພູຄຸນ
农巴	ໜອງເປັດ	普烈嘎	ພູເຫຼົກກ້າ
浓岱村	ບ້ານໜອງໃຕ້	普塔寺	ວັດພູທາດ
帕考村	ບ້ານຜາຂາວ	森诺	ແສນນ້ອຍ
蓬沙湾县	ເມືອງໂພນສະຫວັນ	盛乡	ຕາແສງເສັ້ງ
普登	ພູເຕິງ	双爱村	ບ້ານສອງຮັກ
普庚	ພູເກັງ	台乡	ຕາແສງທ້າຍ

· 282 ·

译后记

历经数月的翻译、审读、核对，《两姐妹》这部长篇小说的中文译本终于与读者见面了。能有机会翻译这部小说，本人备感荣幸。

《两姐妹》讲的是老挝人民在老挝爱国战线领导下英勇斗争、抗美救国的故事。小说以孪生姐妹翁姗和翁盼的故事为主线展开，她们还有一个弟弟和一个妹妹。翁姗一家人原本生活在老挝北部川圹省勐柏县，后来，翁姗的父亲当了军官，被调到首都万象工作，于是一家人搬到了新的城市。在三方联合政府成立后，翁姗的母亲和弟弟妹妹们回勐柏县探亲，而她留在万象继续上学，跟父亲一起生活。由于战乱，自这次分别后，翁姗一直未能与其他家庭成员团聚。在王国政府控制区长大的翁姗参加了王国政府军，成为一名记者，而在解放区长大的翁盼参加了老挝爱国战线部队，成了一名

革命战士。王国政府控制区的卖国贼和反动派不断散布诋毁、攻击老挝爱国战线的言论，使不明真相的普通百姓以及王国政府军的一些士兵对老挝爱国战线产生了误解，有的甚至站到了他们的对立面，翁姵就是其中一个。然而翁姵与被俘的老挝爱国战线干部本米接触以后，思想逐渐发生了转变。后来在与爱国战线部队战士短暂的共同生活中，她的思想彻底改变了。她亲眼看到的爱国战线战士是有勇有谋、为赢得国家解放而甘愿牺牲一切的可爱又可敬的人，与右派势力的宣传截然相反。她深深地被一个个爱国战线战士英勇杀敌的事迹所感动，毅然决然地加入革命队伍，在革命烈火中与妹妹翁盼相遇，回到故乡与久别的家人重逢。

通过逐字逐句阅读原著，然后再反复揣摩翻译成中文，本人对原著的理解更加深刻，对文学作品的翻译有了新的认识。

作家苏宛团是一位德高望重的老一辈革命家，擅长写长篇小说，他在《两姐妹》中塑造了一个个栩栩如生的革命战士形象，这些战士是有血有肉、有情有义的鲜活的生命。他们对父母、兄弟姐妹有着浓浓的亲情，对战友有深厚的友谊。同时他们也是有崇高理想、胸怀大爱的人，他们爱自己的人民，当人民的生命财产受到敌人威胁时，他们挺身而出；他们爱自己的国家，为祖国的命运担忧；他们不畏强暴，为了驱逐侵略者甘愿抛头颅洒热血。同时，作者在小说里也刻画了以辛通上尉为代表的卖国贼的丑陋形象。从这些人物形象以及语言表达中，我们可以感受到作者坚定的立场、爱恨分明的思想感情。作者通过塑造本米、翁盼等一批革命青年的形象，来歌颂老挝爱国战线领导老挝人民为国家的解放与强敌作斗争的可歌可泣的英勇事迹；通过刻画美国侵略者的丑态，卖国贼唯唯诺诺、卑躬屈膝的奴性嘴脸来控诉他们戕害无辜百姓，在老挝大地犯下的滔天罪行。因此，在翻译时，译者要领会作者的思想感情，站在作者的角度把其本意表达出来。例如，作者在描写卖国贼对其主子、下属对上司的对话时，用的都是有奴颜媚骨、阿谀奉承、低三下四等有讥讽含意的人称代词，翻译时也应该选用能体现作者厌恶情感的词语来表达。作者的爱与恨，还能从人名前的词看出来，例如"mo"这个单词，它的本意是"这家伙""那家伙""这厮""那厮"。它既用在同龄男子的名字前表示关系密切，又可以放在厌恶、憎恨的人物名字前，表示轻蔑。在小说《两姐妹》中，凡是说到反面人物时，作者都在名字前加个"mo"，而我们翻译时不能每次都用"这厮""那厮"来表达，如果不译，又不能准确表达作者的意图，所以本人将其音译为"末"并加注说明。

实际上，《两姐妹》是一部纪实小说，作品描述的事件都是老挝历史上真实发生过的，还有一些带有政治色彩的词汇，需要查阅相关资料，加以斟酌，再行翻译，这对译者提

出了较高的要求。例如，原著中出现的"ກອມມູນິດ"一词，是外来语"communist"的音译。这个单词在老挝语中通常指"共产党"。我们知道，现在的老挝政党叫"老挝人民革命党"。那么这里是忠实原著翻译，还是翻译成"老挝人民革命党"？如果我们翻开老挝人民革命党的党史，我们就知道老挝人民革命党其前身是1930年10月成立的印度支那共产党的一部分。1955年3月22日，印度支那共产党老挝籍党员代表在桑怒召开大会，成立了"老挝人民党"。1972年2月，老挝人民党在桑怒召开第二次全国代表大会，将老挝人民党更名为"老挝人民革命党"。1955年老挝人民党成立，但未公开，于是在1956年将老挝伊沙拉阵线改组并扩大为"老挝爱国战线"，此后以老挝爱国战线的名义领导老挝人民进行了艰苦卓绝的抗美救国斗争。所以，"ກອມມູນິດ"译成"老挝人民革命党"显然是不正确的。从另一个角度来看，原著人物对话中只出现"ກອມມູນິດ"，没有"老挝"这一限定修饰词，因此译本忠实于原著译成"共产党"。

小说《两姐妹》中的地名多且复杂，如果不查阅资料，贸然按照字面意思翻译，就有可能掉到词义陷阱里。例如，译者在刚开始翻译带有"ຜູ"（老挝语发音为"普"，意为"山"）的地名时，都将其理解为"……山"，后来对小说中出现的地名进行梳理时，经查阅，发现它不仅是山名，也是村庄的名字，而且还有很多其他村庄是以当地的河流来命名的，所以在翻译时要查证是山名、河名还是村庄名，尤其是在上下文不是很清晰的时候。

《两姐妹》这部作品描述的是战斗故事，免不了出现一些军事术语，而老挝语工具书缺乏，网上资源又有限，这给翻译带来了一定的困难。作家苏宛团又经历过法国殖民统治时期，懂得一些法语，所以小说中也出现了一定数量的老挝语音译的法语，如果不懂法语，仅根据老挝语发音，是不可能知道那个词的意思的，也就难以译出来，例如"火花塞""（车轮的）挡泥板""汽油桶""牧羊犬"等词。火花塞是发动机点火系统的重要元件，如果对汽车构造不了解，光从字面或者上下文语境来琢磨，是猜不出这个词是什么意思的。译者的处理办法是，从网上查汽车发动机发动不起来的原因，查到火花塞是其中原因之一，接着去查"火花塞"的法语是怎么说的，根据法语的音标与老挝语的音译作比对，最后确定这个单词是指"火花塞"。

还有一些建筑物，例如"千间房大凉亭"，作者写小说时是有的，等我们翻译时，这个建筑物已经没有了，如果光从字面理解，可能会出现偏差，译为"千屋殿"。实际上，它就是一个四面通透的大凉亭，立在塔銮前面的广场上，至于什么时候被拆除、做什么用途，搜到的资料没有提及。译者曾参加老挝塔銮节，看到过来自老挝各地的高僧在塔銮节期间下榻塔銮四周回廊的情景，只得猜测这个大凉亭可能是

供来塔銮顶礼膜拜的高僧们休息的。

　　小说《两姐妹》不是单纯的小说，它反映的是老挝人民不屈不挠的抵抗帝国主义侵略的救国历史，就像给这部作品写序的老挝国家文学艺术家杜昂詹芭所说的那样，"我们打开她的任何一页，都是在回顾与我们密切相关的历史，是我们老挝全体人民值得骄傲的历史"。读这部小说，可以对老挝历史、老挝的风土人情有更深入的了解。这部作品对中外读者都有深刻的教育意义。

　　由于译者水平有限，出现错误在所难免，恳请广大读者批评指正。

译者

2022 年 11 月 15 日于北京